Complicaciones

DANIELLE STEEL

Complicaciones

Traducción de
M.ª del Puerto Barruetabeña Diez

DEBOLSILLO

Papel certificado por el Forest Stewardship Council®

Penguin
Random House
Grupo Editorial

Título original: *Complications*

Primera edición en Debolsillo: enero de 2025

© 2021, Danielle Steel
Todos los derechos reservados incluido el de reproducción total o parcial en cualquier formato.
© 2024, 2025, Penguin Random House Grupo Editorial, S. A. U.
Travessera de Gràcia, 47-49. 08021 Barcelona
© 2024, M.ª del Puerto Barruetabeña Diez, por la traducción
Diseño de la cubierta: Adaptación de la cubierta original de Penguin Random House Grupo Editorial
Imagen de la cubierta: © Kevin George / Alamy; © Isabella Antonelli / EyeEm / Getty Images;
© moodboard / Getty Images; © Shutterstock

Printed in Spain – Impreso en España

ISBN: 978-84-663-7919-9
Depósito legal: B-19.293-2024

Compuesto en Comptex & Ass., S. L.
Impreso en Novoprint
Sant Andreu de la Barca (Barcelona)

P 3 7 9 1 9 A

Para mis queridos hijos, Beatrix, Trevor, Todd, Nick, Samantha, Victoria, Vanessa, Maxx y Zara.

Que todos los momentos de vuestras vidas sean preciosos y que las complicaciones que os surjan sean pocas y se resuelvan de la mejor forma posible.

Os quiero mucho.

Mamá/D. S.

1

El hotel Louis XVI estaba en París, en la rue Boissy d'Anglas, perpendicular a la rue de Faubourg Saint-Honoré, y llevaba cuatro años cerrado por reforma. Aquella era una calle especialmente apropiada para un negocio como ese, porque no había tráfico; el acceso estaba cerrado con una barrera y vigilado por un policía que solo la levantaba para permitir el paso a los coches que llevaban a alguna persona importante o a los huéspedes del exclusivo hotel. Algo más pequeño que los grandiosos *palaces* que ocupaban los hoteles de cinco estrellas de la ciudad, era sin embargo el favorito de los entendidos, la *jet set*, la realeza y las personalidades internacionales más de moda. Tenía muchos clientes fieles entre la élite mundial. El reclamo eran habitaciones exquisitas y enormes suites amuebladas con impresionantes antigüedades y decoradas con las mejores sedas y satenes, unos suelos grandiosos que recordaban a los de Versalles y una magnífica colección de arte. No era ni diminuto ni enorme y tenía un aire muy íntimo que hacía que, a menudo, sus huéspedes lo compararan con alguna de sus muchas y variadas mansiones, aunque el hotel siempre salía ganando en la comparación.

Hacía treinta y ocho años que el establecimiento estaba dirigido de una forma impecable y con mano dura por el encantador monsieur Louis Lavalle, que se había formado en el

Ritz y era respetado por los huéspedes de todo el mundo y envidiado por sus rivales. De una discreción incomparable, Lavalle conocía secretos muy delicados de las personas que se alojaban en su hotel, gente importante, muchos de ellos estrellas de cine que tendrían demasiado que perder si alguna vez él cometiera un desliz que comprometiera su confidencialidad. Pero eso no pasó nunca. Él no permitía que las cosas se le torcieran a ninguna de las personas que se hospedaban allí, por complicadas que fueran sus circunstancias. Tenía setenta y cuatro años, así que hacía tiempo que había dejado atrás la edad de jubilación, pero cuatro años antes, cuando el hotel cerró para la reforma, todavía no tenía intención de dejar paso a las nuevas generaciones. El problema surgió cuando, más o menos a la mitad de las obras, le detectaron un cáncer muy grave que se lo llevó en muy poco tiempo. Louis Lavalle murió once meses antes de la reapertura. Pero había organizado la reforma con tal eficacia que no se produjo ningún retraso, ni siquiera a causa de su muerte.

El día de la reinauguración le dedicaron un homenaje en el hotel colocando un retrato suyo, con chaqué de ceremonia, en un lugar donde los clientes que lo conocían de toda la vida pudieran contemplarlo mientras se registraban. Se vieron lágrimas en los ojos de varios huéspedes, aunque no en los del personal, que lo respetaban, pero que habían tenido que sufrir durante demasiado tiempo su rígida diligencia. Monsieur Lavalle era el sueño de cualquier huésped de hotel, aunque solo permitía alojarse a alguien allí si lo consideraba digno del Louis XVI. Y si después no estaba a altura de sus altísimos estándares, en el futuro a esa persona le iba a resultar imposible reservar una mesa para comer en su restaurante, y ni hablar de alojarse otra vez en una de sus fabulosas suites. Siempre pasaba por alto cualquier indiscreción de las vidas de sus apreciados huéspedes y los protegió de la prensa y de los *paparazzi* durante años, pero no toleraba jamás una conducta inapropiada dentro del hotel.

Las estrellas de rock más reconocidas no tenían la más mínima oportunidad con él; lo único que podían hacer era entrar en el vestíbulo, pero incluso entonces, Lavalle los saludaba con frialdad y no les quitaba la vista de encima. No era un lugar que frecuentaran los famosos más maleducados, pero a los habituales se les perdonaba todo, lo que creaba un vínculo duradero e inquebrantable entre ellos y el hotel. Tampoco fueron nunca bienvenidos los nuevos ricos, porque no sabían comportarse ni respetaban el establecimiento. A pesar de todo, antes de la reapertura el hotel acumulaba tantas reservas que estaba prácticamente completo para los dos años siguientes; monsieur Lavalle hizo las primeras en persona. El hecho de que no viviera para ver la nueva inauguración, que había esperado durante tanto tiempo, fue algo que entristeció mucho a todo el mundo. Sus estándares eran casi imposibles de alcanzar, pero había que reconocer también que su lealtad era inquebrantable y que se desvivía por proteger a los huéspedes más fieles del hotel.

Hubo unas cuantas cancelaciones de última hora de las reservas originales para el día de la reapertura a causa de fallecimientos, problemas de salud o circunstancias inesperadas, como un divorcio o la llegada de un bebé que coincidía con la fecha prevista, de forma que quedaron habitaciones disponibles para unos cuantos desconocidos, lo que permitió que hubiera algunas caras nuevas mezcladas con las de los huéspedes que repetían.

El nuevo director, Olivier Bateau, era una novedad para todos. También el subdirector, ya que el anterior se había jubilado tras la muerte de Lavalle; no se veía capaz de servir como asistente a otro general menos extraordinario y se había ido a vivir a España. Louis Lavalle tenía una casa en el sur de Francia, donde pasaba sus vacaciones de verano. Las propinas en su trabajo eran numerosas y abundantes. Rara vez hablaba de su vida privada, por lo que poca gente sabía que tenía un hijo, Albert, que era médico en Tahití, estaba casado con una tahitiana y tenía tres niños. Solo la gobernanta del hotel conocía la existencia de ese hijo, quizá porque desde hacía veinte años mantenía una discreta relación con Louis, y aun así Lavalle había tardado diez años en hablarle de él. El chico nunca iba a París, sino que Lavalle lo visitaba en Tahití cada cinco o seis años. No estaba unido a su hijo, al que había criado su abuelo materno en Bretaña después de que Lavalle se divorciara de la madre cuando él era solo un bebé. Eran prácticamente extraños el uno para el otro. Por eso Albert se quedó anonadado cuando se enteró de que su padre le había dejado todo lo que poseía, y más aún cuando conoció la pequeña fortuna que había amasado gracias a su trabajo en el Louis XVI y que serviría para que sus hijos y él tuvieran sus necesidades cubiertas de por vida, y aún sobraría algo. Lavalle significó más para su hijo tras su muerte que en vida, pero él siempre lo recordaría con cariño y también con asombro. Además, le dejó a la que había sido su compañera durante tantos años, Ghislaine, la gobernanta, una suma muy generosa; ella también se había jubilado, y poco después de la muerte de Lavalle se fue a vivir a un coqueto apartamento en Cannes. Gracias a Louis ya no necesitaba trabajar, por lo que decidió disfrutar de su jubilación en la Riviera francesa, desde donde lo recordaba a menudo con mucho cariño.

Los miembros de la tercera generación de propietarios del hotel eran extremadamente discretos y nunca aparecían por el establecimiento. Para el personal eran algo parecido a una leyenda, desconocidos y lejanos, y lo preferían así. Vivían en Londres, y el Louis XVI suponía una verdadera mina de oro para ellos. Después de que lo heredaran, Lavalle tardó diez años en convencerlos de que la reforma era más necesaria de lo que les parecía a los huéspedes. Cuando por fin lo consiguió, pidió que añadieran detalles de alta tecnología, que en la actualidad resultaban esenciales para los clientes más jóvenes. La gente mayor no necesitaba contar con esos avances, pero Lavalle era consciente de que añadir esos elementos aseguraría el futuro del establecimiento. Aunque los nuevos aparatos electrónicos no funcionaban bien cuando se reabrió el hotel y los técnicos llevaban tiempo trabajando como locos para solucionarlo. Pero era lo único que no iba sobre ruedas tras la reforma.

Contaban con un sistema telefónico que parecía sacado de una estación espacial y que era demasiado para el nuevo director, Olivier Bateau que, desesperado, hacía todo lo que podía para aprender a utilizarlo. Además, cada noche se iba a la cama con los archivos, absolutamente confidenciales, de cada uno de los huéspedes, consciente de que necesitaba aprenderse la información que incluían. Lavalle conservaba muchos de los perfiles en la cabeza, pero guardaba una buena cantidad en la caja fuerte del hotel.

Bateau tenía cuarenta y un años y se había divorciado tras un matrimonio muy breve, como Lavalle. No tenía hijos y había trabajado durante dos años en la recepción del Hotel du Cap-Eden-Roc y después en el Ritz, donde lo había hecho bien, pero no se podía decir que fuera excepcional. En los círculos hoteleros lo consideraban un candidato improbable para dirigir el hotel, pero a los propietarios del Louis XVI les gustó cuando lo conocieron en Londres. Tenían prisa por contratar a alguien después de la inoportuna muerte de su predecesor, algo menos de un año antes de la reapertura. Bateau nunca había tenido tanta responsabilidad en sus manos, pero los dueños creyeron que sería capaz de gestionarlo, que se acostumbraría rápido y estaría a la altura de la tarea que le encomendaban. Era inteligente, tenía buena disposición y los convenció de que era el más adecuado para ese puesto.

Bateau eligió personalmente a su subdirectora. Yvonne Philippe tenía treinta y dos años y sus caminos se habían cruzado en el Ritz, donde ella trabajó durante más de un año.

Allí era una de las subjefas de recepción y parecía una mujer muy capaz. Se había graduado en la École Hôtelerière en Lausanna y, nada más terminar sus estudios, trabajó durante tres años en el Baur au Lac en Zúrich. A continuación estuvo en el Claridge's de Londres y en el Four Seasons de Milán. Hablaba perfectamente inglés, alemán, español e italiano, además de francés. Bateau hablaba inglés, alemán, ruso y francés. Yvonne transmitía confianza, un rasgo que a él le gustaba y le tranquilizaba. Bateau sufría de ansiedad y era por naturaleza una persona siempre preocupada, algo que Yvonne ya había notado. La reapertura le daba pánico, así que ella hizo todo lo que estuvo en su mano para calmarlo. La nueva subdirectora era capaz de mostrarse imperturbable en cualquier situación, algo muy valorado en hotelería, un trabajo en el que podía surgir una crisis en cualquier momento, porque allí se trataba a diario con personas muy consentidas y exigentes que querían que se satisficieran todos sus caprichos y que la dirección del hotel resolviera las situaciones incómodas en las que se veían envueltas de vez en cuando. Yvonne gestionaba ese tipo de crisis extraordinariamente bien.

Olivier había tenido que enfrentarse a unas cuantas situaciones complicadas en el Ritz, como cuando dos importantes estrellas de cine estadounidenses murieron mientras se alojaban en el hotel, una por sobredosis de heroína y la otra a consecuencia de un derrame cerebral fulminante a los cincuenta y siete años. También se las tuvo que ver con robos de joyas, amenazas de bomba y varios incidentes diplomáticos de poca importancia. Todo se gestionó con la mayor discreción. Él hizo bien su trabajo, pero en la mayoría de los casos necesitó la ayuda de un director con más experiencia para que le echara una mano a la hora de calmar un poco las cosas.

En el Louis XVI, la persona de mayor autoridad era él y tendría que demostrar que podía solucionar cualquier situación con el apoyo de su subdirectora. Ella era una mujer con muchos recursos, que había gestionado todo tipo de crisis en los puestos que había ocupado con anterioridad y que, además, conocía a algunos de los huéspedes habituales, clientes de los hoteles en los que había trabajado antes. Los que frecuentaban el Louis XVI eran personas muy distinguidas, pero con muchas debilidades y acostumbradas a que se cumplieran todos sus deseos, algo que Olivier Bateau estaba decidido a hacer, con la ayuda de Yvonne. Su sueño más íntimo era convertirse en una leyenda aún mayor que Louis Lavalle, un objetivo muy ambicioso porque, a diferencia de Olivier, Lavalle tenía nervios de acero y si alguna vez se asustó o se sorprendió, nadie lo notó.

Todo fue bien durante la primera semana tras la reapertura excepto la conexión a internet, que seguía fallando, y el sistema telefónico, que de repente dejaba de funcionar en diferentes partes del hotel sin que nadie pudiera explicárselo y, tras unas horas, volvía a la normalidad de forma espontánea; era como si algún fantasma se entretuviera jugando con él. Un día, a Yvonne se le ocurrió bromear con que tal vez se tratara de Lavalle, pero a su superior no le hizo ninguna gracia. ¿Por qué iba a querer torturarlo Lavalle? ¿Solo para recordarle que él seguía llevando las riendas, incluso desde el más allá? Tampoco le gustó que Yvonne se riera de esa posibilidad, porque todo podía ser. Olivier le aseguró que los hoteles tenían una vida y un alma propias, y por eso había muchas supersticiones relacionadas con ellos. Por lo que sabía de él, le parecía que Louis Lavalle era perfectamente capaz de juguetear con el sistema telefónico solo para llamar la atención y que todos fueran conscientes de que él seguía allí, aunque no lo vieran. Lavalle había actuado siempre como si fuera el dueño del hotel, aunque todo el mundo sabía que no lo era, y se mostraba muy posesivo con el lugar. Además solía ser un hombre prudente, pero pensaba a lo grande, y toda esa nueva tecnología había sido idea suya, aunque a Olivier le parecía que el sistema era demasiado complicado y avanzado para un hotel de tamaño reducido como aquel.

En el vestíbulo habían instalado tres tiendas y varias vitrinas. Un famoso joyero había abierto sus puertas allí y siempre tenía una muestra de sus piezas más elitistas y caras. También había un pequeño local de la marca Loro Piana y otro de bolsos que vendía artículos de varias casas y contaba con una vitrina propia con bolsos de cocodrilo *vintage* de Hermès cuyo precio alcanzaba las seis cifras. Las vitrinas independientes estaban alquiladas a importantes marcas de lujo para mostrar una selección de lo que ofrecían en sus boutiques de la rue de Faubourg Saint-Honoré. De vez en cuando se vendía algún que otro conjunto de joyería directamente de la vitrina. También a quien visitaba el popular y famoso bar para tomar una copa o el importante restaurante de tres estrellas le gustaba echar un vistazo a las joyas y los otros artículos exclusivos de las vitrinas. Obviamente, el hotel contaba con un sofisticado sistema de alarma y un nutrido equipo de seguridad para proteger los objetos que exponían.

Los precios de las habitaciones del Louis XVI eran altos, como cabía esperar dado el esplendor de la decoración y la importancia de sus huéspedes. Y antes de la reapertura los subieron aún más. Nadie con un presupuesto modesto se podía permitir pernoctar allí. Entre sus habituales estaban los titulares de las mayores fortunas de Europa, Asia y Oriente Próximo, y también algunos estadounidenses, aunque estos parecían preferir los hoteles más grandes, como el Ritz y el Four Seasons. Los huéspedes más exigentes llevaban años alojándose en el Louis XVI y, cuando se enteraron de la reapertura, suplicaron volver. Cuando abrieron, el hotel estaba al completo. Siempre se guardaban un reducido número de habitaciones y suites de reserva por si alguien excepcionalmente importante hacía una petición de última hora, pero incluso habían tenido que limitar esa reserva al mínimo.

A mitad de la primera semana tras la reapertura, Olivier e Yvonne se reunieron temprano para revisar la lista de clientes que llegaría ese día y decidieron a quién acompañaría Yvonne a sus habitaciones y de quién se iba a ocupar él. El resto de los huéspedes quedarían a cargo de los subdirectores junior que estuvieran de turno en recepción.

A Yvonne le llamó la atención que Gabrielle Gates estuviera en la lista de huéspedes que Olivier había decidido que debía recibir ella ese día. Era una de las habituales e Yvonne la había visto antes en el Claridge's, aunque entonces no le permitieron ni acercarse a ella porque le faltaba experiencia para tratar con una huésped tan importante. Pero como en aquel momento era la número dos del Louis XVI, a pesar de su juventud, se le había concedido el honor de recibir a una clienta tan elitista.

Yvonne la conocía bien. Gabrielle Gates era una notable consultora de arte estadounidense. Su difunto padre, Theodore Weston, había sido el propietario de una importantísima galería de arte de Nueva York y ella había aprendido con él. Estuvo casada con Arthur Gates, uno de los inversores de capital riesgo con más éxito de Estados Unidos, que era veinticinco años mayor que ella. Yvonne recordaba que Gabrielle tendría unos cuarenta y cinco años y dos hijas en edad universitaria, o tal vez un poco mayores. Era una mujer muy atractiva y elegante que iba por la vida envuelta en un aura de poder en la que confluían el suyo, el de su difunto padre y el de su exmarido. Había nacido en una familia privilegiada. Su madre, también fallecida, fue una mujer de clase alta famosa por su belleza. Gabrielle contaba con la autoconfianza propia de una hija única muy querida. Era testaruda y había sido la niña de los ojos de su padre. A Yvonne le vino a la cabeza el escándalo que se produjo dos años antes, cuando su marido la dejó por una mujer mucho más joven, que además era solo tres años mayor que su primogénita. La prensa llenó muchas páginas con la historia y se habló sin parar de cuánto dinero tenía Arthur Gates y de lo joven que era su nueva novia. Pero a la familia de Gabrielle no le faltaba dinero y ella era una profesional muy reconocida, siempre rodeada de carísimas obras de arte que adquiría para clientes muy famosos. Como solía ocurrir con todos los escándalos y cotilleos, aquella historia estuvo un tiempo en el candelero, con frecuentes fotos de ambas partes en la prensa, pero seis meses después las aguas se calmaron y no se volvió a hablar de ninguno de los protagonistas.

Todo el mundo sabía que Gabrielle Gates era muy reservada y discreta. Nunca contestó a la prensa a pesar del acoso, así que, con el tiempo, perdieron interés en ella y en su historia. Sin embargo, Arthur sí que se había prodigado en público luciendo, a sus sesenta y ocho años, a su novia de veinticuatro, una chica rusa que conoció esquiando en Saint Moritz.

Yvonne sabía bien cómo eran las chicas como ella. Los hoteles en los que trabajaba estaban llenos de ellas, siempre con hombres mayores y muy, muy ricos. Por la razón que fuera, esos hombres se sentían halagados por sus atenciones y ellas los mimaban hasta límites impensables. Las esposas abandonadas solían ser generosamente recompensadas con casas, chalets en estaciones de esquí, barcos, joyas, aviones y obras de arte, mientras las chicas jóvenes se llevaban al pez gordo, al menos durante el tiempo que durase la relación. Cuando terminaba, lo normal era que encontraran otro hombre igual de rico y poderoso, o incluso más. Yvonne estaba convencida de que sabían muy bien lo que hacían y al principio las envidiaba, pero eso no duró demasiado. A ella no le atraía la idea de casarse con un hombre como esos, ni tampoco hacerlo por dinero. Un príncipe azul de verdad le habría venido bien, pero no uno con setenta años y una cuenta corriente con muchos ceros. Esas relaciones le parecían más una transacción que otra cosa. Y algunos de los hombres que iban con esas chicas jóvenes eran bastante desagradables. Nunca había visto a Arthur Gates en persona, solo en fotos, pero en ellas se veía claramente que era mucho mayor que su exmujer. Gabrielle fue su tercera esposa, y antes de conocerla había enviudado. Parecía elegante en las fotos, pero no se podía negar que era demasiado mayor y no le parecía que pudiera ser una buena persona si había abandonado a su esposa para largarse con una cazafortunas de veintipocos.

Yvonne comprobó la lista de reservas y vio que Gabrielle había pedido su suite habitual y que viajaba sola. Había hecho la reserva hacía poco y tuvieron que hacer muchos malabarismos para poder atender su petición. Louis Lavalle había puesto en sus registros varias estrellas detrás del nombre de esa mujer, señal inequívoca de que debían mover cielo y tierra para darle la suite que quería siempre que la pidiera. Iba mucho a París por trabajo o para ver a amigos, y las notas decían que su marido siempre la acompañaba. Ya no, por supuesto. También se especificaba en su archivo que disponía de un avión privado. Lo que no decía era quién se lo había quedado tras el divorcio, pero el coche con chófer que enviarían a recogerla tenía que ir al aeropuerto Charles de Gaulle, no a Le Bourget. Así que, en aquella ocasión al menos, llegaría en vuelo comercial.

Cuando el avión aterrizó en el aeropuerto Charles de Gaulle, en Roissy, a una hora de París, Gabrielle se dio cuenta de que hacía dos años que no pisaba esa ciudad. Antes de que Arthur y ella se separaran, durante la reforma del Louis XVI, se había alojado en el Ritz y el Four Seasons, pero ninguno podía compararse con ese hotel pequeño y exclusivo que a Arthur y a ella les encantaba. Cuando iba de vacaciones a Europa con sus padres, durante su infancia, la familia se quedaba en el Ritz, que entonces le parecía simplemente perfecto, pero cuando descubrió el Louis XVI con Arthur, se enamoró del ambiente más cercano y personal que ofrecía y de sus incomparables suites, sobre todo su favorita. Y también le convenía su ubicación, tan cerca de las tiendas de Faubourg Saint-Honoré.

Descubrió la aventura de Arthur y Sasha un año después de que cerrara el hotel. Él no consiguió mantenerla en secreto mucho tiempo. Había perdido la cabeza por Sasha, seguramente a causa de la desesperación producida por la edad y, en cuanto su relación se hizo pública, se convirtió en un escándalo casi al instante.

Cuando lo de su aventura llegó a los medios de comunicación, ya no hubo forma de seguir con el matrimonio. Sus hijas se pusieron furiosas con él, y a esas alturas, dos años y medio después, aún no lo habían perdonado, si bien habían aceptado la situación y lo visitaban a pesar de todo. No querían perder a su padre, aunque creían que lo de Sasha era una ridiculez y una vergüenza.

Para Gabrielle había sido un golpe tremendo. Tenía casi cuarenta y tres años y llevaban veintidós casados cuando se enteró, y le hizo muchísimo daño. No había duda de que a Arthur le gustaban las mujeres jóvenes, al fin y al cabo ella lo era, pero con su nueva novia había dado con una verdadera manipuladora y se estaba gastando una fortuna para cumplir sus exquisitos deseos: alta costura, joyas y un montón de arte caro que seguro que ella volvería a vender en el futuro. Había visto a muchas chicas como Sasha en acción, pero aquella vez le había tocado a ella.

Pidió el divorcio seis meses después de enterarse de su aventura. Todo se llevó con la mayor discreción posible y llegaron a un acuerdo un año antes de su viaje a París. Gabrielle lo encajó con dignidad y se contuvo para no hablarles mal de él a sus hijas, aunque en su fuero interno le guardaba rencor. En realidad, lo que sentía era peor que el rencor: estaba destrozada. Ella siempre creyó que su amor era verdadero, que duraría para siempre y que los veinticinco años que ellos se llevaban serían suficientes para calmar su necesidad de tener a su lado mujeres jóvenes. Pero no. Sasha había conseguido engatusarlo. Y como pasaba con muchas mujeres jóvenes como ella, procuró quedarse embarazada en cuanto se casaron, o tal vez incluso antes. El niño tenía en aquel momento tres meses y Sasha se había asegurado el futuro. Sin embargo, por primera vez en veinticuatro años, a Gabrielle el suyo le parecía incierto. Su carrera estaba perfectamente asentada y había seguido trabajando por teléfono durante toda la vorágine del divorcio, mientras intentaba permanecer fuera del foco. Su hija mayor acababa de mudarse a Los Ángeles, nada más terminar sus estudios, y la pequeña estaba en la Universidad de Georgetown, en Washington, aprovechando al máximo su estancia allí. A ninguna de las dos les había alegrado la llegada del nuevo hijo de Arthur. A Gabrielle tampoco le había gustado nada la noticia, aunque no le sorprendió teniendo en cuenta lo que era Sasha: una cazafortunas perfecta e impecable, una verdadera profesional. Para ella, todo aquel asunto resultaba extremadamente humillante.

En realidad no le importaba que Arthur se estuviera poniendo en evidencia ante todo el mundo; lo que le preocupaba era que había hombres entre sus amigos que lo envidiaban. Al ver esa reacción se dio cuenta de que ellos nunca habían sido verdaderos amigos suyos. Su marido se había deshecho de ella y la había olvidado en un abrir y cerrar de ojos, y ella se sentía agradecida de que sus padres no vivieran para verlo. Ellos habían volcado todo su amor en su única hija, que además llegó de sorpresa a una edad en la que ya no la esperaban; ver cómo la despreciaba Arthur habría sido tan desgarrador para ellos como para sus hijas y ella misma. Le suponía cierto consuelo saber que su padre se habría puesto furioso con Arthur.

De repente se sentía poco atractiva, vieja y vulnerable. Lo

ocultaba bien y se mostraba serena, fría y profesional con sus clientes, pero por dentro estaba rota, aunque no dejaba que nadie supiera hasta qué punto, ni siquiera sus hijas. Durante meses, cuando estaba a solas, se pasaba el tiempo llorando. Pensar en el futuro la hacía sentirse insegura y desesperada. Cuando pidió el divorcio, a sus cuarenta y tres años, de pronto se vio como una mujer de mediana edad, sin ganas de empezar de nuevo en la vida. Había necesitado más de dos años para recuperarse. No había asistido a ningún evento social desde el divorcio y había dejado de viajar, excepto para acudir a alguna feria de arte importante o para visitar a algún cliente, y solo si era estrictamente necesario. Nunca mencionaba a Arthur, ni a su nueva mujer ni a su hijo. Y nadie se atrevía a sacar el tema en su presencia.

La combinación de unas sesiones de terapia con un buen psiquiatra, medicación durante unos meses, un poco de tiempo, el amor de sus hijas y su profesionalidad fue lo que la sacó del abismo. Gabrielle había heredado la elegancia de su madre y la pasión por el arte de su padre, y ambas cosas la ayudaron a sobrevivir. El viaje a París había sido una idea de última hora. De repente decidió que quería asistir en septiembre a la Bienal de París, la feria de antigüedades y de arte, y también aprovechar para estar presente en una importante subasta en Sotheby's que coincidía con la reapertura del que había sido el hotel favorito de Arthur y ella. Tenía curiosidad por verlo, aunque también le preocupaba un poco encontrarse allí con algún fantasma del pasado. No había podido resistirse y pidió su suite habitual. Ahora temía que hubiera sido un error por su parte. Solo rezaba para que Arthur y Sasha no tuvieran intención de ir también a la Bienal, aunque no creía que así fuera. Los gustos de Sasha eran menos sofisticados y Gabrielle sabía que ella prefería el arte contemporáneo; Arthur se había gastado una fortuna en las obras de arte más caras y modernas.

Gabrielle tuvo que volar en una aerolínea comercial por primera vez desde hacía años porque Arthur se había quedado con el avión; ella no lo quiso. Se vistió de una forma muy sencilla, con vaqueros, zapatos planos, un jersey y una chaqueta de pelo, todo negro, y el enorme bolso Birkin de Hermès que utilizaba para viajar, que también era del mismo color. Era alta y delgada y tenía una cara exquisita, con unos grandes ojos verdes, una piel blanca perfecta y el pelo oscuro recogido en una coleta tensa. Había que prestar mucha atención para distinguirla; le gustaba pasar inadvertida entre la gente y que nadie se fijara en ella, a pesar de su llamativa apariencia. Solo al prestar atención se percibía su porte aristocrático, su encanto sereno y todos los detalles propios de su elegancia natural. Nunca le había gustado ser el centro de atención, y menos en ese momento. Hubo un tiempo, cuando acababa de casarse con Arthur, en que dejaba que él la exhibiera como si fuera una muñequita perfecta, pero nunca se sintió cómoda con ello y, con los años, recuperó su forma de ser natural, elegante y sencilla. Él ya tenía a la muñequita que siempre había querido, una chica que podía cubrir de oro y lucir sin prestar atención a su vulgaridad ni mostrar el más mínimo reparo en presumir de su juventud, mientras ella le sacaba todo lo que podía. Gabrielle nunca se había aprovechado así de él. Lo amaba y, además, contaba con su propio dinero, así que nunca había necesitado el de Arthur. Con Sasha, la situación era muy diferente. Gabrielle tenía dignidad y elegancia. Sasha era ordinaria, pero lista y muy sexy.

Un miembro del personal de tierra de Air France esperaba a Gabrielle al pie del avión. La acompañó a recoger su equipaje y la dejó en manos del chófer de un discreto Mercedes negro enviado por el hotel. Arthur le había comprado a Sasha un Bentley plateado. Él conducía un Lamborghini. A ambos les gustaba el lujo. Gabrielle no le daba ninguna importancia a ese tipo de cosas, aunque había preferido volar en primera clase y con la cortinilla cerrada para tener privacidad. Era más cómodo así. No quiso cenar y durmió durante todo el viaje. Siempre había estado muy delgada, casi como una modelo, pero entonces lo estaba aún más. Habían sido dos años y medio muy duros y solo deseaba llegar a su hotel favorito, como si todo se fuera a arreglar en cuanto lo pisara. Pensaba, erróneamente, que podía hacer que el reloj retrocediera. Gabrielle sabía que no era posible y no hacía más que repetirse que, si Arthur era así en realidad, estaba mejor sin él. Por encima de todo se sentía decepcionada, pero no quería que nadie le tuviera lástima. Por eso decidió mantenerse alejada de toda su gente y también de la que había conocido durante su matrimonio. No quería hablar mal del hombre que había amado, lamentarse por lo que le había hecho ni sentir lástima de sí misma.

Sabía que iba a tener una buena vida sin él y se lo recordaba constantemente. Si lo pensaba con frialdad, sabía que a ella le iría bien, pero todavía le dolía. Ese viaje era el primer paso de su nueva vida y la prueba de que había conseguido reunir el valor para regresar a los lugares de siempre sin él. No sabía si había mordido más de lo que podía tragar, aunque si resultaba ser demasiado, siempre podía volver a casa o irse al Ritz.

Mientras se acercaban a París no se sintió insegura, sino decidida y contenta de haber hecho el viaje. Le encantaba esa ciudad y no quería renunciar a ella por él. No era de su propiedad, ni tampoco de Sasha. Ellos ya se tenían el uno al otro, no se lo podían quedar todo.

Los propietarios del Louis XVI habían decidido conservar a la mayoría de sus empleados durante el tiempo que duró la reforma, pagándoles una parte de su sueldo, y solo despidieron a los últimos que habían contratado. Algunos de los empleados más antiguos recibieron su salario completo durante el tiempo de inactividad para conseguir que se reincorporaran al hotel cuando reabriera. El portero reconoció a Gabrielle al instante, se quitó la gorra para saludarla y ella sonrió. El empleado se ocupó de su equipaje mientras ella cruzaba la puerta giratoria e iba directa al mostrador de recepción.

Solo con un vistazo notó que el hotel no había cambiado mucho. Las obras de arte más icónicas y los muebles parecían los mismos y estaban en el mismo sitio. Habían puesto una alfombra nueva, exactamente con el mismo diseño que la anterior, pero aquí y allá se veía el brillo del mármol nuevo. También se fijó en unas vitrinas de aspecto moderno con joyas.

Los uniformes rojos de los botones eran iguales a los que utilizaban desde hacía décadas, pero todos eran nuevos y los llevaban caras desconocidas, muchas aún muy jóvenes, casi adolescentes que ni siquiera necesitaban afeitarse. Todos los rostros que encontró en la recepción también eran nuevos. Le sorprendió no reconocer a ninguno. Esperaba encontrar al menos un par de la vieja guardia, aunque sabía que monsieur Lavalle había muerto y que el subdirector y la gobernanta se habían jubilado. Lo que se encontró al llegar fue a un hombre de unos cuarenta y tantos, que se estaba quedando calvo y parecía nervioso y aturullado. Se presentó como Olivier Bateau, el nuevo director. Le dio la bienvenida, sorprendido por cómo iba vestida. Él estaba más acostumbrado a la exuberancia que acompañaba a los huéspedes más ostentosos y menos discretos. A continuación la dejó en manos de la subdirectora, Yvonne Philippe, para que la acompañara a su habitación. Ese fue el primer cambio importante, porque Louis Lavalle siempre la había acompañado personalmente a su suite. Se preguntó si sería porque ya no estaba casada con Arthur y decidió que debía ser por eso, no se le ocurrió otra razón.

Gabrielle estaba cansada tras el vuelo nocturno e Yvonne se mostró callada y respetuosa mientras cruzaban el familiar vestíbulo en dirección a su habitación. Por el camino ella fue notando más cambios, pero ninguno llamativo. Habían hecho muy bien la reforma, buscando mantener las cosas lo más parecidas posible a la versión original que todos adoraban. El nuevo ascensor era todo de mármol y cristal y ya no parecía propio del viejo mundo, sino un aparato moderno y eficiente, aunque todavía había dentro un ascensorista con su librea para manejarlo, que evidentemente no era necesario. Por el camino, Yvonne le explicó los nuevos detalles de alta tecnología que habían añadido a todas las habitaciones, aunque tuvo que admitir en voz baja que todavía estaban puliendo algunas cosillas porque había problemas con internet y con los teléfonos, pero le aseguró que esperaban que todo funcionara a la perfección en un par de días. Gabrielle tenía previsto quedarse una semana.

Contuvo la respiración cuando la subdirectora acercó la llave electrónica a la cerradura, un sistema que también era nuevo, y la puerta de la suite se abrió como por arte de magia. A primera vista todo parecía igual. Vio que la ropa de cama era diferente, pero los muebles eran los mismos y habían mantenido la paleta de colores basada en un suave azul cielo. Se veían satenes y brocados por todas partes, y las cortinas nuevas le parecieron impresionantes, mejor que las antiguas. Habían cambiado la alfombra Aubusson por otra, si bien el efecto era tan bonito como antes. Al mirarlo todo con más detenimiento detectó que había algunos muebles nuevos en la habitación, todos antigüedades, y que habían añadido un minibar camuflado por un espejo. La chimenea de mármol blanco tallado, que a Arthur y a ella les encantaba, seguía allí. Los baños, dos completos y un tocador, eran asombrosamente modernos y grandiosos, aunque tenían cierto aire antiguo. Yvonne le señaló dónde estaban los elementos tecnológicos de la habitación y le enseñó cómo controlarlo todo con un iPad, incluso las cortinas.

Era la mejor remodelación que Gabrielle había visto, y pensó que tenía mucho en común con la que había llevado a cabo ella a nivel personal. Cuando Arthur la dejó, pensó en hacerse un *lifting* pero, por suerte, el cirujano plástico con el que consultó la convenció de que no lo hiciera, porque no lo necesitaba. Le sugirió, en cambio, que se aplicara unas cuantas inyecciones para añadir relleno y conseguir cambios muy sutiles, y un tratamiento eléctrico para darle un aire más juvenil a su rostro. Los resultados habían sido estupendos. No se la veía diferente, como si se hubiera retocado. Los cambios eran muy puntuales, le daban aspecto descansado y saludable y acentuaban sus rasgos. Estaba más guapa y se había quitado diez años de encima. Sonrió al pensar en que tanto el hotel como ella habían rejuvenecido con unos cambios muy leves, sin tener que hacerse nada demasiado invasivo ni destructivo. Sus hijas ni siquiera notaron los cambios en su cara hasta varios meses después de hacérselos. Se sentía tan mayor en comparación con la nueva mujer de Arthur, diecinueve años más joven, que se alegraba de haber tomado esa decisión. Había sido el pistoletazo de salida para empezar una nueva vida por su cuenta. Ir a París sola era el segundo paso.

Le dio a Yvonne una buena propina y sus maletas llegaron a la suite antes de que a la subdirectora le hubiera dado tiempo a marcharse. Yvonne se había fijado en la sorpresa de Gabrielle al ver que Olivier no la acompañaba, algo que a ella le pareció un gran error, pero la huésped se mostró muy amable con ella y además era demasiado educada para quejarse, aunque eso suponía un trato algo menos exclusivo del que se le daba en el hotel hasta entonces. El nuevo director no se había dado ni cuenta, y eso a ella le preocupaba mucho, pero la clienta no se había enfadado.

Unos minutos después, Gabrielle se quedó sola en la suite, donde la esperaban una pirámide de macarons preparada por el chef del hotel, un platito con fresas, un frutero lleno, una caja de los mejores bombones, un enorme ramo de rosas de color rosado y en la cubitera, enfriándose, una botella de su champán favorito, Dom Pérignon. A ella le gustaba más que el Cristal, que era el que les ofrecían normalmente a los estadounidenses acaudalados.

Gabrielle se sentó en una silla y contempló la suite. No había cambiado gran cosa, pero todo lo demás en su vida sí, y ella también. Arthur ya no estaba, se había refugiado en los brazos de su nueva esposa. Gabrielle había vivido recluida varios años, a pesar de prometerle a su terapeuta que intentaría salir más. Ese viaje era un gran paso. Resultaba increíble pensar cuánto había cambiado su vida en cuatro años, los que había durado la reforma del hotel. Sus hijas se habían hecho mayores: una ya se había ido de casa y la otra estaba en la universidad. Las dos habían empezado nuevas vidas, así que ella estaba sola, más de lo que nunca había estado. Y estar en París, en la habitación en la que Arthur y ella fueron felices tantas veces a lo largo de los años, parecía recordárselo a cada segundo. Los ojos se le llenaron de lágrimas, así que se levantó y fue a mirar por la ventana los tejados de Faubourg Saint-Honoré. Unas ventanas dobles de gran calidad evitaban que se colara ningún ruido. Además, habían añadido un nuevo sistema de aire acondicionado que también se controlaba con el iPad. Sabía que lo único que podía hacer era seguir adelante. Se permitió estar triste un momento, pero sabía que no serviría de nada y no quería dejar que la depresión la arrastrara.

Miró el reloj y decidió ir a dar una vuelta por la Bienal, a ver qué galerías se habían instalado allí y dar un paseo por la elaborada exposición del Grand Palais para echar un vistazo a los estands por su cuenta. Algunos vendedores invertían hasta un millón de dólares en montar la exposición de sus estands en aquella feria, así que seguro que merecía la pena verlos. Abrió el champán, se sirvió una copa, cogió un macaron de la pirámide que había sobre la bandeja plateada e intentó no pensar en Arthur. Ya no formaba parte de su vida y tampoco se lo merecía. Estaba en París, en su hotel favorito, y tanto el lugar como ella habían cambiado, para mejor. Eso era lo único en lo que quería pensar. Se lavó la cara y se cepilló el pelo largo y oscuro. Tenía toda la vida por delante e iba a hacer que fuera una buena vida, costara lo que costara. Diez minutos después cruzaba el vestíbulo con una sonrisa en la cara. Se sentía feliz de estar allí.

2

Cuando Gabrielle Gates subió al Mercedes con chófer que le había proporcionado el hotel para que lo utilizara durante su estancia, se fijó en el hombre alto, de pelo canoso, traje oscuro y una expresión muy seria que entraba en ese momento en el hotel. Había bajado de un taxi con un maletín en una mano y una maleta con ruedas en la otra, que insistió en llevar personalmente. Se dio cuenta de que el portero lo saludaba con deferencia. El hombre no sonrió. Todo en él indicaba que se trataba de alguien importante. Parecía muy serio, preocupado y nada contento. No le sonrió al portero y entró con prisa en el hotel. El chófer también se fijó en él.

—¿Quién es? —preguntó Gabrielle, por curiosidad. Había solicitado un chófer que hablara su idioma, porque ella no hablaba francés (Arthur tampoco), aunque sí lo entendía un poco después de tantos años relacionándose con el mundo del arte de ese país—. ¿Alguien importante? El portero parece impresionado.

—Sí que es alguien importante —confirmó el chófer, mirándola por el retrovisor. Sería más o menos de su edad, llevaba un traje negro, una camisa blanca y una corbata negra y hablaba su idioma correctamente—. Es Patrick Martin, nuestro ministro del Interior. Se presenta como candidato a la presidencia del país en las elecciones de la próxima primavera.

El hombre tendría unos cincuenta y tantos y, tras escuchar la explicación del chófer, pensó que, en efecto, tenía cierto aire presidencial. No era difícil imaginárselo ocupando ese puesto.

—¿Y cree que ganará? —Le intrigaba ese hombre. No parecía cordial, sino más bien serio y respetable.

—Es posible. Seguramente no en la primera vuelta, quizá sí en la segunda; nosotros hacemos dos votaciones en las elecciones presidenciales. Él infunde mucho respeto, pero no es agradable, aunque tal vez sea mejor tener un presidente que no caiga bien y que sea serio. Los más simpáticos no han sido buenos presidentes. Y a todos se les sube el poder a la cabeza. Se llevan con ellos al Eliseo a sus novias, sus amantes y sus escándalos. Patrick Martin no tiene escándalos. Es muy… recto, ¿se dice así? Y muy íntegro.

—Es la imagen que da —confirmó Gabrielle, sorprendida por la descripción del chófer.

—En Francia tenemos muchos partidos. En las elecciones se va a enfrentar principalmente a otras dos candidatas, una comunista y la otra de extrema derecha. Él lo haría mejor. Pero hay unos cuantos más, también.

—Últimamente la política resulta confusa en todas partes —reconoció ella. Luego se distrajo mirando un folleto que llevaba en la mano con las galerías que iban a exponer en la Bienal y se olvidó por completo del ministro del Interior. Solo se preguntó durante un segundo por qué se alojaría en el hotel y pensó que, por la velocidad a la que había entrado, tal vez fuera para verse con una mujer.

Patrick Martin preguntó por Olivier Bateau cuando llegó al mostrador de recepción del Louis XVI. El director le había hecho la reserva personalmente, y cuando lo vio llegar fue corriendo a presentarse.

—Es un gran honor conocerlo, ministro —saludó Olivier con una excesiva obsequiosidad que pareció incomodar a Patrick. Le había dicho por teléfono que quería total discreción. Los directores de hotel estaban acostumbrados a ese tipo de peticiones y adivinaban al instante la razón que había detrás.

—¿Está lista mi habitación? —preguntó Patrick. Había pedido una habitación sencilla, sin nada especial. Explicó que la necesitaba para una reunión, pero Olivier no se lo creyó. Era más probable que fuera para una cita con una mujer. Martin era un hombre atractivo.

—Por supuesto. Le acompaño.

Bateau salió enseguida de detrás del mostrador con una llave electrónica en la mano. Durante la última semana había pasado más tiempo en recepción que en su despacho. Quería recibir a los huéspedes más importantes a su llegada. Había perdido esa oportunidad con Gabrielle Gates sin ser siquiera consciente de ello. Yvonne sí que lo comprendió al instante, porque había visto la recepción de VIP que Gabrielle recibió en el Claridge's y en el Four Seasons de Milán cuando trabajaba allí. Sabía que en el Louis XVI no habían estado a la altura, pero Gabrielle se mostró extremadamente educada y no se había quejado.

Patrick Martin y el director subieron juntos en el ascensor. Olivier había elegido la tercera planta, una de las más exclusivas, donde estaban las suites más lujosas. Salió antes que Patrick y caminó delante de él. Abrió la puerta de una suite y le hizo un gesto a Patrick para que entrara. El ministro puso cara de espanto en cuanto cruzó el umbral y se volvió para mirar a Olivier con cara de disgusto.

—Le pedí una habitación común. Esto es una suite enorme y lujosísima. —No parecía nada contento con eso.

—Claro, señor. Le hemos mejorado la categoría de su habitación, sin coste para usted, por supuesto. Es un placer ofrecerle una de nuestras mejores suites. —Olivier parecía encantado consigo mismo, pero el ministro del Interior no estaba satisfecho.

—¿Podría cambiarla por una habitación normal, que no sea una suite?

Olivier lo miró escandalizado y decepcionado.

—Me temo que no, señor. Lo tenemos todo lleno hasta dentro de varias semanas. Y muchos huéspedes han solicitado específicamente sus habitaciones de siempre. Seguro que está cómodo aquí. —Esperaba que Patrick estuviera encantado con el cambio, pero parecía frustrado y tenía tan apretados los labios, ya de por sí bastante finos, que casi ni se le veían.

—Está bien. Solo es una noche. Pero no da buena imagen que un ministro se permita estos lujos, aunque lo pague de mi bolsillo. —Al registrarse había utilizado su tarjeta de crédito personal, no la oficial—. Le reitero que la discreción es de capital importancia.

—Claro, señor. Entendido.

Normalmente en el hotel exigían saber si en la habitación iba a pernoctar más de una persona, pero no tenía ni la más mínima intención de hacerle esa pregunta al responsable de todas las agencias secretas del gobierno, similares al FBI y la CIA de Estados Unidos, un hombre con mucho poder. Martin se quedó de pie con gesto incómodo, examinando la suite mientras esperaba a que el director se fuera, cosa que Olivier hizo a toda prisa. En cuanto se quedó a solas, Patrick se dejó caer pesadamente en una butaca Louis XVI original, una antigüedad, y suspiró. El simple hecho de estar allí ya le ponía de los nervios. Abrió el maletín y miró dentro, y después hizo lo mismo con la maleta. Tenía todo lo que necesitaba. Estaba tenso mientras esperaba, no era capaz de relajarse, así que se levantó, fue al minibar y se sirvió una copa bien cargada de whisky que se bebió de un trago. Luego se sirvió otra y se la llevó a la butaca para volver a sentarse a esperar el golpe en la puerta.

Cuando Olivier Bateau volvió al mostrador después de acompañar a Patrick Martin a su habitación, se estaba registrando un hombre alto, corpulento y distinguido. Parecía muy serio, pero tenía una mirada amistosa y agradable. Le calculó cuarenta y muchos, hablaba francés a la perfección, aunque con acento británico, y se presentó como Alaistair Whyte-Jones. Había reservado una suite junior, con un dormitorio y una sala de estar unidos, pero sin el salón aparte. Se trataba de una nueva categoría incorporada tras la reforma y tenían varias. Comentó que nunca había estado en el hotel antes, lo que ya sabían, porque se encargaron de comprobarlo en sus registros informáticos.

No dio explicaciones sobre por qué había ido a París, pero lo cierto era que tenía una reunión allí y había decidido aprovechar y cogerse unos días de vacaciones, algo que hacía mucho que no disfrutaba. París era su ciudad favorita y estaba encantado de estar allí. Examinó el vestíbulo del hotel y después siguió hasta su habitación a una de las jóvenes subdirectoras junior que había en recepción.

No había nada en el archivo del señor Whyte-Jones que indicara que era un cliente VIP, ni tampoco actuaba como ellos. Se comportaba como una persona normal, inteligente, eficiente, con buena educación, para quien pasar unos días en el Louis XVI era algo especial, no una visita que hiciera con regularidad, y lo más seguro era que tardara en volver a pasar por allí. Se registró solo y tenía una apariencia inconfundiblemente británica, con una chaqueta de tweed que parecía confeccionada por un sastre que conocía bastante bien su oficio, pantalones de vestir grises y zapatos de ante marrón oscuro. Daba la impresión de ser un caballero de la Inglaterra rural, pero no un lord ni alguien fuera de lo común, y eso no exigía ningún tratamiento especial por parte del director ni de la subdirectora. Además, pareció satisfecho con la mujer joven que lo acompañaba con su llave. Para aquel hombre, estar allí era algo especial. Nunca se alojaba en hoteles como ese, pero había decidido darse el capricho de pasar unos pocos días en un establecimiento elegante. Había leído sobre el Louis XVI y quería verlo con sus propios ojos. Solo lamentaba no tener a nadie con quien compartir esa experiencia. Pero estaba encantado de estar allí y lo iba a aprovechar al máximo.

Poco después de que Alaistair Whyte-Jones pasara por allí, llegó a registrarse una pareja joven estadounidense. Irradiaban felicidad, casi euforia, e Yvonne se preguntó si estarían de luna de miel, pero no se lo preguntó. Los apellidos de sus pasaportes eran diferentes, aunque eso no significaba nada necesariamente porque si de verdad estaban recién casados, no habrían tenido tiempo de cambiar los datos del pasaporte de ella todavía. Además, en la actualidad muchas mujeres no querían perder su apellido al casarse, sobre todo las estadounidenses. Parecía que estaban celebrando algo. Un botones, con su flamante uniforme de chaqueta roja y la tradicional gorra del mismo color, los acompañó a su habitación. Se miraban con aire cómplice, pero no culpable. Parecían simplemente felices. Yvonne no pudo evitar sonreír mientras los observaba ir hacia al ascensor con el botones. Cuando llegaron, se besaron. Tampoco es que fuera un amor loco de juventud. Había visto en sus pasaportes que él tenía treinta y ocho años y ella treinta y nueve, así que ya tenían edad de saber lo que hacían, fuese lo que fuese. No tenía forma de saber que con su historia se podría haber escrito una novela o una serie de televisión.

Richard Sheffield conoció a Judythe en la boda de ella, dos años antes. Él era amigo de la universidad del novio, que lo había invitado por los viejos tiempos; ambos fueron compañeros de cuarto en una casa enorme durante el último año en la Universidad de New Hampshire. Judythe trabajaba en el departamento de publicidad de una revista en Nueva York y había esperado hasta los treinta y siete para casarse. El hombre perfecto no había aparecido y al final se convenció de que podía compartir su vida con alguien, aunque no fuera el hombre de sus sueños. El novio era analista de bolsa en Wall Street. Tenía un buen trabajo. Ambos parecían compatibles, se lo pasaban bien juntos y les gustaban los mismos deportes, así que decidió que él era lo bastante bueno y que tenía que aprovechar la oportunidad antes de que perdiera el tren para siempre. Habían roto un par de veces, cuando ella aún tenía esperanzas de conocer a alguien más interesante. El hombre con el que iba a casarse no era interesante, pero sí responsable y decente. Richard llevaba tres años casado con una enfermera y aún no tenían hijos. Era editor y redactor en una revista de viajes.

El flechazo se produjo en la boda. Richard y Judythe empezaron a hablar y la atracción surgió de inmediato y por ambas partes. Ninguno de los dos se atrevió a decir nada y Judythe pensó que era porque habían bebido demasiado. Cuando bailó con ella, fue como si fluyera una corriente eléctrica entre ellos. Ella nunca se había sentido tan atraída por nadie, y mucho menos por el hombre con el que acababa de casarse. Los dos hicieron todo lo que estaba en sus manos para ignorarlo. La luna de miel, que pasaron en Wyoming, fue genial, pero en cuanto regresó a casa no pudo dejar de pensar en Richard. Él la invitó a comer y, en cuanto se vieron, volvieron los fuegos artificiales, y en ese momento los dos estaban totalmente sobrios y no estaban bailando.

Tres comidas y dos meses después de que Judythe se casara, acabó en un hotel con Richard. Los dos se sentían culpables por lo que estaban haciendo, pero no podían evitarlo. Ella supo enseguida que había cometido un gran error al casarse; Richard había llegado a la misma conclusión solo meses después de su boda. Su mujer no hacía más que quejarse: el trabajo de Richard no le parecía lo bastante bueno y a ella no le gustaba viajar, no tenía imaginación y se pasaba la mayor parte de su tiempo libre en New Jersey, con sus hermanas. Solo necesitó seis meses para darse cuenta de que no la quería. Richard y Judythe se percataron de su error cuando se conocieron en la boda, y Judythe no podía evitar sentirse una mentirosa y una infiel que traicionaba a su marido.

Solo llevaban casados cinco meses cuando le dijo a su marido que había cometido un terrible error y que él se merecía algo mejor. Intentó no contarle lo de Richard, aunque al final no pudo evitarlo. Steve Oakes, su marido, se comportó como un caballero cuando se enteró. La noticia lo entristeció, pero ambos decidieron que era mejor tomar la decisión cuanto antes. Ella pidió el divorcio pocas semanas después y acabaron todos los trámites en más o menos un año.

El divorcio de Richard necesitó más tiempo. Cuando le dijo que quería dejarla, su mujer decidió hacerle la vida imposible. No se veía teniendo hijos con ella. Los dos habían cometido un error. Pero ella quiso convertir esa equivocación en una fuente de ingresos y fue a por su dinero. Al final llegaron a un acuerdo en el que él la compensaba «por su dolor y sufrimiento» y consiguió el divorcio solo un mes antes de aquel viaje a París.

Había leído lo de la reapertura del Louis XVI y tiró de todos los hilos a su alcance para conseguir un descuento como escritor en una revista de viajes y así poder reservar la habitación más barata disponible en el hotel. Aun así se salía de su presupuesto, pero después de todo lo que habían pasado, quería celebrarlo. Habían pensado en casarse en algún momento, aunque todavía no tenían planes concretos. Vivían juntos desde que los dos se separaron, si bien los divorcios los habían dejado sin energía y sin dinero. Ir a París a celebrar sus divorcios suponía un gran esfuerzo. El plan era pasar cuatro noches en el Louis XVI y luego un fin de semana en Roma, en un hotel que les había salido gratis. Judythe no había sido tan feliz en su vida, y Richard se sentía igual. Había sido muy difícil, pero fueron valientes y sinceros y su sueño por fin se había hecho realidad. ¿Y qué mejor lugar para celebrarlo que París? Judythe no había estado nunca en un hotel como ese. Fuera lo que fuese lo que viniera a continuación, solo podía ser la guinda del pastel. Y para rematarlo, justo antes del viaje, Richard consiguió un importante ascenso en la revista y un aumento de sueldo. Tenían ganas de hacer un viaje juntos y estaban deseando tener hijos.

Gabrielle Gates le echó un vistazo a la Bienal esa tarde y tomó nota de dónde estaban las galerías que le interesaban dentro de la enorme muestra del Grand Palais. Cuando regresó, pidió un té al servicio de habitaciones y se sentó en el salón de su preciosa suite a relajarse. Tras la oleada de nostalgia que la invadió al entrar, empezaba a sentir la habitación como algo propio y no tanto el lugar que Arthur y ella habían compartido. Su exmarido había profanado esos recuerdos sin miramientos, así que ¿por qué iba a considerar ella el hotel como algo sagrado a esas alturas? ¿Por qué iba a sentirse triste? Decidió allí para empezar una nueva vida y quería aprovecharla al máximo y no desperdiciar ni un minuto. Había llegado su momento. Sentía que se lo había ganado después de que su marido le rompiera el corazón.

Alaistair Whyte-Jones abrió la ventana, encendió un puro y se sirvió un brandy. Había decidido relajarse en el hotel y disfrutar de la habitación un rato antes de salir. La suite junior era más elegante de lo que esperaba y lo único que le apenaba era no conocer a nadie en París a quien poder enseñársela. Llamó al número que figuraba en una tarjeta de visita que sacó de su cartera y confirmó la cita que tenía al día siguiente. No conocía al hombre con el que se tenía que reunir, un amigo mutuo fue quien concertó la cita para Alaistair.

Los planes de Richard y Judythe eran salir y pasear por París, pero se entretuvieron admirando la enorme cama y la botella de champán que había en su habitación y acabaron haciendo el amor durante varias horas antes de salir a dar un largo paseo cogidos del brazo por la rue de Faubourg Saint-Honoré hasta las Tullerías, donde se sentaron en un banco y se besaron. Ninguno de los dos se podía creer que tuvieran toda una vida por delante juntos y que nada pudiera impedírselo. Todas las cosas negativas y los problemas legales habían quedado atrás. Habían corregido sus errores, pagado el precio y lo que les esperaba era un viaje sin contratiempos.

Cenaron en un pequeño bistró, volvieron al hotel e hicieron el amor de nuevo. Parecía que la vida no podía ser más perfecta. Y ¿qué mejor sitio para celebrarlo que París? Ya se habían enfrentado a todas las complicaciones de sus vidas y ese viaje era su recompensa. Estaban seguros de que, cuando se casaran esta vez, ninguno de los dos estaría cometiendo un error.

Olivier Bateau estaba sentado en su despacho, detrás de la recepción, y había empezado por fin a relajarse. Su respiración empezaba a recuperar la normalidad cuando entró Yvonne para informarle de que todo iba bien en sus dominios excepto el sistema telefónico, que seguía fallando a ratos, pero ya había un equipo trabajando en ello y habían prometido que lo arreglarían pronto.

—Aparte del tema del teléfono, todo está tranquilo —anunció sonriente mientras él sacudía la cabeza.

—Por el momento —replicó—. Pero eso puede cambiar en un abrir y cerrar de ojos. Los hoteles son complicados. Son como seres vivientes que respiran y tienen vida e ideas propias.

Yvonne ya se había dado cuenta de que su jefe era un pesimista acosado por la ansiedad, que siempre veía el desastre esperándolo a la vuelta de la esquina.

—Creo que, para ser la primera semana, las cosas han salido muy bien —insistió ella.

Él dudó, pero al final asintió. Le vino a la cabeza el ministro del Interior y la maravillosa suite que le había asignado. No pudo evitar preguntarse con quién se iba a ver Patrick Martin allí esa noche, aunque no tenía ni la más mínima duda de que pensaba ponerle los cuernos a su mujer. No sabía con quién, pero Olivier se alegraba de haberle dado aquella suite enorme. Estaba seguro de que cuando Patrick se convirtiera en presidente, lo recordaría.

3

Patrick Martin caminaba arriba y abajo por la suite mientras esperaba a la persona con la que había quedado. Se acercó a la ventana varias veces, pero se quedó detrás de las finísimas cortinas para no arriesgarse a que lo viera alguien. Cuando oyó el golpe en la puerta, ya se había tomado dos whiskys. Le había enviado un mensaje a su cita con el número de habitación en el que le indicaba que fuera directa al ascensor y no preguntara por él en recepción. Patrick había recibido un simple «Ok» en respuesta. Estaba seguro de que el personal de recepción se encontraría demasiado ocupado para fijarse en alguien que entrara directamente y con mucha seguridad y que nadie preguntaría.

Cuando por fin oyó la puerta, Patrick fue a abrir y dejó entrar a un hombre joven, elegante y escandalosamente guapo, de una belleza excepcional. Tenía veintitantos, era ruso y se había formado como bailarín en el conservatorio público de Moscú. Sin embargo, desde que llegó a París tres años atrás no se había dedicado al baile, sino a trabajar de modelo. Era impresionantemente atractivo, tenía el pelo rubio y liso que le llegaba a los hombros y un cuerpo perfecto en el que se marcaban todos los músculos. Cuando Patrick lo miró, sintió lo mismo de siempre: una atracción ardiente, irresistible, ira y repulsión, todo al mismo tiempo. La atracción que sentía por

Sergei Karpov le hacía sentirse atrapado. Patrick lo contempló mientras se desplazaba con la agilidad de un gato, o más bien de un leopardo delgado y flexible. Sergei le sonrió, cogió la botella de champán que había en la cubitera, la abrió, sirvió dos copas y le tendió una Patrick.

—Me gusta la habitación —anunció con una sonrisa traviesa.

Patrick rechazó el champán y Sergei se encogió de hombros, indiferente.

—Prefiero seguir con el whisky. Me han dado una habitación mejor que la que pedí —explicó.

—Eres un hombre importante —señaló el ruso mientras seguía paseando, examinando la habitación y abriendo y cerrando los muebles. Patrick se sentó, incómodo, y lo observó. Nunca se sabía qué iba a hacer ese hombre después—. Y más ahora, que has decidido presentarte a las elecciones presidenciales.

—Eso todavía no es seguro. Ha sido una tontería venir aquí. Llama demasiado la atención, es un lugar muy público. Deberíamos haber quedado en otra parte. Pensaba que estarían muy liados con la reapertura para fijarse. —El cambio de habitación demostraba que se había equivocado.

—Los hoteles malos me deprimen. Me merezco algo así. Y tú también.

Patrick no dijo nada. Sergei parecía como en casa cuando se acomodó en la butaca Louis XVI, con sus largas y musculosas piernas estiradas. Cogió el teléfono y, antes de que Patrick pudiera impedirlo, llamó al servicio de habitaciones y pidió foie gras, caviar y vodka. Cuando colgó, volvió a sonreírle a Patrick.

—Me muero de hambre. —Nada más decirlo se acercó, agarró a Patrick con brusquedad y lo besó.

Mientras le quitaba la ropa y se libraba también de la suya, no dejó de provocarlo y atormentarlo, lo que hacía siempre.

Sergei era un experto en placeres sexuales y Patrick lo sabía perfectamente.

Nunca había podido resistirse. Un minuto después estaban los dos desnudos en la cama, que Sergei había abierto de un tirón, y enzarzados en un encuentro sexual feroz, duro, animal. Los dos hombres emitían gruñidos guturales. Cuando llegó al clímax, Sergei rugió como un león. Había sido rápido y violento, como siempre. Acababan de terminar cuando el camarero del servicio de habitaciones llamó a la puerta. Patrick le dio un empujón a Sergei para que se fuera al baño, escondió también su ropa allí y de paso cogió el grueso albornoz del hotel. Estaba desaliñado pero serio cuando le abrió la puerta al camarero y le cedió el paso. Le ordenó que lo dejara todo en el carrito, firmó deprisa la factura y rezó para que a Sergei no se le ocurriera salir antes de que se hubiera marchado el camarero. Era un hombre impredecible, salvaje y rebelde, rasgos que lo hacían aún más irresistible. Pero él sabía que no le convenía salir y esperó hasta que el camarero cerró la puerta. Después volvió a la habitación desnudo, con su espectacular cuerpo totalmente expuesto, y se sirvió caviar, foie gras y un vasito de vodka frío. Le ofreció a Patrick, que negó con la cabeza. No estaba disfrutando de esa actuación, pero era evidente que Sergei sí. De cada minuto. Sabía que ejercía un control total sobre Patrick desde hacía dos años. Era una relación agónica de sexo, odio y lujuria.

Entonces lo miró y le preguntó:

—¿Lo has traído?

Patrick asintió y se sentó, todavía con el albornoz puesto y cara de tristeza.

—¿Dónde está?

El otro hombre señaló su maletín.

—Tráemelo —ordenó Sergei con voz empalagosa.

Patrick dudó, pero no tardó en levantarse, con expresión derrotada. Luego le acercó el maletín a Sergei y se lo dio. El bailarín sonrió de oreja a oreja, tanto por su evidente sumisión como por la satisfacción que le provocaba lo que había traído Patrick. Abrió el maletín y sacó unos perfectos fajos de billetes de euro. Los dejó en la mesa y los contó, todavía desnudo e insoportablemente perfecto. Sergei convertía cada gesto en un acto sexual, tanto que a Patrick le resultaba casi intolerable solo mirarlo y se excitó contemplándolo, como le había pasado desde el mismo momento en que se conocieron.

—Está todo —aseguró con voz ronca.

—Sí y no —contestó Sergei—. He estado pensando… Acordamos esa cantidad antes de que decidieras presentarte a la presidencia. Ahora tu valor ha aumentado. Eres un hombre muy, pero que muy importante. Quiero más.

Patrick empalideció y Sergei le sonrió con malicia.

—No puedo conseguirte más. He tenido que contar un millón de mentiras y pedir favores para hacerme con tanto efectivo. Me tengo que justificar ante el banco y ante mi mujer para sacar el dinero. No puedo hacerme con más. —La desesperación de Patrick era palpable en su voz y en su rostro. Su relación con el joven ruso le estaba costando un precio altísimo.

—Pues imagínate el valor que vas a tener cuando seas presidente —fue la respuesta de Sergei, que soltó una carcajada.

—Por Dios, pero ¿cuánto tiempo pretendes seguir con esto? —explotó Patrick.

—Lo que sea necesario. Además, tampoco es que hayamos dejado de acostarnos. Cada vez que me ves, me deseas y lo hacemos de nuevo.

A Patrick se le llenaron los ojos de lágrimas al oírlo. Estaba atrapado por culpa de ese chantajista ruin, sin el más mínimo escrúpulo, y del deseo que sentía por él.

—Y si no quieres pagarme más —continuó el ruso—, piensa en tu mujer, en los medios de comunicación. Seguro que a ambos les interesará mucho la historia, ¿no te parece?

Patrick se lanzó a por él y Sergei se apartó dando un saltito mientras se reía. No temía la ira de Patrick. Él era más rápido, más joven y más listo. Patrick no podía soportarlo más: la presión constante, las amenazas, las continuas exigencias económicas que él ya no podía satisfacer. Había sacado dinero de todos los sitios posibles para pagarle. Si seguía haciéndolo, acabarían descubriéndolo y podía perderlo todo. Ya había puesto en riesgo todo lo que le importaba. Estaba casado, tenía hijos y quería presentarse a las elecciones presidenciales; si sus secretas escapadas homosexuales salían a la luz, acabarían con él, con su matrimonio y con su carrera. Y Sergei lo sabía. Por eso se estaba aprovechando de la vulnerabilidad de Patrick. Lo había hecho desde la primera vez que tuvieron un encuentro sexual, en el baño en penumbra de un bar gay de un barrio peligroso.

Entonces Sergei comenzó a martirizar a Patrick: se apartó de él bailoteando y lo esquivó con facilidad, desplazándose hacia atrás sin esfuerzo, como si levitara. Patrick se puso furioso al verlo y se lanzó a por él. Fue un impulso, nada planificado. Tal vez solo pretendía empujarlo para intimidarlo, no tenía intención de hacerle daño. No era un hombre violento, pero en aquel momento temblaba de frustración. Sergei lo había llevado al límite. De repente, en el rostro del bailarín apareció una expresión de desconcierto; se había tropezado con un taburete, que estaba en medio por culpa de la persecución de Patrick, y cayó hacia atrás con suma elegancia. Patrick no podía dejar de mirarlo. El cuerpo de Sergei se arqueó de una forma que casi parecía que flotaba, pero un momento después se estrelló contra el suelo y quedó boca arriba, con los brazos extendidos.

Después de los agónicos gritos de rabia de Patrick de unos minutos antes, la habitación quedó sumida en el silencio. El político se quedó petrificado, mirando a Sergei y la sangre que salía por la nariz y la boca y le enrojecía los ojos. En cuestión de segundos había un charco rojo alrededor de su cabeza. Patrick solo fue capaz de quedarse mirando con terror y repulsión. Era obvio que Sergei estaba muerto. Tenía los ojos abiertos y ensangrentados fijos en el techo. La parte del suelo en la que había caído era de mármol, un material implacable. El taburete con el que se había tropezado estaba a su lado, volcado. E incluso allí, en el suelo, muerto, se le veía atractivo.

Dejó a Sergei tirado sobre el charco de sangre, cada vez más grande a su alrededor, recogió los fajos de dinero que había sobre la mesa y los metió de nuevo en su maletín. No tocó a Sergei ni intentó taparlo ni moverlo. No tenía ni idea de qué hacer. No pretendía matarlo, ni siquiera hacerle daño. El instinto le decía que huyera de allí, pero tenía que pensar primero. Accionó el interruptor que había junto a la puerta para activar la señal de «No molestar», que encendía una luz roja en el pasillo. El pánico se apoderó de él. Aquello sería su ruina. Había matado accidentalmente a un hombre con el que tenía una aventura y además lo estaba chantajeando. Se vistió muy rápido, se acercó a Sergei para volver a mirarlo y se echó a llorar mientras veía cómo el charco de sangre que había debajo del bailarín se hacía cada vez mayor.

En su suite, Gabrielle estaba estudiando el menú del servicio de habitaciones para decidir qué le apetecía. Intentó llamar, pero el teléfono de su habitación no funcionaba, y eso le molestó. No tenía mucha hambre, así que eligió una pieza del frutero que había en la mesa y se preguntó cuándo arreglarían el teléfono.

Mientras, Alaistair disfrutaba de un brandy y un puro en su habitación, gozando de un momento de paz.

Richard y Judythe estaban en la bañera, rodeados de velas, hablando de sus planes de futuro y de lo que iban a hacer en Roma ese fin de semana. Aquello era el séptimo cielo. Cuando salieron del baño, hicieron el amor de nuevo. Después Judythe le estaba diciendo algo a Richard cuando él de repente se agarró el pecho, emitió un sonido ahogado y los ojos se le pusieron en blanco. Judythe solo pudo quedarse mirándolo, petrificada por el pánico.

—¡Richard! ¡Háblame! ¿Qué te pasa?

Él se desmayó y se quedó inconsciente. Judythe lo sacudió para despertarlo. Al no conseguirlo, cogió el teléfono para pedir ayuda. Pero no funcionaba. Entonces salió corriendo a por uno de los albornoces del hotel, se lo puso, bajó a Richard de la cama con todo el cuidado posible, lo dejó en el suelo y lo arrastró hasta la puerta. Desde allí podía pedir ayuda a gritos y alguien la oiría; recordó esa recomendación de una clase de primeros auxilios que había recibido. Abrió la puerta y volvió a comprobar el estado de Richard. No respiraba y no tenía pulso. Gritó con la puerta abierta, pero nadie pareció oírla. Chilló con todas sus fuerzas, desesperada, y empezó a practicarle un masaje cardiaco mientras le suplicaba que no la dejara. Su maniobra era lo único que lo mantenía con vida. No había señal de que hubiera alguien por allí que pudiera ayudarla, pero ella no dejó de chillar y gritar, rezando para que la oyeran. Estaba sollozando, pero no interrumpió el ritmo del masaje.

En su habitación, al otro lado del pasillo, a Alaistair le pareció oír el grito de una mujer, y pensó que no podía ser, en ese hotel no, así que supuso que sería alguna televisión. Pero poco después lo oyó de nuevo: eran los gritos histéricos de una mujer que pedía ayuda. Abrió la puerta de su habitación, que estaba justo enfrente de la de Richard y Judythe, y la encontró haciéndole el masaje cardiaco. Corrió a por el teléfono de su habitación para llamar a recepción y pedir ayuda, pero el suyo tampoco funcionaba, así que volvió al pasillo, fue a buscar el desfibrilador de la pared y regresó a donde estaban Richard y Judythe lo más rápido posible.

—Soy médico —le explicó, abrió el kit, le dio a ella su teléfono móvil y le dijo que llamara al SAMU, el servicio de urgencias francés, y le explicó lo que debía decirles. Por suerte, quien cogió el teléfono hablaba su idioma lo bastante bien como para comprenderla.

El corazón de Richard recuperó el pulso un momento gracias al desfibrilador, pero volvió a pararse, así que Alaistair retomó el masaje cardiaco. Judythe no podía hacer otra cosa que mirarlo, desolada. Gabrielle oyó ruido en el pasillo cuando Judythe volvió a gritar pidiendo ayuda. Salió de su habitación y vio lo que pasaba. Oyó claramente a Judythe hablándole a Richard, fuera de sí, mientras Alaistair seguía intentando revivirlo, o al menos mantenerlo con vida hasta que llegara el SAMU.

Cuando Gabrielle comprendió lo que ocurría, se acercó a toda prisa y le preguntó a Alaistair:

—¿Qué puedo hacer?

Él, que aún conservaba la calma, miró a Gabrielle a los ojos. La gravedad de la situación era evidente.

—Baje a recepción y cuénteles lo que pasa. Que traigan a la gente del SAMU aquí en cuanto lleguen.

Gabrielle se dirigió a las escaleras a toda velocidad. Cuando llegó a la recepción, encontró a Olivier intentando, sin éxito, calmar a los huéspedes que se quejaban airados de que no les funcionaban los teléfonos. Se había reunido allí un buen grupo para protestar. Al parecer, varias zonas del hotel tenían los teléfonos inservibles. Les estaba asegurando que el problema se solucionaría pronto cuando llegó Gabrielle y los interrumpió a todos.

—Un hombre ha sufrido un ataque al corazón en la tercera planta. El SAMU viene de camino. Necesitamos ayuda.

—Hay un desfibrilador en la pared del pasillo —explicó innecesariamente Olivier, que salió de detrás del mostrador, dejándole los huéspedes enfadados a Yvonne, que estaba punto de acabar su jornada pero que entendió que iba a tener que quedarse. Ella se ocuparía de acompañar a los profesionales del SAMU cuando llegaran.

—Lo está atendiendo un médico —explicó Gabrielle mientras los dos corrían hacia el ascensor que los llevaría a la tercera planta—. El desfibrilador no ha servido.

—Entonces está muerto —contestó Olivier con poco tacto.

—No, no lo está. El médico le está haciendo la RCP y gracias a eso su corazón sigue latiendo.

Cuando llegaron a la puerta de la habitación de Richard y Judythe, la escena seguía exactamente igual. Alaistair continuaba con el masaje cardiaco y Judythe le estaba dando toda la información que podía: que Richard tenía treinta y ocho años y que no tenía historial de problemas cardiacos.

—¿Podría ser otra cosa? —le preguntó ella, pero Alaistair negó con la cabeza.

—Es poco probable. ¿Tiene diabetes?

—No.

Alaistair era consciente de que lo que le había pasado a Richard podría deberse a diferentes causas, pero no estaba en condiciones de descubrir cuál de ellas era la responsable en aquella situación tan extrema. Judythe ya le había asegurado que no se había atragantado con nada antes de desmayarse.

Olivier se quedó allí, mirándolos con cara de agobio, mientras Gabrielle contemplaba la escena sintiéndose inútil y Judythe permanecía arrodillada junto a Richard, sollozando bajito, cuando por fin apareció en el pasillo un equipo de diez personas del SAMU precedido por Yvonne. Llevaban muchísimo equipamiento médico consigo. Alaistair les puso al día de la situación. Los médicos de urgencias utilizaron el desfibrilador que ellos traían, que hizo su efecto pero solo durante un tiempo muy breve, y después empezaron a tratar a Richard allí mismo, en el umbral de la habitación, desnudo y tumbado en el suelo. Alguien del SAMU tuvo la delicadeza de cubrirle el cuerpo con una sábana. Para entonces, varios huéspedes habían empezado a salir de sus habitaciones, extrañados por el ruido, y se mostraron alarmados por lo que se encontraron. El equipo del SAMU colocó un biombo para tener cierta intimidad y Olivier intentó calmar a los huéspedes y les pidió que regresaran a sus habitaciones, pero algunos se resistieron, querían saber lo que estaba pasando. Yvonne volvió a recepción.

—¿Por qué no lo meten en su habitación y cierran la puerta? —le preguntó Gabrielle a Alaistair cuando él se alejó de la zona cero para dejar que los sanitarios franceses hicieran su trabajo.

—Es el procedimiento que siguen aquí —explicó—. Atienden al paciente donde lo encuentran, sin moverlo, hasta que esté estabilizado. Sé que los estadounidenses prefieren llevarlo corriendo a un hospital, pero en Francia tratan los casos como este donde suceden. No pierden el tiempo moviéndolo porque se arriesgan a que empeore.

—¿Cree que se recuperará? —siguió preguntando en voz muy baja.

Cuando el hombre la miró, no vio en sus ojos nada bueno.

—Es posible, pero no lo sé. He visto casos peores en los que las víctimas han sobrevivido y otros en los que no —contestó en un susurro—. Seguramente tenía algún problema cardiaco previo que no le habían diagnosticado. —Tras una pausa, Alaistair añadió—: Creo que habían venido de luna de miel. Los vi cuando se registraron y estaban muy acaramelados.

Seguían oyendo el llanto de Judythe y las conversaciones

con tono urgente del equipo médico desde el otro lado del biombo.

Gabrielle no quería molestar, pero tampoco le parecía bien cerrar su puerta y dejarlos allí. El médico británico que se alojaba enfrente había sido de gran utilidad.

—¿Cuál es su especialidad? —preguntó en el mismo tono de voz mientras el equipo seguía ocupado con Richard a solo unos metros.

El pasillo parecía atestado y bullía de actividad. El equipo del SAMU bloqueaba el pasillo y el acceso a los ascensores, pero a los demás huéspedes no les quedó más remedio que aguantarse. No permitían que pasase nadie e interrumpiese su trabajo mientras intentaban salvar a Richard. Habían conseguido reiniciarle el corazón varias veces, pero se le había vuelto a parar.

—No soy más que un humilde internista —reconoció con modestia, pero parecía un hombre comprometido con su trabajo e inteligente. Había sido muy amable con Judythe y muy eficiente a la hora de hacerse cargo de la situación, dándole órdenes a Judythe para que llamara al SAMU y a Gabrielle para que fuera a avisar al personal del hotel—. Es joven, eso ayudará —comentó, pero los dos sabían que no siempre era así—. Tal vez se trate de una anomalía congénita que no le habían detectado y con la que ha vivido toda su vida sin que le causara ningún problema, pero al final ha hecho acto de presencia. Es algo que ocurre a veces. —Y no siempre tenía un final feliz, como él sabía bien.

—Ojalá se recupere —murmuró Gabrielle, que seguía esperando noticias junto al médico en el umbral de la habitación de él. No quería irse de allí así y él tampoco. La puerta de la habitación de Gabrielle continuaba abierta un poco más allá—. Son muy jóvenes. Se merecen ser felices —concluyó con aire triste.

—Todos nos merecemos eso —dijo él con una sonrisa forzada.

Pero cuántos lo consiguen, se preguntó Gabrielle. Ella había sido feliz con Arthur, pero hacía mucho tiempo de aquello. Las cosas empezaron bien, y después se complicaron.

Una hora y media más tarde, Richard permanecía tirado en el umbral de su habitación, con medio cuerpo en el pasillo, y el equipo del SAMU seguía intentando ayudarlo sin descanso, administrándole fluidos intravenosos, aplicándole el desfibrilador, haciéndole masajes cardiacos y poniéndole inyecciones. Mantenerlo con vida era un proceso complejo, pero al menos aún no había muerto. Pocos minutos después de que llegaran los sanitarios, apareció un cardiólogo. No vino con el equipo, sino por su cuenta, se había hecho cargo de la situación de inmediato y les daba órdenes a los demás.

Olivier, que seguía en el pasillo, intentó convencer a Gabrielle y a Alaistair para que volvieran a sus respectivas habitaciones. El médico dijo que no se irían hasta que supieran cómo estaba el paciente, por si Judythe lo necesitaba, dado que ella no hablaba francés. Alaistair había tenido que traducir las conversaciones entre ella y los sanitarios varias veces y les había asegurado a todos que estaría allí para lo que fuera necesario. Alaistair y Gabrielle se sentían vinculados por la situación y preocupados por cuál sería su resultado. Richard todavía no había recuperado la consciencia, pero el SAMU tampoco se había rendido. Los dos permanecieron juntos, en el umbral de la habitación de él, con los ojos fijos en la escena. A ratos, él le explicaba lo que hacían y los procedimientos que estaban poniendo en práctica. En cierto momento, Yvonne regresó para ver cómo iban las cosas y para comunicarle a Olivier que los teléfonos volvían a funcionar, aunque ese detalle ya no parecía tan importante. Olivier había entrado en pánico solo de pensar que un huésped podía morir durante la primera semana tras la reapertura. A los dueños no les iba a gustar y, además, si fallecía en la habitación tendrían que ponerla en cuarentena, y eso era un gran inconveniente. Al menos no era una de las suites más grandes, comentó entre dientes con Yvonne, a quien le dedicó una mirada sombría. Estaba sudando y muy nervioso. Además los huéspedes seguían asomando la cabeza por la puerta de sus habitaciones de vez en cuando para comprobar si el drama se había resuelto.

Patrick oyó los gritos y la conmoción desde su habitación. Abrió la puerta solo una rendija y echó un vistazo, pero en cuanto vio el pasillo lleno de gente y al equipo de sanitarios, la cerró sin hacer ruido y supo que tenía que esperar. La sangre de la cabeza de Sergei había cubierto toda la superficie de mármol y ya estaba empapando una de las alfombras. Verlo allí tirado y desnudo le resultaba muy sórdido. Cada vez que lo miraba se echaba a llorar, no por la muerte de ese hombre tan retorcido, sino por lo que significaría para él. El daño iba a ser inconmensurable.

Había pensado una docena de versiones diferentes de la historia, pero era vital que se marchara del hotel y se alejara todo lo que pudiera antes de que descubrieran el cuerpo de Sergei. No había tenido intención de que aquello pasara, aunque no podía evitar reconocer que su muerte le convenía, porque con ella se libraba del chantaje e incluso de su adicción a ese hombre. Sergei no era el primer hombre con el que quedaba en una habitación de hotel, pero era la relación que había durado más tiempo. Se había vuelto un adicto a su amante, hasta el punto de convertirse en su esclavo. También era la primera vez que alguien lo chantajeaba y, por supuesto, la única en que se había visto implicado en la muerte de un hombre, aunque hubiera sido accidental. Eso fue, un accidente, pero ¿quién se lo iba a creer cuando se enteraran de que había habido sexo y chantaje de por medio? ¿Y si la policía creía que él había empujado a Sergei para matarlo?

Patrick, completamente vestido, se movía con mucho cuidado de no pisar las zonas donde había sangre para no dejar huellas ensangrentadas al salir. Cuando descubrieran el cadáver de Sergei y le interrogaran, tenía intención de decir que tuvo que ocurrir después de que él se fuera. Tal vez podría contar que lo estaba ayudando, aunque eso no resultaba creíble, ni siquiera para él. No tenía ni idea de qué iba a decir, solo sabía que no podía contar la verdad, ni admitir la relación que tenía con él, que hacía tiempo que lo conocía, ni tampoco que Sergei lo estaba chantajeando, porque entonces Patrick se convertiría en el principal sospechoso.

Pasó una hora y media antes de que las voces empezaran a apagarse en el pasillo. Miró otra vez y vio que el equipo médico se marchaba. Llevaban a un hombre en una camilla y se dirigían hacia los ascensores, en dirección contraria a la habitación de Patrick. Era su oportunidad, porque todo el mundo estaría distraído y mirando hacia el otro lado. Había recogido todas sus pertenencias y comprobado que no se había dejado nada en la habitación. Dejó la luz de «No molestar» encendida y salió sin hacer ruido, dejando a Sergei allí, para que lo descubrieran horas después.

Bajó con sumo cuidado por las escaleras de servicio, llegó a la planta principal y cruzó el vestíbulo. Nadie se fijó en él cuando salió, ni tampoco lo reconocieron. Ya en la calle, caminó con prisa por Faubourg Saint-Honoré hasta una parada de taxis y se subió a uno. Le dio la dirección de su casa y no dijo nada más. El conductor africano no lo reconoció. Cuando llegaron, Patrick le pagó, salió y entró en su casa. Su mujer, Alice, había salido; su hija, Marina, estaba en la Universidad de Lille, y su hijo, Damien, acababa de mudarse a un apartamento para él solo, así que nadie lo vio llegar. Guardó el dinero en el cajón de su escritorio, lo cerró con llave y se sentó en su estudio, a oscuras. Las lágrimas le corrían por la cara, le aterraba pensar en lo que pasaría después. Podía perderlo todo si la policía descubría la verdad. Solo mentir podría salvarlo. La muerte del joven bailarín ruso no significaba nada para el político. En su mente, la víctima era él, no Sergei. Patrick tenía demasiado que perder. Sergei era un canalla oportunista que había ido a por él y en ese momento ya no le despertaba ningún sentimiento.

Richard iba en una ambulancia, de camino al hospital, con Judythe a su lado. Le latía el corazón, pero seguía inconsciente. No había recuperado la consciencia en ningún momento. Un equipo de cardiología lo esperaba en el Piteé Salpêtrière, uno de los mayores y mejores hospitales de París. Judythe prometió mantener informados a Gabrielle y a Alaistair de lo que pasara. Los sanitarios del SAMU le aseguraron que en el hospital habría médicos que hablaran su idioma y ni Gabrielle ni Alaistair querían entrometerse más en la vida de dos personas que eran básicamente dos extraños, aunque estuvieran preocupados por ellos. Judythe parecía histérica y estaba muy pálida cuando entró en la ambulancia.

En cuanto el equipo médico se fue, permitieron a los demás huéspedes salir de sus habitaciones. Alaistair miró a Gabrielle. Estaba muy afectado. Los dos lo estaban.

—¿Le apetece bajar al bar a tomar una copa? —sugirió. Gabrielle y él se habían mantenido estoicamente junto al enfermo durante todo el tiempo que había durado la crisis.

—Creo que si bebo ahora, me desmayaré. ¿Quiere venir un rato a mi habitación? —ofreció ella.

Ninguno de los dos deseaba estar solo después de lo que acababan de vivir. Había sido muy duro, porque Richard había estado al borde de la muerte y todavía no estaba recuperado, sino poco más que estable según los médicos, lo bastante para que pudieran trasladarlo al hospital y tratarlo mejor allí.

Alaistair siguió a Gabrielle al interior de su enorme suite

y no pudo evitar quedarse asombrado. Ambos se presentaron debidamente y se sentaron. Alaistair se sirvió una copa después de que ella se lo ofreciera y Gabrielle pidió un té al servicio de habitaciones. Charlaron durante unos minutos de lo que había ocurrido y, cuando él le preguntó por qué estaba allí, ella le contó que había ido a París a la Bienal. Le explicó que era consultora de arte y que su trabajo consistía en aconsejar a la gente sobre las obras que debían adquirir y conseguir las que querían o necesitaban para ampliar sus colecciones.

—Antes, este era mi hotel favorito —confesó—. Lo he echado de menos, así que decidí volver cuando lo reabrieron.

—Es la primera vez que yo me alojo aquí —contestó él con una sonrisa—. Se me ocurrió que podía darme un capricho y dormir aquí antes de ir a una reunión que tengo mañana. Es magnífico y muy cómodo, a pesar del incidente de esta noche y de que todavía tienen algún que otro problemilla con el sistema telefónico.

Llegó el té y se pasaron una hora charlando muy agradablemente y serenándose poco a poco. Después, Alaistair se levantó y dijo que creía que debía ir al hospital para ver qué tal lo llevaba Judythe y ayudarla a comunicarse con los médicos si lo necesitaba. Gabrielle pensó que era muy amable por su parte.

Hacía solo unos minutos que se había ido cuando oyó un grito espeluznante desde el otro extremo del pasillo. Luego todo se quedó en silencio. Estaba claro que el Louis XVI ya no era un sitio tranquilo. Todavía tenía los nervios de punta tras el dramático incidente en el que había tenido que intervenir el SAMU y todo aquello le parecía una escena de una serie de televisión, nada que ver con el hotel pacífico que recordaba. Se preguntó si el director anterior habría sabido gestionar mejor la situación. El nuevo parecía superado por los acontecimientos.

Olivier, que estaba en su despacho, se quedó blanco como

el papel, como si acabara de ver un fantasma, tras recibir la llamada de la gobernanta para darle la impactante noticia. La nueva camarera de piso había ido a la suite de Patrick Martin para ofrecerse a abrirle la cama y dejarle más toallas si las necesitaba, decidió entrar a pesar de que tenía la señal de «No molestar», y se había encontrado a un hombre tirado en el suelo, desnudo y muerto en medio de un charco de sangre. Ya había llamado a la policía, que estaba a punto de llegar.

Olivier no pudo evitar pensar que su carrera se iba al garete. No sabía quién era el hombre muerto, ni cómo había pasado, ni siquiera si era Patrick Martin el fallecido, algo que sería absolutamente terrible para la reputación del hotel, pero estaba a punto de descubrirlo. La policía le había ordenado que nadie entrara ni tocara nada en la habitación, que se había convertido en la escena de un crimen.

Desde la ventana Gabrielle vio llegar a una legión de agentes de policía y después los oyó recorrer el pasillo y pasar delante de su habitación. Había incluso un grupo del SWAT que en un abrir y cerrar de ojos llenaron todo el pasillo. Cuando se asomó, vio que algunos tenían las armas preparadas, porque no sabían lo que se iban a encontrar. No tenía ni idea de lo que había pasado, pero con tanta policía, estaba claro que no podía ser nada bueno. La cabeza la iba a mil por hora y pensó en la posibilidad de que hubiera algún tipo de ataque terrorista en el hotel. Así que cerró la puerta de su habitación con llave y rezó para estar a salvo.

Los teléfonos ya volvían a funcionar, y Gabrielle y todos los huéspedes de la tercera planta recibieron una llamada de Yvonne Philippe desde recepción, que les explicó que había «un pequeño problema» en su planta, pero que ya había llegado la policía para hacerse cargo y que ninguno de los huéspedes estaba en peligro, aunque les pedían que no salieran de sus habitaciones por el momento, hasta que la policía les diera el visto bueno.

Yvonne también les aseguró que, debido al inconveniente anterior con el equipo del SAMU y al que se estaba produciendo en aquel momento, el hotel había decidido no cobrarles esa noche y les pedía las más sinceras disculpas en nombre de la dirección. Había sido idea de Yvonne regalarles esa noche. Olivier le estaba agradeciendo su iniciativa justo cuando llegó la policía, ocupó el vestíbulo y subió a toda velocidad por las escaleras hasta la tercera planta mientras los huéspedes que había allí los miraban perplejos. Era muy poco común y alarmante ver algo así en el Louis XVI. No tenían ni idea de lo que había ocurrido ni de qué sucedería a continuación. Las cosas no habían empezado muy bien tras la reapertura del Louis XVI.

4

Alaistair salió del hotel minutos antes de que el grito de la camarera resonara en toda la tercera planta. Iba en un taxi de camino al hospital adonde habían llevado a Richard. Quería saber si seguía vivo para quedarse tranquilo y, si Judythe lo consideraba apropiado, ofrecerle su ayuda, por si necesitaba que alguien se quedara con ella para apoyarla. Se encontraba lejos de casa, no hablaba el idioma y estaba asustada cuando se fue en la ambulancia con Richard todavía inconsciente, pero vivo, al menos. Alaistair no quería entrometerse, sino ayudarla como médico.

Cuando llegó al Pitié Salpêtrière, preguntó por Richard. En el mostrador de recepción le dijeron que lo estaba atendiendo el equipo de trauma cardiaco y le explicaron dónde podía encontrar a la esposa del paciente. Recorrió el laberinto de pasillos del hospital hasta donde le habían indicado y encontró a Judythe sentada en una sala de espera, aterrada y muy pálida. Cuando lo vio, lo miró con gratitud. Alaistair era un hombre alto con una cara juvenil, aunque tenía el pelo canoso, y unos ojos azules amables. Se sentó a su lado y ella intentó sonreírle mientras las lágrimas le resbalaban por la cara.

—¿Alguna noticia? —preguntó con voz suave. Ella negó con la cabeza.

—Gracias por salvarlo —dijo con la voz quebrada.

—Tú hiciste tanto como yo —le recordó—. Te las habrías arreglado bien sin mi ayuda. Aquí el SAMU hace muy bien su trabajo y este hospital es magnífico, aunque no se preocupan mucho porque los acompañantes estén cómodos. —A ella también se lo parecía; el edificio era austero, sin los toques más amables habituales en los estadounidenses—. La sanidad francesa tiene un nivel médico excelente en general, pero este es uno de los mejores de París, posiblemente de toda Europa. Está en buenas manos —aseguró Alaistair para tranquilizarla. Después vaciló—: Creo que iré a ver si me dicen algo que pueda comunicarte. ¿Quieres que me quede aquí contigo o te resulta una imposición por mi parte?

Era muy educado y respetuoso. Ella le puso una mano temblorosa en el brazo.

—¿Te importaría quedarte? El doctor que lo atiende habla inglés, pero yo estoy muy afectada y no entiendo ni la mitad de lo que me dicen. Quieren hacerle un montón de escáneres y pruebas. Me han asegurado que le mantuvimos los niveles de oxígeno lo bastante altos el tiempo que lleva inconsciente, pero que no saben cuál es la causa. Los dos hemos soportado mucho estrés durante el último año. Ambos hemos tenido que pasar por divorcios y el suyo fue bastante duro.

—La señora Gates, la otra huésped del hotel y yo pensábamos que estabais de luna de miel. Sois tan jóvenes… —Procuró usar el presente todo el tiempo.

Judythe sonrió y asintió.

—No estamos de luna de miel todavía. Su divorcio se hizo definitivo hace solo unas semanas. Se acabó. Nos vamos a casar pronto o al menos… eso íbamos a hacer. —Contuvo como pudo un sollozo y miró a Alaistair con tristeza—. Nos conocimos en mi boda hace dos años. Era un compañero de universidad de mi exmarido y todo ocurrió sin pretenderlo. Intentamos resistirnos al principio, pero no pudimos. Así que nos divorciamos los dos. Por fin éramos libres y ahora nos ocurre esto. —Cerró los ojos y apretó los párpados mientras las lágrimas seguían corriendo sin freno por sus mejillas.

Él le dio unas palmaditas en la mano.

—Estas cosas pasan en la vida. Se complica. Cuando descubran cuál es el problema de su corazón y por qué le ha pasado esto, hay muchas posibilidades de que lo puedan arreglar y después podréis seguir adelante y compartir vuestras vidas. Hoy le has salvado la suya. —Ni a él ni tampoco a ella se les escapaba la brutal ironía que suponía que fuera posible que él muriera en ese momento, a punto de empezar una nueva vida junto a la mujer que quería.

—Tal vez este sea nuestro castigo por destruir dos matrimonios y hacerle daño a las personas con las que nos casamos.

—No lo creo. Y, además, esos matrimonios no podían ser muy sólidos si Richard y tú os enamorasteis y estuvisteis dispuestos a luchar por ese futuro juntos que imaginasteis.

—No deberíamos habernos casado con esas personas. Yo tenía treinta y siete años y me daba miedo no encontrar a la persona correcta, así que me casé con una equivocada para poder tener hijos. Y Richard me contó que siempre supo que había cometido un error. Ella era la persona perfecta sobre el papel, pero no en la vida real.

—Al menos no había niños de por medio, así que podéis empezar de nuevo. —No añadió «si sobrevive», pero los dos tenían esa salvedad en mente.

Mientras esperaban, fue a buscarle a Judythe una taza de café de una máquina. Pasaron dos horas antes de que el médico que estaba a cargo del caso de Richard fuera a buscarlos a la sala de espera. Richard seguía inconsciente, pero ya le habían hecho todas las pruebas necesarias. El médico hablaba bien inglés, con un acento muy fuerte, pero no costaba entenderlo.

—Vamos a tener que operar a su marido —le dijo a Judythe, que había dicho que era su mujer—. Sabemos dónde está el problema, pero necesitamos ver de cerca el alcance de los daños. Creemos que se trata de una anomalía congénita que podría haberse manifestado en cualquier momento, tanto en la niñez como después. Es raro que haya tardado tanto en dar síntomas. Si es lo que creemos, se trata del tipo de anomalía que, en la mayoría de los casos, provoca que una persona de veinte años aparentemente sana muera de repente haciendo deporte o se desplome en la ducha con veinticinco. Ha tenido suerte de haber sobrevivido, con su ayuda, según me han dicho, gracias a lo que hicieron antes de que llegara el SAMU.

—¿La cirugía es muy peligrosa? —preguntó Judythe. Le habían dicho que el médico era profesor, además de cirujano cardiaco, al parecer uno muy importante.

—No hay otra opción. Lo que tiene y lo que le ha ocurrido es peligroso. No sobrevivirá sin la cirugía. Creemos que tiene una válvula del corazón defectuosa, pero que ha aguantado mucho más que en otros casos. Si podemos, tenemos que reemplazarla. Con eso esperamos que no vuelva a tener ningún problema. Pero necesitamos saber si esta crisis le ha producido daños irreparables en el corazón, algo imposible sin la cirugía. Tendremos tres cirujanos para evaluarlo y operarlo y todo un equipo de apoyo. Es una operación delicada y fundamental. Si sale bien, que haya sucedido esto será una grandísima suerte para él. La válvula podría haberle fallado en cualquier lugar o momento en el que nadie habría podido ayudarlo, así que las circunstancias son óptimas para el reemplazo de la válvula, si es posible. —Judythe asintió—. Es una cirugía a corazón abierto, así que se puede producir una pérdida de sangre considerable, pero hemos contemplado esa posibilidad. Hemos hecho operaciones similares muchas veces. Todavía es joven, es fuerte y, aparte de esto, parece tener buena salud, por eso creo que tiene buen pronóstico. Debemos reemplazar la válvula dañada lo antes posible para que pueda recuperarse por completo. Si no, tendremos que considerar una estrategia alternativa. Esperamos que se haya producido el menor daño posible y que no tenga consecuencias en el futuro.

—¿Cuándo lo van a operar? —preguntó ella, todavía intentando procesar todo lo que acababa de escuchar. El doctor había sido muy claro.

—Dentro de una hora, si nos da la autorización, señora Sheffield. Estamos esperando a que llegue un colega. Ya hemos consultado con él y está de acuerdo con nuestro diagnóstico. El otro cirujano ya está aquí y ha examinado a su marido conmigo.

A Judythe se le pasó por la cabeza que no tenía potestad para firmar la autorización para la cirugía. Pero los padres de Richard habían muerto, no tenía hermanos y ella era lo más parecido a un pariente que tenía. Era una responsabilidad enorme y parecía que no había otra opción que arriesgarse a hacer la cirugía. El médico se lo dejó muy claro al verla dudar.

—Si no intentamos sustituir la válvula defectuosa, no sobrevivirá.

—Tiene mi autorización —dijo en una voz casi inaudible.

El médico le dio las gracias y dijo que la enfermera le llevaría los papeles que tenía que firmar. Se mostró sereno y profesional, inspiraba confianza en cuanto a sus capacidades. Cuando el cirujano se fue, se giró para mirar a Alaistair.

—¿Estás de acuerdo con él? —preguntó, muy nerviosa.

—Sí —respondió Alaistair en un murmullo mientras los dos tomaban asiento de nuevo. Se habían levantado para hablar con el médico. El cirujano parecía tener cincuenta y pocos años, unos pocos más que Richard—. Yo soy internista, no cirujano cardiaco, así que él sabe mucho mejor que yo lo que hay que hacer. Pero suena a que Richard tiene buen pronóstico si le hacen la operación y muy malo si no. Me parece que no hay elección, Judythe. Lo peor ya ha pasado. No se trata de una operación opcional, es una necesidad vital salvarle la vida y darle un futuro. —Era lo mismo que había entendido ella sobre la situación.

Unos minutos después llegó la enfermera con los papeles y ella los firmó con mano temblorosa. Lo hizo con su apellido, Oakes, y nadie cuestionó que no coincidiera con el de Richard. Sentía que su vida dependía de esa firma, por eso le preguntó a la enfermera si podía verlo antes de la operación. Ella no hablaba tan bien inglés como el cirujano, así que Alaistair le tradujo su petición y ella respondió que ya lo estaban preparando para la cirugía, pero que Judythe podía pasar a verlo unos minutos. Le explicó que tenía puesto un respirador, que estaba en coma inducido y que permanecería así después de la operación también.

Se fue y volvió pocos minutos después para llevar a Judythe por una serie de pasillos estrechos hasta una sala de preparación prequirúrgica donde varias enfermeras vigilaban las diferentes máquinas a las que Richard estaba conectado. Se quedó sin aliento al verlo. Se colocó cerca y le tocó la mano con suavidad. Tenía varios goteros, los sonidos mecánicos y los pitidos no dejaban de sonar, y se veían las luces de las diferentes máquinas y monitores. El anestesista jefe entró en la sala y la saludó con la cabeza. Ella miró a Richard por última vez y se fue con la enfermera. Sentía una especie de presión en el pecho al recordar que solo unas horas antes paseaban por los jardines de las Tullerías, mientras se reían y hablaban del futuro, sintiéndose muy afortunados. También se acordó de que habían hecho el amor justo antes de que le fallara el corazón. Se sintió culpable al pensar que tal vez fue eso lo que lo causó.

Volvió a la sala de espera, en la que seguía Alaistair. La contempló mientras se acercaba. Era una mujer rubia preciosa, alta y con esa apariencia limpia y saludable que tenían algunas mujeres estadounidenses. Richard y ella hacían un pareja encantadora. Todavía llevaba la ropa que se había puesto a todo correr antes de subirse en la ambulancia con Richard. Se dejó caer en una silla al lado de Alaistair. Richard no parecía él allí, enganchado a todos esos monitores y con el tubo del respirador en la boca para que la máquina respirara por él. Se sintió aliviada de tener a Alaistair con ella a pesar de que en realidad no se conocían de nada. Le habría resultado totalmente aterrador soportarlo sola.

El cirujano le había dicho que la operación llevaría entre cinco y siete horas. Alaistair se ofreció a acompañarla a comer algo. Eran casi las diez de la noche y no había comido nada, pero le resultaba imposible tragar.

—No, pero gracias. Tú deberías volver al hotel. Yo estaré bien.

Una de las enfermeras le había traído una almohada y una manta. Pensaba pasar la noche allí, quería estar cerca de él por si pasaba algo. Se volvería loca esperando en su habitación del hotel. Tenía que estar allí, lo más cerca posible de él.

—No hace falta que te quedes —dijo para tranquilizar a Alaistair, agradecida por el rato que ya había pasado con ella. Había sido extremadamente bueno con unos perfectos desconocidos. Y parecía casi tan cansado como Judythe.

—Tengo una reunión bastante importante mañana por la mañana. De lo contrario, me quedaría aquí contigo. —No se le ocurría nada más triste que quedarse solo en un hospital extranjero, sin saber si tu ser querido iba a vivir o morir, si su futuro acabaría esa noche después de todo lo que habían luchado por él. La vida era muy cruel a veces. El cirujano había dicho que creían que tenían un treinta por ciento de posibilidades de conseguir un resultado satisfactorio, algo que resultaba alentador y aterrador a partes iguales, dependiendo de cómo se mirara. La batalla no estaba ni mucho menos ganada todavía y Judythe era consciente de ello cuando le dio las gracias a Alaistair de nuevo. Él se marchó tras darle su número de teléfono por si lo necesitaba y prometiéndole que la llamaría al día siguiente, después de su reunión. Le pidió que lo avisara si necesitaba ayuda, fuera la hora que fuera. Pero tampoco había gran cosa que él pudiera hacer.

Tras salir del hospital paseó un rato pensando en Judythe y en Richard, en el futuro por el que tanto habían luchado y en el viaje a París para celebrarlo que podía acabar en tragedia esa noche. Sus vidas habían dado un giro brusco que nadie había podido predecir. De repente, el camino que habían elegido se dirigía a un lugar muy oscuro.

Después, Alaistair cogió un taxi para volver al hotel y le escribió un mensaje a Gabrielle desde el coche contándole lo de la cirugía de Richard. Al menos seguía vivo y tenía alguna oportunidad. Podría estar muerto si no hubiera llegado a tiempo el SAMU para tratarlo.

Se quedó desconcertado al ver varios coches y furgonetas de policía delante del hotel y a un equipo de SWAT allí reunido, con sus armas automáticas preparadas. También había policías en el vestíbulo. Se preguntó qué habría pasado en su ausencia, si habría habido una amenaza terrorista o algún ataque. Nadie le preguntó nada, ni le paró cuando cruzó el vestíbulo hasta el ascensor. En la tercera planta encontró más policías en el pasillo. Entró en su habitación sin hacer ruido y se tumbó en la cama. Estaba agotado tras lo que había hecho durante la crisis con Richard. Había sido una noche complicada y sus planes de tomar una buena cena en París, él solo, quedaron descartados. Estaba preocupado por su reunión del día siguiente, aunque casi podía adivinar cómo acabaría. Tenía pocas esperanzas, pero acudiría de todas formas. Era una buena excusa para viajar a París, aunque hasta el momento el viaje no estaba resultando como esperaba. Alaistair sabía mejor que nadie que la vida era así y que todo puede cambiar y torcerse en un abrir y cerrar de ojos.

Hasta ese momento, la noche había sido tremendamente estresante para Olivier Bateau. Su asistente, Yvonne, le fue de gran utilidad, al ocuparse de la policía y de los huéspedes, pero la responsabilidad recaía sobre él. Un truculento asesinato en el hotel, que además tenía algo que ver con un hombre importante, era la peor pesadilla de cualquier director. La ropa de la víctima y su identificación estaban en la suite. La policía lo había buscado en sus ordenadores. Era un ciudadano ruso de veintisiete años que había llegado a Francia como bailarín de ballet con una compañía rusa y que en la actualidad era modelo, aunque de escaso éxito. Llevaba ciento cuarenta euros en la cartera y un reloj caro, así que el robo no era un motivo. La causa de la muerte había sido el impacto en la cabeza al caer sobre el suelo de mármol. No había ningún otro signo de violencia en la habitación: ni muebles volcados, ni marcas en el cuerpo, ni cortes o puñaladas, ni evidencias de heridas de bala. No sabían si se había caído o lo habían empujado.

Había un pequeño taburete cerca del cuerpo, pero no estaba tirado. El hombre se encontraba desnudo; su ropa, en un montón en el baño, junto con un albornoz tirado que había sido usado, también hallaron muestras de que se había realizado algún acto sexual en la cama. No había rastro del ministro del Interior en la habitación, que era el huésped que aparecía en el registro, ni nada que lo vinculara con el hombre muerto, excepto que había fallecido en su habitación. Ninguna camarera los vio juntos; la única que había visto a Sergei era la que había ignorado la señal de «No molestar» por error y encontró el cuerpo al entrar. La policía preguntó y se enteró de que habían hecho un pedido al servicio de habitaciones de foie gras, caviar y vodka.

Había un solo vaso al lado de la botella de vodka y otro con restos de whisky sobre la mesita del café. No habían buscado huellas o ADN en ellos aún. El camarero del servicio de habitaciones no pudo especificar quién hizo el pedido ni sabía si tenía acento ruso, porque era italiano y no hablaba francés lo bastante bien como para identificar si quien llamó era ruso o francés. El que llevó el pedido solo vio a un hombre, con el albornoz del hotel puesto, que fue quien firmó la nota, pero no sabía quién era él y no había nada que indicara si el pedido era para una sola persona o para dos. Aunque, según él, no parecía que hubiera nadie más en la habitación. Le enseñaron una fotografía de prensa de Patrick Martin y el camarero no lo reconoció, dijo que no estaba seguro de si era el mismo porque no se había fijado en el hombre que firmó la factura.

La policía no tenía nada que les ayudara a determinar si había sido una muerte por una caída accidental o si, en el peor de los casos, se trataba de un homicidio. El lugar, la apariencia, la edad de la víctima y la cama revuelta señalaban a que aquello había sido una cita de carácter sexual, pero no podían estar seguros de que Patrick Martin hubiera tenido algo que ver o si una tercera persona habría ido a ver al ruso después de que Martin se fuera.

La policía se llevó las sábanas como prueba para hacerles test de ADN. Ningún miembro del personal del hotel había notado nada raro. Todavía no habían interrogado a los huéspedes, pero lo harían. El director del hotel les suplicó que no lo hicieran, y lo cierto era que no parecía que pudieran saber nada más que la gente con la que ya habían hablado. Y, para complicar aún más las cosas, los problemas técnicos que tenían habían provocado que las cámaras de seguridad dejaran de grabar durante tres horas en las cinco primeras plantas. A medianoche ya estaba claro que la persona a la que tenían que interrogar era al propio ministro del Interior, porque era él quien había reservado la habitación. Jacques Forrestier, el inspector jefe a cargo de la investigación, hizo un comentario sobre la opulencia de la suite y el director explicó que el ministro pidió en su reserva una habitación básica, pero que el hotel había decidido alojarlo en una mejor. Olivier Bateau declaró que Patrick Martin le había dicho que quería utilizar la habitación para una reunión, que no se mostró contento porque le hubieran asignado una de las mejores suites y pidió que atendieran su petición de una habitación ordinaria, pero ya las tenían todas ocupadas. No le cobraron la tarifa de la suite, solo de la habitación estándar, porque eso era lo que él había solicitado.

El inspector jefe pensó que podría haber una explicación razonable para la presencia del ministro en aquel lugar y esperaba que no fuera algo de naturaleza sexual, porque eso conduciría inevitablemente a un escándalo. Había varias posibilidades favorables para el ministro que implicaban a una tercera persona sobre la que ellos no sabían nada y tal vez Patrick Martin tampoco. Por el momento no pintaba bien, pero todavía no se había convertido en un desastre político y esperaba que no fuera así. Martin era un hombre respetable con una reputación impecable y una familia, y lo último que el inspector quería, y el gobierno necesitaba, era verse con un escándalo entre manos, con un asesinato y un ministro del gobierno de por medio. Su ayudante, el inspector Michel Plante, era menos optimista en ese aspecto.

—Ya lo sabe, señor, si huele a podrido y parece podrido, casi seguro que lo está. Y una situación tan potencialmente podrida como esta no acaba oliendo a rosas.

—Martin tiene cincuenta y cuatro años y nunca se ha visto envuelto en ningún escándalo —le recordó el inspector jefe—. No creo que sea una persona de ese tipo. Es muy familiar y siempre se ha mostrado muy crítico con todos los presidentes que han tenido amantes e hijos ilegítimos y los políticos que eran gais encubiertos y tenían sexo con chicos demasiado jóvenes.

Y ya sabían que la víctima no era precisamente un angelito. Lo habían arrestado por prostitución y por realizar actos sexuales de carácter homosexual en la vía pública. La agencia de modelos con la que trabajaba les había dicho que era un cazafortunas y que siempre buscaba un mecenas rico que lo mantuviera. Al parecer, ese era su objetivo cuando se mudó a París. No parecía que le tuvieran en gran consideración y añadieron que era bastante arrogante.

—Tal vez estaba extorsionando a Patrick Martin —sugirió el ayudante, pero el jefe negó con la cabeza.

—Pondría la mano en el fuego por este hombre. No creo que haya ni la más mínima posibilidad de que eso sea lo que ha ocurrido. Martin es demasiado recto y listo para meterse en una situación en la que pudieran chantajearlo.

—Más razón para que fuera vulnerable a ese chantaje para guardar su oscuro secretito. Sabe tan bien como yo que todo es posible. Los más limpios en apariencia siempre son los que guardan los peores secretos. La política es un negocio muy sucio.

A medianoche ya les habían sacado todo lo que podían a los empleados del hotel que estaban trabajando en ese turno y, a pesar de que era tarde, al inspector jefe le pareció de vital importancia que hablaran con Patrick Martin esa misma noche para saber lo que tenía que decir, si había o no una explicación sencilla que explicara la aparición de un hombre muerto en la habitación de hotel que había reservado en el Louis XVI. Si la había, Forrestier quería saberla antes de que la historia llegara a la prensa. Con un modelo muerto en uno de los hoteles más elegantes de París, y encima en la habitación que había reservado el ministro del Interior, seguro que la noticia llegaría a los medios y además les alegraría el día. Forrestier solo esperaba que hubiera una explicación que les resultara plausible a todos.

Los dos inspectores salieron del hotel y se dirigieron a la casa de Patrick Martin, en el distrito XVI. Unos técnicos del laboratorio de criminalística revisarían meticulosamente la habitación al día siguiente para buscar más pruebas, y después quedaría clausurada durante los siguientes cuarenta días, para gran desesperación del director. La pérdida de ingresos era algo que los directores temían muchísimo, sobre todo cuando se producía por la imposibilidad de utilizar una de las suites más caras. Los hoteles hacían cosas impensables para no ver bloqueada una suite por una cuarentena, a veces incluso contratar a médicos sin escrúpulos que le ponían un gotero en el brazo a la persona que acababa de morir en la habitación del hotel, asegurando que aún seguía con vida, y después certificaban que la muerte se había producido en la ambulancia o a la llegada al hospital. Pero en ese caso no había duda sobre dónde había fallecido el modelo ruso. La principal prueba de ello era un charco de sangre sobre el suelo de mármol blanco. Se preguntó si sería imposible eliminar la mancha y tendrían que sustituirlo. Ese era el menor de sus problemas, pero a los propietarios tampoco les gustaría nada, sobre todo porque el tiempo de entrega de ese mármol italiano de alta calidad podría alargarse hasta un año, más que la cuarentena policial.

Para la policía, la principal preocupación era descubrir si había algo oculto en ese caso. De ser así, se convertiría en una bomba. Si no, Patrick Martin quedaría exonerado y podría irse a su casa tranquilamente.

La casa estaba a oscuras y en silencio cuando Patrick llegó esa noche. Estaba desquiciado después de lo que había pasado con Sergei. Guardó el dinero en su mesa y se quedó sentado en su estudio a oscuras durante una hora, temblando e intentando pensar en qué debía contarle a la policía. Sabía que el interrogatorio sería inevitable, ya que fue él quien reservó la habitación a su nombre.

Reconocería que se había reunido con Sergei, pero muy brevemente, y que la reunión transcurrió sin contratiempos. No se atrevía a asegurar que él no se hubiera reunido también con alguien más. Tal vez podría decir que Sergei le iba a dar información sobre alguien, que era un informante sobre un compatriota ruso que estaba blanqueando dinero, algo muy común e ilegal y, además, una historia creíble. Sabía que Sergei tenía miedo de que lo descubrieran, así que fue Martin quien reservó la habitación. Contaría que abandonó el hotel poco después, cuando terminó su reunión. Sergei no había podido proporcionarle la prueba que necesitaba, pero había prometido entregársela pronto. Tras la reunión, Patrick se fue a casa. Antes de marcharse, Sergei le preguntó si le importaba que se quedara en la habitación un rato más. Lo que hubiera ocurrido más tarde, y que había desembocado en que Sergei apareciera muerto en medio de en un charco de su propia sangre, tuvo que pasar después de que Patrick se fuera y con alguna tercera persona que él no llegó a ver, que era posible, e incluso probable, que hubiera ido a la suite para encontrarse con Sergei.

Era la historia más aséptica que se le ocurría a Patrick y parecía que funcionaba. Le preocupaban las cámaras del hotel, pero sus luces parpadeaban cuando se fue y Patrick rezaba para que no estuvieran funcionando, como había pasado con los teléfonos. Si no, tendría que explicar por qué bajó por la escalera de servicio, aunque podía echarle la culpa al SAMU de ese detalle, ya que mantuvieron bloqueado el paso hacia el ascensor durante al menos dos horas.

A la prensa le parecería todo cuestionable, pero una muerte accidental en el curso de una investigación sobre blanqueo de dinero de algún ruso misterioso quizá los convenciera. Un modelo que aparece muerto en un hotel muy lujoso en una habitación que había reservado Patrick Martin podía parecer algo sucio. Con suerte podría sortearlo si la policía lo creía y nadie podía contar nada más. Intentó recuperar la compostura y se tomó otro whisky de un trago nada más llegar a casa. Su mujer, Alice, había ido a la cena mensual con sus amigas. Por eso había elegido ese día para quedar con Sergei.

El matrimonio de Alice y Patrick no había sido fácil. Él era un joven abogado cuando se casaron y tenía intención de desarrollar su carrera en el mundo empresarial o en el judicial. Ella era profesora de literatura francesa en La Sorbona y era la clásica esposa burguesa procedente de una familia respetable. A él le pareció una buena elección pensando en su carrera, pero resultó ser una esposa mediocre que no dejaba de quejarse. Cuando le ofrecieron la oportunidad de convertirse en ministro del Interior, se sintió muy tentado. Sonaba emocionante y tenía muchos beneficios, pero Alice no le encontraba ningún atractivo. Aceptó el puesto de todas formas y ella no había estado contenta desde entonces. Siguió con su trabajo en La Sorbona y sus vidas se fueron separando cada vez más con los años. No tenían nada en común y su matrimonio se había convertido en una costumbre que ninguno de los dos tenía valor para romper. Y, además, era mejor para su trabajo que estuviera casado.

Sus dos hijos, Marina y Damien, habían nacido en los inicios de su carrera política. Él trabajaba muchas horas dedicado a asuntos que no podía compartir con Alice y apenas veía a sus hijos. Pero con el tiempo, su familia le servía de tapadera perfecta para ocultar una vida secreta con la que solo había podido soñar y que al final se permitió. Alice y sus hijos no sabían nada. Nadie lo sabía. Al principio, sus encuentros sexuales con hombres eran ocasionales, pero el deseo se volvió insaciable. Tenía una necesidad irrefrenable por los hombres jóvenes, como un vampiro que necesitara sangre, y siempre que algún hombre joven, guapo y dispuesto se cruzaba en su camino él organizaba una cita en secreto para tener un sexo violento y apasionado. No eran relaciones románticas, solo algo carnal y excitante que le permitía continuar con su vida mortalmente aburrida con Alice. Hacía años que no la quería, si es que lo había hecho alguna vez. Lo dudaba. Cuando nacieron sus hijos supo que había cometido un terrible error, pero que era capaz de vivir con él siempre y cuando tuviera esos encuentros clandestinos, que resultaban más excitantes precisamente porque eran algo prohibido.

Nunca le habían pasado factura ni se le habían ido de las manos hasta que apareció Sergei, que era ambicioso, avaricioso y tenía una naturaleza delictiva. Ninguno de los hombres jóvenes con los que se había acostado Patrick sabía quién era él. El anonimato, para él, aumentaba la excitación y la pasión. Pero Sergei sabía quién era. Lo reconoció en el bar gay donde se conocieron, y Patrick se arriesgó de todas formas. Después del segundo encuentro con él, Sergei empezó a chantajearlo. Y para entonces era demasiado tarde. Sergei lo tenía en sus garras y Patrick se había vuelto adicto a él, como si fuera una droga. Habían pasado dos años desde entonces. Sergei no hacía más que subir sus exigencias, como había intentado hacer esa noche. A Patrick le resultaba imposible darle lo que pedía, pero políticamente no podía permitirse no hacerlo. Había demasiado en juego. El ruso lo sabía y se aprovechaba al máximo. Pero todo había llegado a un punto de no retorno para Patrick. Seguir sacando dinero de la cuenta conjunta que tenía con Alice ya no era factible. Al principio fue fácil de explicar, pero ya no había justificación posible para las cantidades que quería Sergei últimamente. Cuanto más poder político acumulaba Patrick, más dinero exigía su amante.

Patrick sabía que hacía años que Alice se había aburrido de él y que estaba decepcionada con su vida en común. A otras personas les impresionaban su puesto y su poder, pero a ella no. Odiaba su trabajo, y habían llegado a un punto en que ambos se detestaban. Sabía que solo seguía casada con él porque era una mujer respetable y no quería divorciarse. Ser su esposa era preferible a la otra opción, más desagradable, y decía que lo hacía por sus hijos. Habría preferido un marido que fuera director de un banco o empresario. Para ella, ser ministro del Interior significaba que él no era más que otro político mentiroso, un policía con un nombre rimbombante. Hacía años que no mantenían relaciones sexuales. Ella sospechaba que Patrick tenía aventuras de vez en cuando, pero nunca le importó, siempre y cuando él siguiera pareciendo respetable. Jamás, ni en un millón de años, se habría imaginado que le gustaban los hombres. De hecho, cuando estaba con la familia o amigos cercanos hacía mucho hincapié en mostrarse abiertamente en contra de los gais. De hecho, sus íntimos lo acusaban de ser un homófobo.

Ya conocía sus preferencias sexuales cuando se casó con Alice, pero pensó que podría mantenerlo todo controlado con encuentros esporádicos. Necesitaba un cuerpo masculino a su lado para sentirse vivo y poderoso. Y le gustaban los peligrosos, como Sergei, no los dóciles. Lo de esa noche era la consecuencia de lo que llevaba años haciendo. ¿Qué le iba a decir a Alice? Lo mismo que a la policía. La respetaba por ser la madre de sus hijos, pero hacía años que no la tocaba y sabía que nunca volvería a hacerlo. Lo único que quería en ese momento era superar esa crisis. Ensayó la historia mentalmente una y otra vez e intentó olvidar la imagen de Sergei muerto en el suelo del Louis XVI, en medio de un charco de sangre.

Estaba un poco borracho cuando Alice llegó esa noche, tras la cena con sus amigas. Ella lo oyó en el estudio, pero no pasó a saludar. Era tarde. Estaba cansada. Se lo había pasado bien y no quería estropearlo con una conversación gélida y poco amistosa como las que solía tener con Patrick. A veces le parecía que él la odiaba, aunque la mayor parte del tiempo lo que creía era que ella le daba bastante igual. Llevaban tanto tiempo siendo extraños que vivían bajo el mismo techo que ya les parecía algo normal. Ella no tenía ningún interés en su carrera y él tampoco en la de ella. A Patrick le parecía que su vida como profesora de literatura francesa era inmensamente aburrida. Solo se mostraba un poco cariñosa cuando estaban sus hijos en casa y en las raras ocasiones que cenaban en familia. Pero los chicos ya tenían vidas independientes. Marina seguía los pasos de su madre y estudiaba literatura inglesa con la intención de dedicarse después a la enseñanza, y Damien trabajaba como relaciones públicas en una empresa que se dedicaba a las marcas de moda de lujo y tenía el sueño de fundar algún día su propia empresa de relaciones públicas.

El único valor que tenía Alice para Patrick en ese momento estaba relacionado con su carrera política. Si conseguía ganar las elecciones en esta legislatura o en la próxima, ella sería una primera dama perfecta para un presidente de Francia. Él siempre tenía eso presente, y ella también. Era consciente de que eso era lo que hacía que siguiera con ella y Alice podía vivir perfectamente sin el resto. Tenía a sus hijos, sus amigas y su trabajo en La Sorbona, que aún le resultaba gratificante. Había renunciado a todo lo relacionado con el amor en su vida hacía mucho tiempo. Era una mujer honrada y decente y nunca haría nada por poner en riesgo la carrera de su marido. Tenía cincuenta y dos años, ya no era sexy ni guapa, pero tenía un estilo sereno y distinguido que el público respetaba. Era el accesorio perfecto para su vida política. Sabía que, mientras él todavía albergara ambiciones políticas, no la dejaría. Y aunque ella había odiado siempre su carrera política, le gustaba la idea de convertirse en primera dama de Francia. Hacía que pareciera que esos años de matrimonio infeliz habían merecido la pena, porque obtendría una recompensa adecuada por todos los años infelices que había pasado con él. Ella sabía que él no la amaba y lo aceptaba por no tener que vivir con la vergüenza que suponía un divorcio. Nadie en su familia se había divorciado nunca.

Patrick seguía en su estudio cuando la policía llegó a su casa a la una de la madrugada. Alice aún estaba despierta y se sorprendió al oír el timbre de la puerta principal. Miró por la ventana y vio un coche de la policía fuera, junto a la acera. Asumió que él estaría inmerso en algún caso importante que tendría que ver con algún delincuente peligroso. Patrick, que dio por hecho cuál era el motivo de esa visita, se terminó el whisky y fue a abrir.

Saludó al inspector Forrestier y al inspector Plante con cara de sorpresa y les dejó entrar. Todavía llevaba el traje y la corbata.

—¿Hay alguna emergencia, caballeros? —preguntó con una sonrisa educada. Los dos inspectores mantuvieron la cara seria.

—Puede ser, señor ministro. ¿Podríamos hablar con usted en privado?

Él los condujo a su estudio y entró detrás de ellos. Cerró la puerta y les señaló dos sillas que había frente a su mesa. Él se sentó al otro lado y los miró.

—Es tarde, así que debe ser algo importante. ¿En qué puedo ayudarlos? Supongo que no podría esperar hasta mañana por la mañana, porque si así fuera no habrían venido aquí. —Habló con mucha calma. Parecía despreocupado. El último whisky le había servido para calmar los nervios.

—No, no podía esperar —confirmó el inspector Forrestier, que fue directo al grano al ver que Patrick esperaba, expectante—. Se trata de Sergei Karpov, un joven modelo ruso. —Nada en la expresión de Patrick indicó que le sonara ese nombre. Quería enterarse de qué sabían ellos antes de hablar—. Supongo que lo conoce. Ha aparecido muerto en una suite del hotel Louis XVI esta noche. Una suite ¡reservada a su nombre! Estamos investigando si hay algo raro relacionado con esa muerte. Nos gustaría que nos informara sobre su relación con esa persona. —Forrestier estaba jugando a lo mismo que Patrick. Los dos hombres se miraron fijamente a los ojos con la mesa de por medio. Eran como dos panteras haciendo círculos, preparadas para atacar si era necesario, analizando al oponente, esperando para saber más y poder determinar cuál de ellos sería el ganador. Patrick tenía intención de pelear hasta la muerte. Todo lo que le importaba estaba en juego. Lo único que necesitaba era salir de esa ileso. Y estaba dispuesto a hacer cuanto fuera necesario para conseguirlo. Con Sergei muerto, algo que le venía muy bien, tenía una oportunidad de librarse.

5

Los dos inspectores de policía estuvieron una hora con Patrick esa noche, en la intimidad de su estudio. Había repetido tantas veces la escena en su mente antes de que llegaran que su actuación fue casi perfecta cuando les contó lo que había pasado.

Patrick les explicó, con una cierta altanería, que el gobierno llevaba tiempo, casi dos años, persiguiendo a un ruso muy importante de los bajos fondos en un caso extremadamente confidencial que conocían muy pocas personas. Su intención era acusarlo de blanqueo de capitales y evasión fiscal. Estaban hablando de enormes cantidades de dinero. Pretendían incautar las propiedades que tenía en Francia. Patrick dijo que el caso era demasiado delicado para que pudiera compartir con ellos el nombre de ese hombre, pero Sergei se había convertido en informante y había contactado con el sujeto. Les estaba proporcionando información que podría llevar en último término a la detención del ruso.

—¿Y le pagaba por la información, ministro? —preguntó el inspector Forrestier.

—A veces —contestó Patrick sin dar detalles y tampoco quiso hablar de cantidades.

—¿Dirigía el caso personalmente?

—Me reuní con la víctima unas cuantas veces en persona,

sí. Dijo que tenía información, pero que quería que nos viéramos en un lugar seguro, donde nadie del círculo del sujeto pudiera verlo. Yo le sugerí el Louis XVI y reservé una habitación para la reunión esta noche. Pedí una habitación sencilla y no me hizo ninguna gracia que decidieran subirme de categoría y me dieran una demasiado grande, una suite. —Lo que acababa de decir lo había corroborado el director del hotel—. Nos vimos hace unas horas, en la habitación del hotel. La reunión resultó muy poco productiva. De hecho, no tenía ninguna información de importancia que darnos, pero me prometió que la tendría pronto. Creo que buscaba más dinero. La reunión no duró mucho y me hizo perder el tiempo. Le sugerí que se fuera antes que yo, pero como la reunión había sido más rápida de lo que esperaba, me dijo que necesitaba permanecer oculto otra hora más o menos, y me preguntó si podía quedarse allí un rato después de que yo me fuera. Y yo se lo permití. Me fui, no quería malgastar más tiempo allí. Estaba vivo cuando salí de allí y vine a casa. ¿Cómo ha muerto? ¿Le han disparado? ¿O se ha suicidado de un disparo? —Su fachada de absoluta inocencia no tenía fisuras—. Teniendo en cuenta la gente con la que andaba, la verdad es que no me sorprende que haya acabado así.

—Al parecer, la causa de la muerte fue una caída. Cayó de espaldas contra un suelo de mármol y se fracturó el cráneo.

—¿Cree que alguien lo empujó? —Patrick deseaba conocer la respuesta.

—Todavía no sabemos nada. Estamos en una fase muy temprana de la investigación. ¿Dice que estaba vivo cuando usted se marchó? —preguntó el inspector para confirmar.

—Sí, lo estaba. Me temo que no sé nada más. Fue una reunión inútil. Tal vez la razón por la que quería quedarse era para verse con alguien después de que yo me fuera, para fanfarronear un poco, quizá.

—Es una posibilidad, pero no hay pruebas de que hubiera

otra persona en la suite. Por desgracia, todas las cámaras de vigilancia estaban fuera de servicio. Al parecer, el hotel tenía problemas técnicos. —El inspector jefe parecía muy irritado por ese detalle. Las grabaciones de seguridad habrían simplificado mucho el caso.

—Qué mala suerte. —Pero muy buena para Patrick. Se sintió aliviado de haber acertado con lo del fallo de las cámaras. Se preguntó qué se le habría escapado, pero no se le ocurría nada. Sus huellas estarían en el vaso de whisky, pero ya había admitido que estuvo allí. Los detectives no parecían dudar de su historia. Todo tenía sentido—. Se movía entre gente muy peligrosa en su trabajo. No me sorprende que acabara mal, como ya les he dicho. Pero es un revés perder a un informante.

—Parece que la mala suerte se ha cebado con todos —añadió el inspector Forrestier con aire cansado. Había sido una noche larga—. Vamos a intentar que el caso no llegue a los medios por ahora, al menos durante veinticuatro horas más, para ver qué avances hay.

—Me parece muy sensato —contestó Patrick, pensativo—. Siento no poder darles más información.

—¿Pidió comida mientras estaba allí? —preguntó el inspector Plante.

—No, yo no —aseguró Patrick confiado. Hasta ese momento todo estaba yendo bien—. Supongo que Karpov pudo pedir algo después de que yo me fuera. Espero que no fuera nada extravagante. —Plante asintió, pero no dijo nada. No le recordó que él había firmado el cargo del servicio de habitaciones. Parecía que se le había olvidado. O tal vez no quería admitir que había pedido unos productos tan lujosos como foie gras o caviar. Había una botella de champán abierta, otra de vodka y un whisky en un vaso; mucho alcohol para una reunión tan corta entre dos hombres.

Los dos detectives se marcharon poco despué y Patrick

se dirigió a su dormitorio. Le sorprendió encontrar a Alice todavía despierta. Lo miró mientras se metía en la cama. Compartían cuarto, a pesar de la frialdad de su relación. Era lo más lógico de cara a sus hijos.

—¿Por qué ha venido la policía? —preguntó ella.

—Nada importante. Uno de nuestros informantes ha aparecido muerto.

A ella todo eso le resultaba desagradable y nunca le preguntaba por su trabajo. Tampoco lo hacía él. Hablaban sobre todo de los niños, si es que hablaban de algo. Lo suyo tampoco era raro. Conocían a otros matrimonios que habían perdido la conexión años atrás y que el único vínculo que les quedaba eran los hijos. Era suficiente y, en el caso de Patrick, sus aspiraciones presidenciales eran una luz brillante en el horizonte mutuo.

A él le parecía que la reunión con la policía había ido bien. Esperaba que no vinieran más veces, que se hubieran quedado satisfechos. Había sido mala suerte que Sergei se hubiera caído y hubiera encontrado la muerte en una habitación de hotel que había reservado Patrick a su nombre. Normalmente, cuando quedaba con hombres en hoteles usaba un nombre falso y pagaba en metálico. Pero no podía hacer eso en el Louis XVI. Aunque al menos se había librado de Sergei y, si todo quedaba en nada, habría valido la pena. No tendría que seguir buscando debajo de las piedras el dinero del chantaje, ni mentirle más al banco ni a su mujer.

A la mañana siguiente, Alaistair se despertó a las seis para acudir a la reunión con el profesor que le había recomendado su amigo. No esperaba ninguna revelación trascendental, pero todavía se aferraba a un hilito de esperanza.

A las nueve en punto le abrieron la puerta de un despacho insulso y mal decorado que parecía sacado de un motel barato con muebles destartalados. El profesor en cuestión tenía una reputación excelente, pero en esa época se dedicaba principalmente a la investigación y veía los menos pacientes de pago posibles. Prefería su trabajo de laboratorio para el bien común que ver a enfermos exigentes, infelices y desesperados que necesitaban un tipo de consuelo que a él nunca se le había dado bien proporcionar y que le gustaba menos según iba cumpliendo años. Sabía por qué iba a verlo este hombre y no tenía muchas esperanzas que darle.

Alaistair solo tuvo que esperar unos minutos antes de que una enfermera con bata de laboratorio le acompañara a la consulta del profesor. Se llamaba Jean-Claude Leblanc e investigaba la leucemia linfocítica aguda, enfermedad que le habían diagnosticado a Alaistair cuatro meses antes. Fue un shock al principio y el pronóstico era devastador. La enfermedad había progresado en silencio y ya estaba en un estado muy avanzado. Le habían dado seis meses de vida, lo que significaba que, si no se equivocaban, le quedaban solo dos. Extrañamente no se encontraba mal, solo muy cansado, un cansancio que iba en aumento. Todavía seguía con la práctica de la medicina interna, aunque durante el último mes había trabajado un día menos de lo habitual. Los médicos le habían asegurado que el hecho de que no se encontrara mal era engañoso y que el final llegaría pronto, con un rápido deterioro durante las últimas semanas. Tras considerarlo detenidamente, había decidido rechazar el tratamiento, porque parecía peor que la enfermedad hasta el final. Había visto a muchos amigos y pacientes consumirse por la quimio y la radioterapia, que acababa con su calidad de vida hasta llegar al punto de que el desenlace mortal resultaba un alivio y no se podía estar seguro de si habían muerto por la enfermedad o por el tratamiento. También le habían recomendado un trasplante de médula. Se negó a hacer eso también, y si tenía que pasar dormido lo que le quedara de vida durante la últimas semanas, o incluso desde ese momento en adelante, ¿qué importaba? No tenía hijos ni esposa. Hacía años que se habían divorciado. Había tenido relaciones pasajeras durante los últimos quince años, pero ninguna importante.

Pocas semanas después del diagnóstico había tomado la decisión de que, cuando el final se acercara, o si empezaba a sufrir, acabaría con todo de forma callada y digna. Le resultó sorprendentemente fácil adquirir los medios para conseguirlo. Había llevado las pastillas a París, por si el veredicto del profesor era demasiado terrible y presagiaba algo aún peor de lo que vieron los médicos de Alaistair que había visto en Londres. No quería que nada le pillara por sorpresa. En su mente no tenía ninguna duda sobre sus planes. No se sentía deprimido por ello. De hecho, saber que tenía una vía de escape preparada le hacía sentir mejor en cuanto a su situación. Era joven para morir, con solo cuarenta y nueve años, pero había tenido una buena vida y, si no estaba destinado a vivir más, así eran las cosas. A esas alturas sentía una extraña paz al pensar en ello.

El profesor Leblanc le repitió la misma sentencia de muerte que le habían dado los médicos de Londres y le recomendó el mismo tratamiento extremo de quimioterapia y el trasplante de médula y también una posible inmunoterapia para darle unos cuantos meses más. Al principio, en Londres, fingió que iba a hacerse el tratamiento, pero a esas alturas y allí, en París, ya no se molestó en hacerlo.

—He decidido no someterme a ese tratamiento —dijo con mucha calma mientras el profesor lo observaba.

—Puede probar con alguno experimental, claro. Hay unos cuantos bastante inusuales por ahí a los que podría tener acceso. Pero ninguno ha funcionado hasta ahora. O también puede no hacer nada en absoluto. Con algún fármaco experimental podría conseguir un par de meses más, con suerte. Pero este tipo de leucemia es especialmente tenaz y avanza rápido. La he investigado. Puede probar con el tratamiento en el que estoy trabajando. No le puedo prometer un milagro, pero he conseguido que un pronóstico de dos meses se alargara hasta un año con uno de mis pacientes, y que otro pasara de seis meses a dos años. Algo es algo, supongo, pero no es lo bastante efectivo, ni mucho menos. Solo queda la esperanza de que, en ese tiempo adicional, algún investigador tenga suerte y encuentre otra cosa. —Él había sido una de las primeras personas que investigó el sida y tuvo un grandísimo éxito con ello, lo que había catapultado su reputación.

—Gracias, doctor, pero no le veo ningún sentido a prolongarlo si voy a estar enfermo durante ese tiempo. Otros dos meses, si los tengo que pasar en una cama deseando morir, no es algo que me apetezca.

—No se encontrará tan mal si ajustamos bien la dosis de quimioterapia. Pero es decisión suya, por supuesto, y yo la respeto. No sé si yo, en su caso, tomaría una decisión diferente. Puede pensarlo y volver si cambia de idea. Tal vez quiera leer un artículo que escribí sobre la leucemia linfocítica aguda y el trabajo que he hecho en mi investigación. Quizá le dé una perspectiva diferente si sabe más sobre ello. —Le entregó una copia que Alaistair dobló y se metió en el bolsillo después de darle las gracias al médico—. Londres no está tan lejos. Podría venir una vez al mes y recibir otra dosis intermedia a mitad de mes. No le debilitará tanto como teme. Y si lo hace, le ajustaremos la dosis o interrumpiremos el tratamiento si quiere. —Le dio a Alaistair su móvil personal para que lo llamara si lo necesitaba. Se estrecharon la mano y Alaistair regresó caminando al hotel por la orilla izquierda.

Hacía un día precioso y la consulta le había dejado una extraña sensación de alegría. Estaba más decidido que nunca a elegir su forma de irse y también el momento. Las pastillas que llevaba encima le daban una cierta sensación de control sobre su destino. No tenía ningún remordimiento en cuanto a su decisión. Se sentía libre al saber que no se iba a ir consumiendo, como le había pasado a tanta gente que conocía. Sentía una curiosa paz mientras paseaba por las calles de París. Cruzó el puente de Alejandro III hacia la orilla derecha. Pasó ante el Grand Palais, donde sabía que Gabrielle Gates estaría para sus reuniones con los marchantes de arte de la Bienal. Caminó un buen rato. Cuando llegó al hotel, se sentía en calma. Le sorprendió ver a Gabrielle cruzando el vestíbulo hacia donde estaba él cuando entraba, dispuesto a descansar en su habitación. La consulta con el profesor Leblanc y el paseo de vuelta lo habían dejado sin energías.

Gabrielle parecía feliz y llena de vida con un traje de lana rojo, zapatos de tacón alto y el pelo oscuro recogido. Sonrió al verlo.

—Estás guapísima —no pudo evitar decir. Ella tenía algo especial, había algo amable y empático en sus ojos, como una mujer que había sufrido mucho y por fin había resurgido sin la más mínima pizca de amargura. Y él la admiraba por ello.

—Gracias. Acabo de recibir un mensaje de Judythe —le informó—. Richard ha salido de la operación. Ha estado en el quirófano hasta las siete de la mañana, pero han localizado el problema y creen que se va a recuperar. Son «moderadamente optimistas», eso me ha dicho. Lo van a mantener sedado todo el día, así que dice que va a venir al hotel a ducharse y cambiarse.

Gabrielle parecía aliviada y Alaistair sonrió de oreja a oreja. Richard era once años más joven que él, estaba a punto de casarse y quería tener hijos. Le parecía que lo justo era que tuviera una nueva oportunidad en la vida. Pero él no tenía una enfermedad degenerativa que se lo comería vivo de dentro afuera.

—¿Ya ha acabado tu reunión? —le preguntó ella.

—Sí, vengo de allí —contestó él, todavía sonriendo—. He pasado por delante del Grand Palais en el camino de vuelta y me he acordado de ti. Creía que estabas allí.

—Voy para allá —afirmó y miró el reloj—. ¿Quieres un pase para visitarla conmigo esta tarde?

Él lo pensó. Le apetecía. Había algo en ella que le resultaba muy atractivo.

—Me encantaría. ¿Puedo invitarte a cenar esta noche, a cambio?

Ella dudó, pero solo durante una fracción de segundo. Después asintió.

—Me parece estupendo. —Luego bajó la voz para decir en tono conspirador—: La camarera de piso me ha contado esta mañana que anoche encontraron un cadáver en una de las suites de nuestra planta. Yo oí gritar a una mujer. Creo que tú ya te habías ido a ver a Judythe al hospital. Al parecer, fue una de las camareras del turno de noche quien halló el cadáver. No era el huésped que se había registrado, sino una visita. Están intentando que no llegue a la prensa. Menudo revuelo en este hotel tan serio. Estarán de los nervios por todo esto. No puede ser bueno para el negocio —comentó comprensiva.

—Seguro que no —confirmó él con cara de intriga.

—Le han ordenado al personal que no cuenten nada, pero la camarera no ha podido resistirse.

—¿Ha sido un golpe de la mafia o algo relacionado con drogas?

—No tengo ni idea, creo que ella tampoco lo sabía. La policía estuvo dando vueltas por todas partes durante varias horas.

—Todavía había unos cuantos cuando llegué anoche. Pero no les hice mucho caso. Pensé que sería seguridad adicional.

—La verdad es que la noche de ayer fue bastante movidita, con lo de Richard y después ese cadáver. —A continuación le dio un pase para la Bienal y le dijo en qué caseta podían verse y a qué hora y se fue con prisa.

Él siguió pensando en ella mientras volvía a su habitación.

Cuando llegó, fue al baño y abrió la bolsita donde guardaba las pastillas que suponían su billete hacia la libertad cuando las necesitara. Se habían convertido en sus mejores amigas y sabía que podía contar con ellas. Se tumbó en la cama y pensó en lo que le había dicho el profesor. Sabía que podía probar el protocolo del doctor si quería, pero no entraba en sus planes. No le veía sentido a alargar las cosas si iba a pasar sus últimos meses sintiéndose fatal. No creía lo que le había dicho el profesor de que no estaría tan enfermo como imaginaba y que incluso podría seguir ejerciendo la medicina si quería, siempre y cuando no se cansara demasiado. A él le parecía que su solución era mejor: irse a navegar por mar abierto tranquilamente, a su ritmo, sin medicamentos y tomarse las pastillas cuando llegara el fin. Todavía tenía tiempo. Le quedaban un par de meses. Por eso había ido a París cuando todavía se encontraba bien. Quería verlo por última vez.

Patrick revisó atentamente los periódicos de la mañana, y ninguno mencionaba al modelo ruso que había muerto la noche anterior en el Louis XVI. Lo mantenían en secreto, pero estaba seguro de que la investigación continuaba a buen ritmo y que seguiría abierta hasta que llegaran a alguna conclusión sobre si fue un accidente o si alguien mató a Sergei. Por el momento no tenían sospechosos, al menos hasta donde sabía Patrick, ni tampoco motivo. La verdad era que Sergei se había tropezado él solo. Patrick no tenía intención de matarlo, ni siquiera le había puesto las manos encima, y aunque estaba furioso porque había aumentado sus exigencias de soborno, él no lo habría asesinado. La caída mortal fue un accidente, aunque él fuera una escoria de la peor calaña.

De todas formas, sintió un gran alivio al no ver nada sobre él en los periódicos, aunque Patrick sabía que en algún momento lo mencionarían. Olivier Bateau era consciente también y rezaba para que hubiera sido un accidente y no un homicidio. No se encontraba bien desde la noche anterior.

Alaistair durmió dos horas tras regresar a su habitación. Después pidió una comida ligera al servicio de habitaciones y por la tarde se puso corbata para ir a ver a Gabrielle a la Bienal. Ella iba tan bien vestida cuando la vio por la mañana en el vestíbulo que no quería avergonzarla. Gabrielle era muy elegante y tenía ese estilo sobrio y discreto que a él le gustaba.

Se encontraron en la caseta que le había indicado y pasearon por la feria de antigüedades y arte de la Bienal juntos, visitando una caseta tras otra de antigüedades que podrían estar en un museo y cuadros de artistas importantes. Había también estands de famosos marchantes y de media docena de joyeros de prestigio. Era un feria de arte de enormes proporciones y los dos disfrutaron de la visita. La mayoría de los marchantes importantes que trabajaban con obras de arte muy caras parecían conocer a Gabrielle y ella les presentó a Alaistair a todos.

Después fueron al Bar Vendôme, en el Ritz, para tomar una copa, y de ahí Alaistair la llevó a uno de sus restaurantes favoritos para cenar. Lo pasaron muy bien y no pararon de hablar, la conversación no decayó ni un momento. De camino al restaurante, Judythe llamó a Alaistair y le contó que Richard iba bien, aunque todavía no se había despertado y seguía sedado, pero ya le habían retirado el respirador y decían que la nueva válvula de su corazón funcionaba sin problema. Todavía sonaba preocupada, pero mucho menos que la noche anterior, y le dio las gracias mil veces.

Al final de la noche volvieron al hotel paseando y disfrutando del templado aire de septiembre. La ciudad era exquisita de noche. Se separaron en la puerta de la suite de Gabrielle. Los dos estaban cansados, pero contentos, y ella tenía más reuniones planeadas para el día siguiente. Se iba a quedar toda la semana, igual que Alaistair. Él había asumido que sería el último viaje que podría hacer y quería disfrutarlo con calma. Le propuso que cenaran alguna otra noche y ella accedió.

A Alaistair le sorprendió sentirse lleno de energía la mayor parte del día. No estaba tan cansado como últimamente. París tenía ese efecto mágico en él. Gabrielle había dicho lo mismo durante la cena, que estaba entusiasmada por empezar su vida y su trabajo de nuevo, con cuarenta y cinco años, y que por fin había conseguido salir del bache en el que cayó tras el divorcio. Todavía era lo bastante joven como para disfrutar de una vida plena y llena de diversiones como la que pretendía tener a partir de entonces. Quería viajar y estaba contenta con las adquisiciones que había hecho para algunos de sus clientes ese día. Había sido un buen día para ambos.

Cuando Patrick llegó a casa esa noche, no se fijó en los dos inspectores que esperaban en un coche sin distintivos en la puerta de su casa. Entró y se encontró a Alice. Ella había preparado la cena y lo esperaba para cenar juntos, algo nada habitual. El timbre sonó antes de que les diera tiempo a sentarse. Los inspectores Forrestier y Plante querían hablar con él.

Los llevó a su estudio de nuevo y le dijo a Alice que no tardaría. Ella no preguntó quiénes era y asumió que se trataba de algo relacionado con su trabajo. Estaba acostumbrada a que aparecieran agentes e inspectores para verlo. Él cerró la puerta al entrar y se sentó a su mesa mientras los inspectores lo hacían enfrente, igual que la noche anterior.

—La verdad es que no tengo nada que añadir —les dijo, convencido de que su declaración no tenía fisuras y que el caso estaría ya casi cerrado, excepto en la parte que tenía que ver con Sergei Karpov y sus conexiones delictivas.

—Hemos detectado una discrepancia en su historia y queríamos asegurarnos de que le entendimos bien —señaló el inspector Forrestier—. Dijo usted que no pidió comida en el tiempo que estuvo en el hotel. El registro del servicio de habitaciones muestra que alguien pidió caviar, foie gras y vodka para que lo entregaran en la suite. Nos contó que si se había pedido algo, tuvo que ser Karpov después de que usted se fuera, porque posiblemente utilizó la suite para verse con alguien más cuando usted ya no estaba.

—Supongo que eso sería lo que pasó. Tal vez discutieron y la otra persona lo empujó. —Patrick les ofreció la versión que quería que creyeran.

—Volvimos a preguntarle al camarero del servicio de habitaciones que estaba de turno en su planta anoche. Dijo que le entregó los productos que he mencionado a un hombre mayor, con el pelo canoso, que llevaba puesto uno de los albornoces del hotel cuando firmó el recibo. No recuerda la cara del hombre, pero la descripción concuerda con usted, ministro. Le enseñamos una foto de Karpov y una suya y no estaba seguro, pero lo identificó a usted, aunque sin estar seguro, como el hombre que firmó el caviar y el foie gras y que llevaba el albornoz. Lo que me intriga de lo que nos dijo es que usted parecía estar solo en la habitación y que llevaba un albornoz. ¿Es que se duchó antes de ver a Karpov? ¿Y por qué nos dijo que no había pedido comida? ¿O es que Karpov estaba allí con usted, pero en otra habitación? En el dormitorio o en el baño de la suite. Me sorprende que mintiera sobre lo de la comida y no entiendo por qué usted no llevaba su ropa si él estaba allí. —Los ojos del inspector Forrestier atravesaron a Patrick como dos taladros. El ministro del Interior parecía perplejo y se quedó callado—. ¿Le importaría explicármelo?

—Lo de la comida se me habrá olvidado, tenía otras cosas en la cabeza —reconoció con voz monótona. Su historia empezaba a desmoronarse. Le había mentido a la policía sobre parte de la historia y ellos lo sabían. Cuando hablaron con él la noche anterior, se le había olvidado que Sergei había pedido comida.

—¿Había alguna otra razón para verse con Karpov en el hotel? —Si era así, eso convertía a Patrick en un posible origen del esperma que había derramado sobre la cama. Se habían llevado las sábanas como prueba para examinarlas más adelante, pero aún no lo habían hecho—. ¿Se había reunido con Sergei Karpov en hoteles en otras ocasiones?

Patrick siguió en silencio, sorprendido, pero entendió que tenía que ser más sincero con ellos que la noche anterior para poder salvar el cuello. La primera historia no había funcionado. La verdad, o al menos parte de ella, podía ser su única opción. Se sentía como un animal acorralado y estaba a punto de empezar a jadear por el terror. Podía mentir y decir que sería otra persona quien firmó el recibo de la comida, otro hombre mayor que estuvo allí después que él, pero no quería meter la pata más de lo que la había metido ya contando más mentiras.

Parecía que le faltaba el aire cuando respondió al inspector, que no había apartado los ojos de él ni un segundo.

—Se trata de algo que nunca he querido admitir. Sergei Karpov me estaba poniendo en una situación comprometida. En confianza les diré que he cometido… indiscreciones con él en varias ocasiones. —Estaba a punto de llorar cuando lo dijo. Nunca había expuesto su vida de esa forma y de repente se veía obligado a hacerlo—. No es algo de lo que me enorgullezca y nadie lo sabe, y mucho menos mi esposa. Enterarse de algo así la destrozaría a ella y nuestro matrimonio. Es algo que ocurría muy de vez en cuando, pero últimamente he sido lo bastante estúpido como para cometer esas indiscreciones con Sergei Karpov. Él sabía quién era y empezó a chantajearme hace dos años. —Patrick no sabía que Forrestier ya había revisado sus cuentas bancarias unas horas antes y que también tenía unas cuantas preguntas que hacerle al respecto si él no les daba la información por su propia voluntad, como acababa de hacer. El inspector ya sospechaba lo del chantaje—. Quedamos en el hotel ayer para que le pagara de nuevo. De hecho, quiso incrementar la cantidad que había accedido a pagarle, pero yo le dijo que no podía.

—¿Tuvo relaciones sexuales con él en el Louis XVI? —preguntó Forrestier con tono inexpresivo.

Patrick dudó unos minutos antes de responder. Pero estaba acorralado y sabía que podrían probarlo con pruebas de ADN.

—Sí —contestó con la voz quebrada.

—¿Le pagó?

—No, le dije que no podía. —Era una versión de la verdad, porque se había vuelto a guardar el dinero en el maletín después de la muerte de Sergei.

—¿Lo golpeó o él le pegó a usted? ¿Discutieron? —continuó Forrestier.

—No.

—¿Estaba vivo cuando se fue?

—Sí. —Patrick no se atrevía a contarles toda la historia. Pensarían que lo empujó. Ya les había dicho bastante.

Forrestier se levantó y miró a Patrick.

—Gracias por su sinceridad, ministro. No puedo protegerlo ni garantizarle confidencialidad en un asunto tan serio, teniendo en cuenta que un hombre ha perdido la vida, aunque fuera un canalla y un chantajista. La prensa acabará conociendo la historia, en parte o completa. Tendrá que prepararse para ello y hablar con sus seres queridos. —Se refería a su mujer y él lo entendió y asintió tristemente. Los acompañó a la puerta minutos después. En el umbral, Forrestier se volvió y le dijo—: Le informaremos de cómo se va desarrollando la investigación.

Patrick rezó para que no profundizaran más, pero ya se había iniciado un tsunami que podía ahogarlo. Forrestier tenía razón. Se lo contaría a Alice. Se lo debía. No podía dejar que leyera algo así en un periódico. Aunque estuvieran distanciados, debía avisarla de que tendría que prepararse para lo peor.

Estaba centrado en el aspecto sexual de la historia que no se había dado cuenta de un detalle: al decirle a la policía que Sergei y él eran amantes y que el ruso lo chantajeaba, él tenía un motivo para matarlo. El chantaje era la mayor prueba de que la muerte de Sergei podría ser un homicidio, y no un accidente.

Cuando entró en la cocina, donde lo esperaba a Alice con la cena, Patrick tenía los ojos llenos de lágrimas. No podía tragar, ni mucho menos comer. Se dejó caer en la silla y la miró con lágrimas de vergüenza y arrepentimiento cayéndole por las mejillas. Todo en su vida estaba en riesgo: su trabajo, su carrera política, las elecciones presidenciales, su matrimonio, su familia y su libertad. Lo había arriesgado todo por Sergei Karpov. Lo odió con todo su ser cuando miró a su mujer y se preparó para contarle la verdad.

6

Patrick supo que nunca olvidaría la expresión de la cara de su mujer cuando le dijo que había habido ocasiones, raras, infrecuentes e imposibles de explicar, en que había sucumbido a sus instintos más básicos y había ido a hoteles, normalmente de forma anónima, para practicar sexo con personas que apenas conocía. Pero nunca había sido con nadie que le importara lo más mínimo. Intentó contarlo con la mayor delicadeza posible. Ella lo miró, atónita.

—¿Estás hablando de prostitutas? —preguntó con una expresión tan confundida como escandalizada. Lo que más le sorprendía era que se lo estuviera confesando. Sospechaba que llevaba años siéndole infiel, pero suponía que era con otras mujeres.

—Sí, a veces con personas que ejercían la prostitución. O simplemente extrañas. Nunca tuve ninguna relación con ninguna. Era solo algo que surgía en el momento. Nunca era algo planeado.

—¿Y por qué me cuentas esto ahora? —Le tenía por un hombre discreto. Hiciera lo que hiciera, ella no se enteraba. Pero siempre había sentido que había otras, desde el principio. Se esforzó por no pensar en ello demasiado, pero creía que eso era lo que había acabado con su matrimonio para ella.

—Creo que lo mejor es decírtelo —contestó con tono lúgubre. Ella se sentó a la mesa y lo miró con la misma expresión de confusión de antes.

—¿Por qué ahora? No necesito saber con quién me has engañado. Siempre he asumido que había otras mujeres. La mayoría de los hombres que conocemos les son infieles a sus mujeres. Yo siempre he preferido hacer la vista gorda. —Sabía que su madre y su abuela habían hecho lo mismo. La mayoría de los franceses eran infieles.

—No ha habido otras mujeres —explicó con voz ronca—. Te equivocas en eso.

—Pero acabas de decir…

—Eran hombres, Alice. No mujeres.

Alice se quedó con la boca abierta. Parecía un pez que movía la boca, pero no emitía ningún sonido.

—¿Eran hombres? ¿Me has engañado con hombres? —Era lo último que se habría esperado de él. Era muy masculino, un hombre de los pies a la cabeza. Jamás se habría imaginado que le pudiera atraer su mismo sexo. Siempre había dejado claro que le desagradaban los homosexuales. Y lo decía abiertamente, sin avergonzarse por esa estrechez de miras—. Nunca he pensado que pudieras ser gay —añadió, todavía intentando digerirlo.

Se sentía a punto de entrar en shock, aunque no era así. Estaba muy lúcida y le había oído perfectamente. Alice vivía en un mundo en blanco y negro, con una visión muy tradicional que él siempre había dicho que compartía, tanto en privado como en público. Aseguraba en sus campañas que los valores familiares eran esenciales para él y que su vida giraba en torno a ellos.

—No soy gay —gritó.

—Los hombres que se acuestan con otros hombres son gais. Hasta yo lo sé —contestó ella, furiosa. ¿Por qué se había casado con ella si era gay? Eso explicaba por qué no la había tocado ni deseado desde hacía años.

—Fueron actos sexuales, aberraciones que se desviaban de la norma o de la conducta de una persona normal, pero eso no me convierte en gay. Han sido hechos aislados. No han significado nada para mí —insistió como si eso pudiera arreglarlo todo. Pero sabía que no era así y también sabía que lo que le estaba diciendo podría acabar con él si salía a la luz, si ella decidía revelarlo para vengarse por su rechazo.

—¿Y por qué me lo cuentas ahora? —insistió, con los ojos entornados.

Su matrimonio ya estaba prácticamente muerto, o al menos en un coma profundo, así que ¿por qué necesitaba conocer los detalles escabrosos? No tenía ni idea de lo que vendría después, pero intuía que debía haber algo más.

—Te lo cuento porque uno de esos hombres me ha estado chantajeando durante los últimos dos años.

—¿Y le has pagado? ¿Con qué? ¿Con nuestro dinero, nuestros ahorros? ¿O con alguna herencia que no conozco?

—Su trabajo era prestigioso, pero el sueldo no era enorme y estaban casados en gananciales, lo habitual en Francia. Ella intentaba ahorrar y guardaba el dinero en la cuenta conjunta. ¿Y él se lo había gastado en comprar el silencio del hombre con el que se acostaba? Sintió náuseas solo de pensarlo.

El resto salió solo.

—Me reuní con él ayer en un hotel para pagarle. Al parecer, después de que yo me marchara se cayó en la habitación del hotel y se dio un golpe en la cabeza. Lo encontraron muerto. O tuvo un accidente, o alguien lo mató. Yo no fui, ya no estaba. Pero seguro que la historia saldrá en la prensa dentro de un par de días y no quiero que te enteres por los periódicos. Están interrogando a gente y llevando a cabo una investigación oficial. Ellos han mantenido el secreto, pero no podrán seguir así durante mucho tiempo. Tenía que contártelo.

»Si determinan que la muerte fue accidental, todo esto quedará en nada, pero la parte jugosa de la historia será que yo me veía con hombres en habitaciones de hoteles, si es que esa información sale a la luz. Depende de cuánta información incluyan en el informe policial y qué parte se haga pública. A los canales de televisión y los periódicos les encantan las historias como esta. La policía no puede controlar lo que dicen los medios, y yo tampoco. Tienes que prepararte para la tormenta que puede llegar. No hay forma de saber lo que dirá la prensa, no tengo ningún control sobre ellos. Nadie lo tiene. Así que ya sabes lo de mis sórdidas relaciones extramaritales. Aunque supongo que lo has sabido siempre. Debería habértelo dicho, pero no encontré el momento. Nunca es buen momento para dar una noticia así, Alice. Sin embargo, con lo que ha pasado, no podía seguir ocultándotelo.

Los dos se olvidaron de la cena y se quedaron sentados en silencio en las sillas de la cocina, cada uno perdido en sus pensamientos. Alice fue la primera en hablar, después de hacer mucho ruido con las ollas de la cena y otros objetos que había por la cocina para descargar la furia que sentía contra él.

—Cuando pase la tormenta, quiero el divorcio —dijo con una vocecita suave pero clara—. Deberíamos habernos divorciado hace mucho, pero ahora tenemos que hacerlo.

Él la miró muy preocupado.

—Si queda algo de mi carrera política después de esto, acabarás con ella si te divorcias —dijo con tono de súplica.

—¿Lo dices en serio? Me das pena, Patrick. Has destruido tu vida y tu persona. Extrañamente no te odio por eso, pero no quiero seguir casada contigo. Esto es demasiado.

Ella era una mujer muy religiosa y él había pisoteado su confianza y todo en lo que ella creía. No podía esperar que siguiera casada con él.

Patrick volvió a su estudio. Ya la había advertido y le había dicho todo lo que necesitaba saber. Estaba cansado de mentir, de esconderse y de maquillar la verdad. Eso era de lo que se alimentaba Sergei y otros como él. Patrick no quería seguir llevando una vida llena de secretos y engaños durante más tiempo. Eso solo desembocaba en lo que tenía entre manos.

Alice se encerró en el dormitorio y él se quedó en el estudio. Se mantuvo despierto casi toda la noche, apenas durmió unas pocas horas cuando ya había salido el sol. Ella se pasó la noche pensando que el alma de su matrimonio había muerto del todo, si es que estuvo viva alguna vez. Él había acabado con todo. Se sentía libre y triste al mismo tiempo. Y estúpida, por no haber sospechado nunca que le gustaban los hombres. Eso explicaba muchas cosas que no habían ido bien entre ellos, pero Patrick supo ocultarlo a la perfección. Pensó que todo ese tiempo se había estado burlando de ella. Decidió seguir casada con él por los niños, pero ahora quería acabar con su matrimonio por ella. Había vivido de la forma que le convenía más a él todo ese tiempo. Había llegado su momento.

Patrick estaba sentado en la cocina, tomándose una taza de café con la misma ropa del día anterior, cuando los inspectores Forrestier y Plante tocaron el timbre del piso. El guarda de abajo los había dejado pasar. Alice se encontraba en la ducha. Abrió la puerta y vio a los dos hombres mirándolo fijamente. Entraron en el apartamento, le pusieron unas esposas y le dijeron que quedaba detenido. Él fue incapaz de reaccionar, no se podía creer lo que estaba pasando.

—Queda detenido por el asesinato de Sergei Karpov —anunció el inspector Plante, inexpresivo.

Forrestier le explicó que lo iban a poner en *garde à vue*, es decir, que de momento permanecería detenido veinticuatro horas, plazo que podría ampliarse hasta seis días mientras seguían reuniendo pruebas en su contra. El fiscal todavía no había decidido si acusarlo de homicidio sin premeditación, asesinato en primer grado o algo intermedio. También el juez instructor podría decidir que se había tratado de una muerte puramente accidental. Ninguno de ellos conocía aún todos los hechos acontecidos. Pero Patrick tenía un motivo claro: se beneficiaba de la muerte de Sergei, porque con ella terminaría el chantaje y las amenazas sobre la carrera y las ambiciones de Patrick. Eran amantes y solo la muerte había servido para interrumpir esa historia. La muerte de Karpov beneficiaba a Patrick. Si el caso se sostenía o no dependería de las pruebas que fueran surgiendo en los siguientes días.

Alice oyó voces y se preguntó qué pasaba. Apareció en el vestíbulo en albornoz cuando le estaban explicando la acusación. Llegó justo a tiempo para oír lo importante. Lo miró con los ojos llenos de lágrimas, consciente de lo bajo que había caído. Más que por él, lloraba por ella y por sus hijos; no le iba a quedar más remedio que contárselo, dadas las circunstancias. Él siempre le dejaba las cosas complicadas a ella. Al menos la había avisado la noche anterior. La humillación que tendría que soportar él iba a ser total. Pero la policía estaba convencida de que no había sido un accidente y harían todo lo posible para demostrarlo. No se habían creído su historia sobre la tercera persona, ni tampoco que la muerte sucedió después de que él se fuera del hotel. El inspector Forrestier tenía la corazonada de que Patrick mentía sobre algo más.

«Yo no le empujé», era lo que Patrick no dejaba de repetir mientras lo conducían a la calle. Alice contempló cómo se lo llevaban y después cerró la puerta sin hacer ruido. En la última imagen que vio de Patrick, a él le corrían lágrimas por las mejillas. Lo sentía por él, pero no lo bastante como para seguir casada con él, ni para perdonarlo.

La historia llegó a los periódicos y a la televisión a última hora de ese día. Varios reporteros anunciaban en directo que el ministro del Interior había sido detenido en relación con una investigación por un escándalo sexual en el que estaba implicado un modelo ruso, con el que se había visto en secreto en el hotel Louis XVI. Elucubraban sobre el tema del chantaje, pero aseguraban que el ruso había muerto durante uno de sus encuentros clandestinos y que aún estaban investigando el grado de implicación del ministro en su muerte. El reportero también reveló que su relación secreta había durado dos años, lo que sonaba a algo mucho más serio que un encuentro casual.

Alice había tenido tiempo de llamar a sus hijos antes de que saltara la noticia. Su hija, Marina, se quedó destrozada e insistió en que tenía que tratarse de una mentira, una trampa provocada por los celos en medio de una conspiración contra su padre para evitar que se presentara a la presidencia. No podía creer que su padre pudiera hacer nada malo. Él había sido su héroe toda su vida.

Su hijo Damien se puso hecho una furia. Salió de su oficina para ir a ver a su madre, a la que encontró afectada, pero aguantando el tirón. Marina también se ofreció a volver desde Lille, pero Alice le dijo que no quería que lo hiciera, que se quedara en la universidad. No quería ver a la prensa siguiendo y acosando a sus hijos. Y ella no tenía intención de salir de su apartamento.

A la mañana siguiente la situación había empeorado bastante. Habían aparecido varios hombres más que aseguraban haber tenido breves encuentros sexuales con Patrick. Uno contó que había tenido relaciones sexuales con él en hoteles baratos y en un baño público. Los otros también buscaban su momento de gloria. La mayoría dijeron que en el momento no sabían quién era y que él les dio un nombre falso, pero que lo habían reconocido por las fotos. Otros sí que conocían su identidad o lo reconocieron cuando se vieron.

Los medios le solicitaron entrevistas o declaraciones a Patrick, pero la policía se negó a permitirlo. Lo que sí pudo hacer fue contratar a un abogado desde la cárcel, que se encargó de presentar su dimisión como ministro del Interior en su nombre. Aunque los cargos de asesinato se desestimaran, el escándalo sexual imposibilitaba que siguiera manteniendo su cargo. Su carrera política había terminado, al menos por el momento, y seguramente para siempre. No lograría recuperarse de un escándalo así. Las aventuras con mujeres era algo que el público terminaba aceptando, pero las relaciones homosexuales con hombres jóvenes no estaban bien vistas, sobre todo tratándose de alguien que tenía una imagen pública de hombre familiar con valores tradicionales. Había quedado convertido en un hipócrita y en un pervertido. Si era o no también un asesino todavía estaba por demostrar. En cuestión de días, toda su vida había quedado destruida.

Tras pasar tres días en la cárcel mientras continuaba la investigación, el juez aceptó las teorías de la policía sobre él y lo acusó finalmente de homicidio involuntario, es decir, homicidio sin premeditación, y de haber huido de la escena del crimen tras haberlo cometido. Todavía no se había fijado fecha para el juicio. El juez, tras una considerable negociación, accedió a ponerlo en libertad hasta el juicio con la condición de que no saliera de la ciudad y que acudiera regularmente a firmar a la comisaría. Pero Patrick solo quería esconderse en su apartamento, fuera de la vista y de las críticas públicas.

Había reporteros acampados delante de su edificio. Le había pedido a Alice, que no lo había visitado en la cárcel, que le diera un par de semanas para encontrar otro sitio para vivir. En un principio ella quería que se fuera de casa en cuanto saliera de la cárcel y no aceptaba ninguna otra cosa. Pero cuando lo vio de nuevo, era un hombre hundido. Ella tampoco había pisado la calle para evitar a la prensa. Hacía días que no salía del apartamento para nada. Todo lo que necesitaba, incluso la comida, pedía que se lo entregaran a domicilio.

La primera noche que pasó Patrick en casa tras salir de la cárcel recibió la visita de su hijo Damien. El encuentro fue traumático para todos. Llevado por una rabia que le costaba controlar, Damien acusó a su padre de ser la peor escoria de la tierra, un hipócrita, un canalla inmoral y el origen de la vergüenza y la humillación que estaban sufriendo, porque le había mentido a todo el mundo.

—¡Cómo has podido! —gritó Damien—. ¡Tú, con toda tu palabrería moralista, pomposa y homófoba! ¡Menudo hipócrita! ¡Y te crees mejor que los demás! Cada vez que veías a un gay por la calle hacías un comentario denigrante. A los dieciséis años supe que soy gay, pero nunca he podido decírtelo porque tenía miedo de que me despreciaras por ello. Y ahora, fíjate, resulta que tú has estado todo el tiempo tirándote a desconocidos en habitaciones de hotel y baños públicos. Está en todos los periódicos. Ahora no me importa lo que quieras decir sobre mí, porque tú eres peor, papá. Y además eres un asesino. ¿Cómo has podido hacerle eso a nuestra madre, a nosotros, avergonzarnos así?

Patrick no tenía respuesta, ni siquiera intentó buscarla. Le pidió perdón a su hijo. No se avergonzaba de ellos, sino de sí mismo. Las últimas palabras que Damien le dijo a su padre antes de irse fueron: «¡Te odio!». Cuando su hijo cruzó la puerta, Alice lloraba. Estaba devastada por el desastre que había causado Patrick, por la humillación de sus hijos y la angustia que les estaba haciendo pasar a todos. Ella siempre había intuido que su hijo era gay, pero no se atrevía a hablar del tema con él, así que prefirió ignorarlo y en ese momento sentía que ella tampoco había estado a la altura.

Patrick parecía anonadado y en shock tras enterarse de que su hijo era homosexual. Fue como si le hubieran dado un puñetazo. Todo había quedado destruido. Al final de esa semana ya no quedaba nada de la vida de Patrick. Maldijo el día en el que conoció a Sergei y le echó la culpa de todo, aunque fue Patrick quien le falló a su familia con sus mentiras y su doble vida.

Alice no tenía ni idea de cómo iban a recuperarse de ese

golpe y de la vergüenza que les había causado. El abogado de Patrick decía que era más que probable que acabara en la cárcel por homicidio involuntario. Había traicionado su cargo, a su país, a su familia y a un hombre que había acabado muerto directa o indirectamente por su culpa, tanto si él le puso la mano encima como si no. Avisó a Patrick de que, si encontraban pruebas que demostraran la premeditación o que había empujado a Karpov antes de que cayera, la acusación sería de asesinato en primer grado y pasaría mucho tiempo en la cárcel, con una condena que podía llegar incluso a los treinta años. En ese momento se enfrentaba a un máximo de diez años.

Patrick se encerraba en su estudio día tras día y pasaba el tiempo mirando por la ventana y pensando en todo lo que había perdido. Deseaba tener el valor suficiente para suicidarse, pero no lo tenía. Y no podía pensar en otra cosa.

Tras un breve paréntesis, Alice volvió a sus clases. Sus colegas y sus alumnos pensaron que estaba siendo muy valiente y la admiraron por ello. Le encontró un apartamento amueblado a Patrick cerca de su casa y lo ayudó a mudarse. Él no era capaz de hacer nada por sí mismo en ese momento. Alice sentía lástima por él y por el precio que estaba pagando por sus malas decisiones, sus caprichos y sus impulsos descontrolados, pero no quería que siguiera rondando por su casa. No podía perdonarle las mentiras que le había contado durante años. En cuanto a Patrick, la nube negra que lo rodeaba lo oscurecía todo. Solo podía pensar en lo que había perdido sin ser consciente de lo profunda que era la herida que les había causado. Alice se sorprendió al descubrir lo narcisista y lo ególatra que era. Le dijo que esperaría a que pasara el juicio para pedir el divorcio. No tenía dudas al respecto, acabaría con ese matrimonio. Solo se arrepentía de no haberlo hecho años antes.

Se sentía en paz con la decisión que había tomado. No le

quedaba más que darle, después de haber perdonado tanto durante tanto tiempo y de aguantar lo poco que le daba él a cambio. Siempre lo excusaba ante sus hijos y ante sí misma. Uno de los eslóganes que había utilizado para su campaña era «Un hombre de familia». Él había convertido su vida y su matrimonio en una broma cruel. Ahora empezaba a pagar el precio por ello, y seguiría haciéndolo en el futuro. Alice estaba convencida de que Patrick se merecía todo lo que le pasara. Solo él se creía una víctima.

Alaistair y Gabrielle visitaron a Richard en el hospital dos días después de la cirugía y comprobaron que su recuperación iba bien. Judythe estaba con él, no se había alejado de su lado ni un minuto, apenas había pasado por el hotel para cambiarse de ropa. Se comunicaba como podía con las enfermeras en francés y conseguía hacerse entender. Richard tenía mejor aspecto de lo que esperaban. Estaba mucho más sonrosado. Gabrielle se dio cuenta de que tres días antes no se conocían y ahora parecían amigos. Alaistair y Gabrielle habían comido o cenado juntos varias veces. Él estaba fascinado por su trabajo en el mundo del arte y a ella le gustaba su compañía. Compartir la experiencia cercana a la muerte de Richard les había recordado a los dos lo preciosa y fugaz que es la vida y parecían haber decidido disfrutar el momento juntos.

Hablaron del escándalo sexual que se había producido en el hotel mientras Richard luchaba por su vida y los demás intentaban salvársela. Todos estaban impactados por la muerte accidental del modelo ruso, que supuestamente estaba chantajeando al ministro del Interior y candidato a la presidencia.

—Ese hombre tenía que ser muy infeliz —comentó Alaistair—. Es como si se hubiera producido el choque de dos cuerpos celestes y la onda expansiva estuviera acabando con todo.

Era un político muy respetado y tenía posibilidades de ganar las elecciones el año que viene. Ahora todo el mundo cree que acabará en la cárcel. Supongo que no es más que otro político mentiroso pero, de todas formas, es una tragedia. Un chico joven ha acabado muerto, la mujer y los hijos del ministro estarán escandalizados y una carrera prometedora ha acabado destruida. No puedo evitar preguntarme en qué estaría pensando.

—Seguro que no era nada más que puro egoísmo —respondió Richard—. Y pensaría que no lo pillarían nunca.

—Muy típico de un político —comentó Judythe, encogiéndose de hombros.

Sabía que las enfermeras hablaban del tema y que estaba en los periódicos, pero no sentía lástima por él. Le parecía una historia muy desagradable y solo lo sentía por su mujer y sus hijos. Había fotos suyas en los periódicos y parecían buena gente. En una foto de ese mismo verano, durante la celebración del 14 de julio en el sur de Francia, se veía a Patrick y a Alice sonriendo con uno de sus hijos a cada lado. Pero mientras estaba con su familia, Patrick le había estado pagando a un amante aprovechado para protegerse. Gabrielle odiaba a los hombres así. El público estaba de acuerdo con ella y todo el mundo apoyaba a su mujer y sus hijos.

Richard tenía que pasar el resto de la semana en el hospital y después dos semanas más de reposo en el hotel antes de que le dieran el alta y permiso para regresar a Nueva York. Tendría que ir a ver al cardiólogo allí, como le explicó a Alaistair y Gabrielle. El cirujano cardiaco de París les había dicho que podría volver a trabajar cuatro semanas después de la cirugía. Aquel episodio aterrador había ocupado toda su estancia en París y tendrían que añadir dos semanas más, además de cancelar el viaje a Roma. El hotel Louis XVI les había ofrecido una tarifa especial para las dos semanas extra, ya que se veían obligados a permanecer allí por razones médicas.

—Dejaremos Roma para nuestra luna de miel —dijo Richard, sonriéndole a Judythe—. Todavía no tenemos fecha, pero nos gustaría que vinierais los dos a nuestra boda. No habría ninguna celebración si no fuera por ti —afirmó mirando a Alaistair— y mi futura mujer. Vosotros dos me salvasteis la vida.

Su anomalía cardiaca había resultado ser una de esas que salían a la luz de forma brutal, sin previo aviso, y muchas veces acababan con la muerte fulminante de una persona joven y en apariencia sana, en ocasiones mientras hacía deporte, sorprendiendo a sus seres querido.

—Fue un trabajo de equipo —contestó Alaistair con modestia—. Lo hicimos entre Judythe y yo, junto al maravilloso personal médico del SAMU y tu cirujano y su equipo. Me han dicho que no deberías tener ningún problema a partir de ahora. Si se repara correctamente, es algo que no tiene por qué volver a suceder. Tu nueva válvula no debería darte ningún problema. Todo va a ir genial a partir de ahora.

—Eso espero —dijo, y le dio un beso a Judythe, que estaba sentada en la cama a su lado.

A los dos les hacía felices ver a Gabrielle y a Alaistair juntos. Parecían hechos el uno para el otro y muy compatibles, la pareja perfecta. Judythe y Richard se preguntaron si la relación continuaría cuando ambos volvieran a Londres y Nueva York, respectivamente. Era obvio que en ese momento eran felices; lo que pasara después, ya se vería. Los separaba un océano y eso era complicado.

Gabrielle y Alaistair cenaron en un restaurante que ninguno de los dos conocía y a ambos les encantó. Tras la cena, Gabrielle vio que Alaistair se había quedado un momento mirando al infinito con cierto aire nostálgico. Parecía triste, pero un segundo después se recuperó y le sonrió. Ella lo miró con curiosidad.

—Parecías triste —comentó—. ¿Estás bien?

Le pasaba a menudo: parecía que desconectaba, como si tuviera la mente a un millón de kilómetros de allí.

—Estaba pensando en cuánto lamento no haberte conocido antes.

Ella era el tipo de mujer de la que él habría querido enamorarse cuando todavía tenía tiempo. Le parecía cruel conocerla ahora que era demasiado tarde. Según los médicos, apenas le quedaba tiempo y sabía que no era justo empezar una historia con ella para abandonarla en solo unos meses. No podía hacerle eso, pero ahora estaban pasando bastante tiempo juntos y disfrutando.

Esa tarde la había acompañado a una reunión con un marchante para hablar de un cuadro de la Bienal. Verla negociar lo impresionó. Había refinado el proceso hasta convertirlo en un verdadero arte y consiguió el resultado que deseaba. Hizo lo que quiso con el marchante. Logró quedarse con el cuadro que quería su cliente de Nueva York y a un precio mejor del que él creía.

—Siempre consigo lo que quiero —reconoció con una sonrisa traviesa cuando salieron del recinto. Iban a enviar el cuadro a Nueva York—. En Londres tenéis unas ferias de arte magníficas —dijo—. Antes iba a todas. He viajado menos durante estos últimos dos años, pero ya he recuperado el ritmo.

—Eso espero —contestó Alaistair—. Me encantaría verte en Londres. —O en Nueva York. O en cualquiera de los sitios a los que viajaba. No paraba.

No les había hablado de Alaistair a sus hijas. Le parecía demasiado pronto para contarle nada a nadie. ¿Quién sabía en qué acabaría todo dentro de unos meses? Sentía que ambos querían que su incipiente relación continuara, pero los dos tenía mucho cuidado con lo que decían y no querían asumir nada. Las relaciones a distancia, sobre todo si es muy grande, eran difíciles incluso con todas las circunstancias a favor.

El tema surgió al día siguiente, durante la cena en un restaurante indio. Ir a sitios elegantes todas las noches era caro y agotador. Además, les gustaban más los pequeños bistrós. Alaistair insistió en pagar todas las cenas y eso le gustó a Gabrielle. Los dos habían hecho todo lo posible por no hablar demasiado del futuro. Vivían en dos mundos totalmente diferentes, con un océano de por medio, y tenían carreras muy exigentes. El trabajo de Gabrielle era más flexible, sus clientes estaban repartidos por todo el mundo. Pero Alaistair tenía pacientes que lo necesitaban en Londres.

—¿Por qué tengo la impresión de que hay algo que no me quieres contar? —preguntó Gabrielle con cautela. Él tardó mucho en contestar. Y entonces se le ocurrió la razón más probable para ese silencio; era un europeo, al fin y al cabo—. ¿Estás casado? —le preguntó sin más, con cara de preocupación, pero él sonrió.

—No, estoy divorciado desde hace quince años.

Pero la sensación de que había algo que no le estaba contando no desapareció. Tal vez tuviera alguna novia formal. No le sorprendería. Era un buen hombre.

—Perdona… es que tenía esa impresión. No quería cotillear.

—No pasa nada por cotillear ni por que me hagas preguntas —dijo, aunque no sabía qué responder. No quería perderla antes de que tuvieran la oportunidad de conocerse mejor—. Hace cuatro meses que estoy enfermo —admitió por fin.

—¿Muy enfermo?

—Se puede decir que sí. Al menos eso me dicen los médicos, aunque todos nos podemos equivocar. He venido a París a ver a un investigador muy famoso para hablar con él de la extraña enfermedad sanguínea que padezco. Las pruebas son concluyentes, así que la visita al investigador seguramente no era más que una pérdida de tiempo, pero de todas formas fui a verlo el lunes.

—¿Y? —Gabrielle arrugó la piel perfecta de la frente. A él

le pareció un gesto encantador. Era hermosa y lista. No habría podido encontrar nadie mejor aunque se hubiera pasado toda la vida buscando. Y la había encontrado al otro lado del pasillo de un hotel de París.

—El profesor está de acuerdo con el diagnóstico de mis médicos de Londres. Sin embargo, él utiliza un protocolo diferente para tratar la enfermedad. Lo ha desarrollado en su laboratorio y al parecer tiene buenos resultados. Pero el tratamiento es muy agresivo. Yo he visto a muchos amigos y pacientes sufrir mucho con ese tratamiento, que acabó con la calidad de vida que les quedaba. He decidido no hacerlo. Voy a disfrutar de los meses que me queden, sean los que sean, y después cabalgaré en silencio hacia el horizonte. Sin alboroto, sin molestar a nadie, sin horribles tratamientos y sin un final terrible. No es eso lo que quiero para mí.

—¿No tiene cura? —Gabrielle tenía los ojos llenos de lágrimas cuando hizo la pregunta. Lo sentía mucho por él.

—A veces sí. No es lo habitual, pero a veces pasa. Si tienes suerte, se puede conseguir que la enfermedad entre en remisión. Pero las estadísticas no son esperanzadoras. He rechazado la oferta de tratamiento del profesor y no me arrepiento. Al menos no me arrepentía hasta ahora, que te tengo aquí delante. Quiero disfrutar de ti todo el tiempo que pueda. No quiero estar enfermo y en una cama de hospital, más enfermo por el tratamiento que por la enfermedad.

—Pero si se puede lograr una remisión, ¿no merece la pena? —intentó convencerlo.

—Creo que no. Las posibilidades de que eso ocurra son mínimas. —Él era muy realista con su futuro.

—Olvídate de las estadísticas. Si tú eres la excepción, el que tiene suerte, y la enfermedad entra en remisión, tendrás una vida, Alaistair, y sin esa espada de Damocles sobre tu cabeza.

—Pero siempre estará ahí. Y no es eso lo que quiero —insistió. Deseaba cambiar de tema, pero ella no se lo permitiría, así que añadió—: Yo he visto a mis padres, a los dos, tener unas muertes lentas y horribles mientras luchaban por seguir con vida. No creo que los durísimos tratamientos que soportaron les dieran más que días o semanas de vida, pero en unas condiciones terribles. Yo no voy a pasar por eso, Gabrielle.

—¿Y qué vas a hacer entonces? ¿Ignorarlo? —Había un tono de crítica en su voz cuando le hizo la pregunta, pero él respondió con una sonrisa.

—Voy a disfrutar de la vida y pasar todo el tiempo que pueda contigo hasta que nos vayamos de aquí. Después volveré a Londres para ver a mis pacientes y tú regresarás a Nueva York y seguirás comprando cuadros espectaculares para tus clientes mientras los dos recordamos estos días para siempre. Yo seguro que lo haré. —Ella vio claramente en sus ojos que era cierto.

—¿Y eso es todo? ¿No nos volveremos a ver? ¿Esto va a ser solo un momento para recordar? ¿No quieres más que eso, Alaistair? ¿Por qué no luchas por vivir? Tú eres más fuerte que la enfermedad.

—Lo dudo. Hay batallas que no se pueden ganar. A veces hay que ser consciente de ello. —Ella pareció enfadarse al oírle decir eso.

—Si eso fuera cierto, yo debería haberme hecho un ovillo y haberme dejado morir cuando Arthur me dejó por esa imbécil. Él se llevó la felicidad, la diversión, el amor y mi futuro con él, además de todos los recuerdos felices. Durante un año creí que mi vida se había acabado, pero después me di cuenta de que él no es el dueño de mi felicidad. No es de su propiedad. Él puede pasar sus días con esa niña con la que se ha casado, pero yo sigo teniendo derecho a ser feliz y a sentirme realizada, aunque él no forme parte de mi vida. Tengo derecho a disfrutar de una buena vida también. Él no es el dueño de nada que tenga que ver conmigo y por eso no se lo puede llevar y arrebatármelo. Decidí alojarme de nuevo en el hotel que nos encantaba porque este tampoco es suyo y no puede quitármelo. Y mira lo que ha pasado cuando he venido: te he conocido a ti. Me ha llevado casi tres años volver a sentirme bien con mi vida, pero lo he conseguido. Y lucharé a muerte con cualquiera que intente quitarme esto. Mira a Richard y Judythe. Han tenido que pelear para salir de sus anteriores matrimonios para llegar adonde están ahora. Alaistair, merece la pena.

Él se quedó pensativo, y después negó con la cabeza.

—Los problemas de salud son diferentes —sentenció.

—Es lo mismo: la salud, el amor o una persona que intenta robarte algo. No te lo robes tú. Si hay alguna posibilidad, aunque sea solo una, de que ese profesor francés logre que la enfermedad entre en remisión, ¿por qué no intentarlo? ¿Qué tienes que perder? Si te encuentras muy mal, siempre puedes dejarlo.

Eso mismo le había dicho el profesor. En ese momento él solo podía pensar en las pastillas que había traído y que llevaba a todas partes para poder abandonar esta vida rápidamente si lo necesitaba. Había aceptado la muerte y renunciado a la vida, pero de repente se sentía tentado a escucharla. En parte tenía sentido.

—Lo pensaré —aceptó y cambió de tema.

De vuelta al hotel tras la cena pasaron junto a Notre-Dame, completamente iluminada, y la torre Eiffel resplandeció de forma mágica como hacía cada hora. Al llegar se detuvieron ante la puerta de la habitación de ella. Él intentó besarla, pero ella se apartó.

—No te voy a permitir que hagas que me enamore de ti, Alaistair, y después me rompas el corazón porque no quieres luchar por aprovechar la oportunidad que tienes de vivir. No te voy a dejar hacerme eso. Estoy dispuesta a arriesgarme contigo y ver qué pasa, pero no si tú quieres tirarlo todo por la borda.

Era mucho pedir, pero se sintió conmovido por esas palabras. Él asintió, se apartó y ella entró en su habitación y cerró la puerta con llave. Tenía derecho a tomar esa decisión.

Cuando llegó a la suya, Alaistair entró en el baño y miró los botes de pastillas colocados en el estante. Eran su plan de huida, su ruta de escape para evitar un destino terrible. Hasta ese momento habían sido unas amigas que lo ayudarían a evitar la agonía antes del final. Ella le estaba pidiendo que les diera la espalda y que apostara por la vida de nuevo. Ya era tarde. No sabía si tendría fuerzas para hacer lo que le pedía. Utilizar el contenido de los botes sería mucho más fácil, y sabía que podría contar con ellos cuando la enfermedad le pasara factura y quisiera acabar con todo. Sentía que Gabrielle tiraba de él hacia ella, pero tenía miedo de acercarse. Y ella se había equivocado al decir que no tenía nada que perder. Después de conocerla a ella, lo podía perder todo.

7

Gabrielle y Alaistair compartieron una última cena juntos el viernes. Ella tenía un compromiso con un grupo de marchantes de arte al día siguiente, que sería su última noche en París. Habían pasado unos días maravillosos juntos y habían mantenido muchas conversaciones interesantes en la ciudad que a los dos les encantaba. Por eso, en aquella última cena los dos tenían una sensación agridulce. Ella ya sabía que estaba enfermo y que no quería luchar contra la enfermedad. Tenía derecho a tomar esa decisión, pero ella también a no participar. No quería quedarse a un lado y verlo morir poco a poco, ni ser testigo de su suicidio cuando ejecutara su «plan de huida». Era una desgracia haber conocido a alguien que le gustaba tanto y por el que se sentía tan atraída, pero que tenía el destino marcado por una enfermedad fatal que seguramente no podría vencer y que de todas formas se negaba a enfrentar. Él creía que era más digno por su parte aceptar su destino y no verse inmerso en una batalla perdida de antemano. Ninguno de los dos mencionó ese tema durante esa última cena.

Se quedaron un buen rato en el bar del hotel después de volver. Allí vieron a una famosa estrella del rock, rodeado por todo su séquito. Había dado un concierto la noche antes durante su gira mundial. Parecía un salvaje, con el pelo rubio hasta la cintura, varios tatuajes cubriéndole los brazos y uno de una pistola en la cara. Tenía su delgado cuerpo enfundado en cuero negro. Llevaba el pecho descubierto bajo un chaleco. Gabrielle calculó que tendría su edad y cuando lo vio entrar en el bar comentó que monsieur Lavalle, el director anterior, nunca habría permitido que Declan Dragon pusiera un pie en el hotel, y mucho menos que se alojara allí.

Alaistair sonrió al oírla. Dragon era irlandés y una de las mayores estrellas del punk rock del mundo.

—Habría sido difícil decirle que no. El camarero que me ha traído el desayuno me ha dicho que han reservado doce habitaciones en el piso superior y la mayor suite del hotel. Es mucho dinero para rechazarlo así como así.

—Parece que acaba de salir de la cárcel —apostilló ella con cierto reparo.

Él se rio y los dos entraron en el bar, se sentaron a una tranquila mesa en una esquina y se pasaron dos horas charlando. Ella no quería despedirse de él. Su encuentro en París había sido fortuito, pero había disfrutado de cada minuto. Le recordó que todavía había personas maravillosas en el mundo, y también hombres atractivos, aunque no volviera a ver a ese en concreto. No le gustaba nada pensar que no le quedaba mucho tiempo de vida y no quería hacer nada para cambiarlo. No le parecía un gesto noble, sino una terrible pérdida inútil, aunque no dijo nada al respecto.

Cuando se acercaban a sus habitaciones, los dos caminaban despacio, intentando alargar el tiempo. Ella sintió la tentación de dejarse llevar y aprovechar el momento, pero prevaleció la razón. Los dos se detuvieron delante de su puerta y, antes de que tuviera tiempo de abrirla con la llave, él la besó. Ella sintió que la recorría un estremecimiento y le devolvió el beso, pero no permitió que las cosas pasaran de ahí.

—Cuídate, Gabrielle, y gracias por haber pasado este tiempo conmigo. Sé que estabas muy ocupada.

Cuando estaban juntos parecía que ambos tenían todo el tiempo del mundo.

—Te podría decir lo mismo a ti y sería igual de cierto. Yo he hecho todo lo que necesitaba hacer.

Las cosas habían encajado para ambos. Gabrielle pensó que era al primer hombre al que había besado desde Arthur. La embargó la tristeza al pensar en separarse de él, quizá para siempre.

—Te llamaré cuando vaya a Londres para alguna feria de arte. —Quería creer que él estaría allí, todavía con vida.

—Yo te llamaré mucho antes —prometió él.

Luego ella entró en su habitación y él fue hasta la suya, pensando en ella y en todo lo que le había dicho.

Ella salió temprano a la mañana siguiente para atender sus reuniones y estuvo ocupada todo el día. Llamó a Judythe y le deseó suerte. Richard y ella prometieron llamarla cuando volvieran a Nueva York para verse.

El viaje había ido mucho mejor de lo que Gabrielle esperaba y se alegraba mucho de haber decidido ir. Hacía muchos años que no lo pasaba tan bien. Se sentía libre e independiente después de haber viajado sola y haber hecho nuevos amigos.

La cena con los marchantes se alargó hasta tarde, y en cuanto llegó al hotel empezó a preparar la maleta. A la mañana siguiente, cuando iba en el taxi camino del aeropuerto, Alaistair la llamó al móvil para desearle un buen viaje. Le dijo que había decidido quedarse otro día y que tenía unas cuantas cosas que hacer. Colgaron cuando ella llegó al aeropuerto.

Alaistair paseó un buen rato junto al Sena esa tarde. Luego volvió a la habitación del hotel y llamó al número que le habían dado. Cuando entró en el vestíbulo, vio un ejército de gente muy variopinta rodeada de un montón de instrumentos y equipos de sonido. Había veinte o treinta personas y Declan Dragon estaba en el centro. Un autobús los esperaba fuera y los directivos del hotel parecían escoltarlos con el ceño fruncido. Alaistair descubrió por qué a la mañana siguiente en el periódico. Declan y su grupo habían destrozado sus habitaciones, hasta el punto de que tendrían que retirarlas del uso durante varios meses para reformarlas. Habían arrancado la tela que forraba la pared y roto lámparas y marcos de cuadros durante sus peleas de borrachos. Arrancaron las cortinas, arrojaron comida contra las paredes y quemaron la alfombra. La dirección les había pedido que abandonaran el hotel de inmediato.

Cuando Alaistair salió para acudir a su cita de la mañana siguiente, Olivier Bateau e Yvonne Philippe estaban reunidos con la empresa de construcción. Necesitaban un presupuesto de todo el trabajo que había que hacer. Pensaban enviarle la factura al jefe de producción de Declan Dragon. Calculaban que superaría los cien mil dólares. Incluso habían quemado una alfombra que era una antigüedad y después la habían enrollado y metido en la bañera. Había sido una destrucción gratuita. Olivier Bateau estaba a punto de llorar cuando miró a la subdirectora después de la reunión.

—Llevamos abiertos menos de dos semanas y hemos tenido un ataque al corazón, una supuesta muerte accidental que podría ser un asesinato y una estrella del rock que ha destruido casi una planta entera. No sé si puedo con esto —afirmó.

—Te acostumbrarás —dijo Yvonne para tranquilizarlo—. He visto cosas peores en alguno de los hoteles en los que he trabajado. Las estrellas de rock son siempre un problema. Destrozan las habitaciones. Una vez incluso nos trajeron un rebaño de cabras para una familia real de Oriente Próximo que pretendía que el chef las sacrificara y se las sirviera para cenar.

—Espero que la cosa se calme después de eso, antes de que me dé a mí el ataque al corazón o me maten los dueños —contestó Olivier, muy nervioso.

—Ellos ya saben cómo es este negocio, incluso cuando se trata de un hotel de cinco estrellas.

Olivier Bateau también entendió por qué el famoso Louis Lavalle había dirigido el hotel con mano de hierro y nunca hubiera permitido que la estrella del rock irlandesa se alojara allí.

—He querido ser demasiado moderno, adaptarme a los tiempos —reconoció. Pero la historia de la destrucción de Dragon estaba en toda la prensa y a los dueños esa publicidad no les iba a gustar nada.

Olivier tuvo una breve conversación con ellos esa tarde. Estaban muy disgustados por la cobertura mediática; todavía había una marea de *paparazzi* fuera del hotel, esperando para ver qué celebridad aparecía después. Los propietarios del Louis XVI le habían dicho a Olivier, con absoluta rotundidad, que la próxima vez que una estrella del rock, por muy famosa que fuera, quisiera reservar habitaciones en el hotel, había que decirle que no quedaba ninguna disponible. Él prometió que así lo haría. También estaban muy afectados por la muerte de Sergei Karpov unos días antes, porque conocían al ministro del Interior personalmente y estaban escandalizados con las historias que se estaban contando sobre él y con el hecho de que lo fueran a juzgar por homicidio. Había sido una semana muy estresante.

Alaistair volvió a su habitación tras la reunión. El profesor se sorprendió al recibir su llamada esa mañana, pero accedió a verlo. El tratamiento había ido muy bien y habían establecido un calendario para las futuras dosis. Vendría cada cuatro semanas para recibir el tratamiento y para su evaluación y tendría que recibir una dosis adicional de la medicación cada dos semanas, que le administraría su oncólogo de Londres.

—Vamos a ver cómo va —comentó el profesor con cariño. Su trato con el paciente resultó ser más cercano de lo que se esperaba—. ¿Puedo preguntarle qué le ha hecho cambiar de opinión? —preguntó con curiosidad. Le gustaba conocer la motivación de sus pacientes y creía que su estado mental tenía un profundo efecto en el tratamiento y en cómo lo toleraban.

—He conocido a una mujer —confesó Alaistair con total sinceridad. El profesor sonrió.

—Me parece una razón excelente. Ella ha sido una buena influencia para usted. Creo que ha tomado la decisión correcta. ¿Se lo ha contado? —Alaistair negó con la cabeza.

—No. Primero quiero ver cómo van las cosas.

—Es muy sensato por su parte también.

Regresaría a Londres y a su consulta al día siguiente. Pensó en Gabrielle cuando se sentó en el Eurostar, mientras veía el paisaje pasar tras la ventanilla a alta velocidad. Se preguntó si la volvería a ver y cuándo. Lo único que podía hacer era esperar y ver si funcionaba el tratamiento antes de tomar una decisión sobre ella. Si no, si empeoraba, no la llamaría más. Hasta el momento no había tenido efectos secundarios, pero era demasiado pronto. Sin embargo, se sentía vigorizado y con más esperanza tras el viaje a París. Llegó a la estación de St. Pancras y fue directo a su consulta. Desde que estaba enfermo había aumentado la empatía que sentía por sus pacientes.

Durante su estancia en París, Gabrielle llamaba una vez a la semana a sus hijas, Georgina y Veronica. Georgie cursaba el último año en Georgetown, en Washington, y estaba encantada. Veronica había acabado la carrera en la University of Southern California el año anterior y se había quedado en Los Ángeles para trabajar en el Museo Getty. Tenía la misma pasión por el arte que su madre. Aunque eran muy diferentes, las dos chicas estaban muy unidas, y tenían muy buena relación con su madre, pero deseaban ser independientes. También se llevaban bien con su padre; a pesar del enfado inicial por el divorcio y de que no les caía bien Sasha, su nueva esposa, que les parecía insoportable, lo habían perdonado. Se limitaban a ignorar a su madrastra de veintiséis años cuando la veían a ella y a su hermanastro pequeño. Estaban del lado de su madre, pero su padre siempre había sido su héroe. Guapo, sofisticado, triunfador y exitoso, lo adoraban desde pequeñas, con el apoyo de su madre. Gabrielle sabía que también la querían mucho a ella. Nunca había tenido celos de la relación que tenían con su padre. Ella la había fomentado. Durante el primer año de confrontación tras el divorcio, las dos habían guardado la distancia con los dos y se habían centrado en su recién descubierta independencia. Querían tener sus propias vidas, ajenas a los problemas de sus padres.

Las dos vivían ya fuera de casa y eso le había proporcionado a Gabrielle también una nueva independencia. No la disfrutaba siempre, a veces se sentía sola con toda la casa para ella, pero eso la estaba obligando a desarrollar su propia vida, sin Arthur y sin las niñas por primera vez desde hacía mucho tiempo. Se había distanciado de sus amigos durante el divorcio y tenía muchas ganas de conocer gente nueva y de volver a llenar su vida.

Llamó a Veronica y a Georgie en cuanto llegó a Nueva York, aunque era ya de noche, y les contó todos los detalles del viaje, sin mencionar a Alaistair. Era el primer hombre que le llamaba la atención desde hacía años, pero sus hijas no necesitaban saberlo y Gabrielle no quería compartirlo con ellas y arriesgarse a soportar críticas por su parte. ¿Cómo les iba a explicar que se había enamorado de un hombre que tenía una enfermedad potencialmente mortal y al que lo más probable era que solo le quedaran unos meses de vida? Era demasiado complicado para dos chicas de solo veintitrés y veintiún años. Resultaba difícil hasta para ella. No importaba lo bien compenetrados que parecían estar, él era un extraño para ellas y Gabrielle sabía que lo verían como un rival para padre. Ella no las había puesto en una situación complicada en relación con su vida amorosa tras el divorcio y no tenía intención de hacerlo entonces. Alaistair y ella no vivían en la misma ciudad y tampoco tenían planes de volver a verse. Él solamente era algo maravilloso que le había pasado durante la semana que había estado en París. Por el momento era suficiente, y tal vez tendría que serlo para siempre. Gabrielle no pensaba en el futuro y, dadas las circunstancias, él no era el hombre adecuado con el que planteárselo, porque no parecía que tuviera futuro.

Se sumergió de lleno en su trabajo inmediatamente y estableció reuniones con los clientes para los que había comprado cuadros en la Bienal. En varios casos había adquirido obras que no estaban en exposición, sino que le habían mostrado las galerías con las que trabajaba de forma habitual.

Las niñas no tenían planes de ir a verla hasta Acción de Gracias. Georgie se había ido a Washington justo antes de que Gabrielle saliera hacia París.

En Navidad tenían previsto ir a las islas Turcas y Caicos con su padre, o tal vez a Saint Barts si él alquilaba un barco allí. Sus hijas se habían criado en una ambiente más que privilegiado, pero las dos tenían una profunda conciencia social inculcada por sus padres. Era Sasha, la nueva mujer de Arthur, la que estaba absolutamente malcriada en comparación con ellas, pero preferían ignorarlo. La consideraban una locura pasajera de su padre. Era muy guapa y lista y sabía cómo buscarse la vida, algo que había aprendido en las calles de Moscú, pero se notaba su falta de educación y modales en casi todas las situaciones. Ellas no comprendían por qué su padre no se sentía avergonzado por ella. A él le parecía encantadora y la trataba como a una hija más, porque tenía prácticamente la misma edad que ellas. De hecho, era solo unos años mayor que Veronica. Sasha era de su generación, no de la de su padre. Él era cuarenta y cuatro años mayor que su mujer. El bebé que había tenido con Arthur era evidentemente una forma de garantizarse la seguridad financiera. Dos niñeras se encargaban de cuidar del bebé, así que no tenía que pasar ni un minuto con él si no quería. Arthur estaba encantado con el niño, aunque tampoco pasaba mucho tiempo con él. Pero el bebé estaba muy bien atendido. Lo habían llamado Graham.

Gabrielle pensaba en ellos a veces, aunque intentaba no hacerlo. Recordaba lo diferente que era todo cuando Arthur y ella tuvieron a sus hijas. Gabrielle estaba totalmente volcada con ellas y se convirtieron en lo más importante de su vida, el centro de su universo. Su matrimonio con Sasha era muy diferente, el capricho de un hombre mayor. Ella muchas veces se preguntaba cuánto duraría, pero entonces se recordaba que eso no era asunto suyo. Él tenía una vida mucho más plena que la suya en ese momento, con su mujer joven, su bebé, sus dos hijas mayores y su empresa de inversión en capital-riesgo. Gabrielle tenía su trabajo, a sus hijas cuando las veía y una vida muy solitaria desde el divorcio. Se había acostumbrado a ella, aunque le había costado un tiempo. Estaba sola, pero no se sentía sola, que era muy diferente. Y estar sola ya no la asustaba tanto como al principio.

Se había negado a dejar que todo eso la destruyera cuando Arthur la dejó. El viaje a París era la prueba evidente y se alegraba de haber ido. Conocer a Alaistair había sido la guinda del pastel, no lo principal, y había podido hacer unas adquisiciones impresionantes durante su estancia. Arthur nunca mostró mucho interés en su negocio, pero tampoco le ponía pegas y ella se alegraba de haber conservado su trabajo. Estaría perdida sin él, sin nada con lo que llenar los días y mantenerse ocupada.

En cuanto volvió a Nueva York recuperó rápidamente la rutina de hablar con sus clientes más importantes, llamar a sus hijas cada pocos días, seguir las principales subastas y leer mucho para mantenerse al corriente de las novedades y los eventos dentro del mundo del arte.

Tras el viaje, se acordaba a menudo de Alaistair por las noches, pero no lo llamó. Él había dicho que la llamaría y ella estaba segura de que lo haría. Si él visitaba Nueva York o si lo llamaba ella si tenía que visitar Londres, se alegraría de verlo, pero no podía contar con ello, dado su estado de salud y la sentencia de muerte que lo acompañaba. Intentaba no pensar en ello ni acordarse de él demasiado. No quería encariñarse mucho con alguien que era posible que solo sobreviviera un par de meses más. No podía permitirse volverse dependiente de él en esas circunstancias.

Después de que Patrick saliera, tras pasar unos días en la cárcel, y volviera a su casa, los inspectores Forrestier y Plante fueron a verlo varias veces. Aparecían sin previo aviso. Había nuevas pruebas en el caso, pero nada que alterara la trayectoria que seguían. Los test de ADN de las sábanas habían confirmado que Sergei y él tuvieron relaciones sexuales en el hotel, algo que Patrick ya había admitido. Varias veces intentaron presionarlo para que admitiera que agarró y empujó a Sergei, pero él continuó negándolo categóricamente. Los inspectores no podían probar lo contrario, así que creían su versión por el momento.

Patrick parecía más deprimido cada vez que lo veían. Le habían arrebatado todo lo que le importaba a consecuencia de su desastrosa relación con el modelo ruso y su inesperada muerte.

Además, también había tenido que enfrentarse a su hija. Marina volvió a casa desde Lille para pasar un fin de semana y se puso a llorar mientras su padre la abrazaba. Estaba hundida por la humillación pública que había sufrido y la pérdida de su trabajo, la dignidad y el respeto de todo el país. Aunque al final ocurriera un milagro y lo exoneraran, ya no tendría ni la más mínima posibilidad de convertirse en presidente.

Su reputación había quedado irreparablemente hecha pedazos para el resto de su vida.

—Oh, papá... lo siento —no hacía más que decir Marina sin parar de llorar mientras él la rodeaba con sus brazos.

Ella era el único miembro de la familia que no lo culpaba por sus actos y compañías desafortunadas, que ya eran de dominio público. Ella lo veía como la víctima, igual que Patrick. Su hija era, por encima de todo, su aliada, lo que enfurecía a su hermano, que le decía que le había lavado el cerebro y que estaba ciega ante los defectos y delitos de su padre. Solo pensar en que podía ir a la cárcel se le partía el corazón.

Como sus dos hijos tenían opiniones totalmente opuestas, Alice se puso al frente de la situación y decidió ser la voz de la razón en medio del caos. Expresó lo sorprendida que estaba por la conducta de su padre, pero también le mostró compasión. Se convirtió en un ejemplo viviente de misericordia cristiana. Ella no quería tener nada más que ver con él, pero era consciente de que seguía siendo el padre de sus hijos y que Marina, al menos, aún lo quería. Damien estaba lleno de ira y resentimiento, mientras que Patrick seguía perplejo porque su hijo era gay, a pesar de sus propias acciones, que a él le parecían aberraciones y actos puramente sexuales, pero no pruebas de su propia homosexualidad, que seguía negando ante ellos y también la mayor parte del tiempo ante sí mismo.

Para Alice, ver a su familia disgregarse como una máquina estropeada y desintegrarse ante sus ojos, fue lo peor que le había pasado en la vida, aunque ella hacía todo lo que podía para mantener unidos a sus hijos. Su trabajo en la universidad fue su salvación. Patrick ya se había mudado a un apartamento diminuto y estaba viviendo de sus limitados ahorros. El resto se lo gastaba en abogados. Si lo condenaban a una pena de cárcel, perdería su licencia para ejercer como abogado cuando saliera. No tenía ni idea de a qué se iba a dedicar. Ya no era capaz de imaginar su futuro. Reunirse con su defensor, hablar con la policía y preparar el juicio que estaba por venir eran sus únicas ocupaciones y consumían todo su tiempo.

A Alice le resultó difícil mantener cierta apariencia de normalidad en medio de todo aquello, pero al menos no tenía que verlo en su casa. Y se sentía agradecida de que sus padres ya no estuvieran para ver lo que había pasado. Eran unas personas muy serias y con fuertes convicciones morales y algo así los habría matado. Ella no hacía más que preguntarse cómo había podido casarse con un hombre así, que la había engañado desde el principio.

La madre de Patrick todavía vivía, aunque hacía años que sufría demencia y estaba en una residencia geriátrica en Mougins, en el sur de Francia. Patrick antes iba a verla de vez en cuando, pero había dejado de hacerlo.

La policía encontró pruebas de que Sergei había chantajeado al menos a dos hombres más con los que se acostaba, algo que a Patrick le resultó alentador, porque era una clara muestra de su carácter. Pero cuando le preguntó a su abogado sobre el tema, Gérard Pelaprat dijo que eso no suponía ninguna diferencia y que no serviría de ayuda en su caso.

—No importa a quién más estuviera chantajeando. Usted seguía teniendo un motivo para matarlo. Le exigía dinero por su silencio, eso le ponía furioso, y era usted quien estaba en la habitación con él cuando murió.

La policía ya había montado el relato completo y no pintaba bien para Patrick, que ya no era una figura respetable ni generaba empatía. Le había mentido a su mujer durante años, llevaba una vida sórdida en la que realizaba prácticas sexuales dudosas en secreto, le había ocultado su homosexualidad a su familia y al público y había frecuentado a delincuentes deshonestos de la peor calaña. No se podían decir muchas cosas positivas sobre él. Había sido un fraude durante toda su carrera política al criticar a los homosexuales cuando él era uno de ellos en secreto.

Alice también había ido a ver a un abogado para pedir el divorcio, pero le había pedido que esperara a presentarlo ante el juzgado a que acabara el juicio. Dijo que no quería empeorar las cosas aún más para su marido. Marina estaba furiosa con su madre por divorciarse y la censuró por ello. Todavía estaba inmersa en la ingenuidad de la juventud y además adoraba a su padre, que era su héroe.

—Oh, Dios mío. Debemos ser la familia más disfuncional del planeta —exclamó Damien una noche que fue a cenar a casa de su madre, cuando Marina ya había vuelto a la Universidad de Lille.

Estaba preocupado por Alice, pero ella lo estaba llevando mejor de lo que esperaba. Era más valiente de lo que él creía.

—Estoy segura de que tiene que haber otras igual de malas. O peores —dijo sonriéndole.

Desde que comenzó el desastre que rodeaba a Patrick estaban más unidos que nunca. Era un alivio tanto para Patrick como para su madre que él hubiera reconocido que era gay. Ya no había secretos entre ellos.

—No lo creo —contestó Damien—. Mi padre ha sido gay en secreto durante toda su vida y se escondía en hoteles baratos para ver a otros hombres. Ahora va a ir a juicio por el asesinato de uno de sus amantes. Te mintió a ti, pero mi hermana sigue pensando que debería estar en un pedestal. ¿Podría empeorar esto más? —se preguntó, triste.

—Seguramente sí —repuso Alice—, pero espero que no. Tú no tienes que apechugar con esto, Damien. Todo pasará. El mundo no lo va a olvidar, pero con el tiempo se distraerá con otras cosas. Esto no va a ser la comidilla para siempre. Y, por desgracia, Marina algún día tendrá que aceptar que su padre cometió unos errores terribles y que no fue justo ni sincero con ninguno de nosotros.

—Especialmente contigo. Siento que hayas tenido que pasar por todo esto, mamá —se lamentó Damien, emocionado.

—No va a acabar conmigo. Y estoy preocupada por él. No le queda nada de lo que le importa, ni razón para vivir. Eso es peligroso.

Damien asintió, pero no dijo nada. Él también lo había pensado y le preocupaba que su padre estuviera pensando en suicidarse. Por enfadado que estuviera con él, no quería que le pasara nada peor, a pesar del infierno por el que les estaba haciendo pasar a todos. Damien se sentía orgulloso de su madre por la fuerza y la dignidad que estaba demostrando. Nunca se quejaba ni se lamentaba de su destino, ni hablaba mal de su padre delante de ellos, aunque era evidente para Damien lo enormemente dolida que estaba. Sabía que no debía de haber resultado fácil para ella descubrir que todo su matrimonio había sido una mentira y que Patrick la había engañado desde el día en que se casaron. Excepto por sus hijos, había malgastado la mitad de su vida con él, al menos ella lo veía así. Empezó a ir a la iglesia todos los días y eso le proporcionaba cierto consuelo, pero la tensión que había en la casa crecía según se acercaba el juicio. La vista se fijó para enero. Iban a ser los cuatro meses más largos de sus vidas. Pero, de alguna forma, Alice había conseguido reunir las fuerzas que sus hijos y ella necesitaban. Las sacó de lo más profundo de su ser, aunque no sabía exactamente de dónde. Ella era una prueba viviente de la fuerza y la resistencia que encierra el espíritu humano.

8

Gabrielle no le había contado nada a nadie desde que Alaistair y ella se separaron en París. Necesitaba tiempo para digerir lo que había pasado y lo que él le había dicho. No quería comprometerse a algo que tal vez no pudiera cumplir ni meterse en un situación que no estaba segura de saber gestionar. A juzgar por lo que él le había dicho y la forma en que pretendía enfrentarse a ello, él era un muerto viviente. Ella no se podía permitir comportarse como una tonta y sacrificarse, o poner en riesgo su salud mental, por un hombre que apenas conocía. Sus hijas la necesitaban, aunque no estuvieran todo el tiempo a su lado. Arthur la había destruido por completo cuando la dejó de repente y había necesitado casi tres años para recuperarse. No podía arriesgarlo todo otra vez por un hombre que solo hacía una semana que conocía, por muy adorable que le pareciera. Le gustaba todo de él, excepto su rotunda negativa a luchar contra el cáncer que tenía y su decisión de rechazar el tratamiento y hundirse con el barco, tal vez antes de lo necesario.

Alaistair llamó a Gabrielle dos semanas después de que ambos abandonaran París. Ella notó al instante lo cansado que estaba. Sonaba agotado al otro lado del teléfono, pero animado. Ella se preguntó si la enfermedad habría empeorado, pero no quería preguntarle por ese tema tan doloroso. Le contó a Gabrielle que su consulta estaba más llena de lo habitual por una epidemia de gripe, que ese año había empezado pronto.

—¿No es peligroso para ti estar expuesto a las enfermedades de tus pacientes? —le preguntó, intentando no sonar demasiado preocupada o maternal. No lo conocía lo suficiente para eso.

—No me quito la mascarilla —respondió con una sonrisa al notar su preocupación—. Y tengo un ayudante que atiende los casos más graves. Yo paso la mayor parte del tiempo con los pacientes sanos, poniendo vacunas y haciendo chequeos rutinarios. Me siento un poco inútil, pero es lo más inteligente, sobre todo en este momento.

—¿Por lo de la enfermedad? —preguntó ella con cautela.

—Porque estoy recibiendo tratamiento —contestó él—. No soy un imbécil total. Lo que me dijiste tenía todo el sentido. Tenías razón. Necesito al menos presentar batalla. ¿Cómo puedo esperar que lo hagan mis pacientes si yo no les sirvo de ejemplo? Durante años les he recomendado tratamientos que yo era demasiado cobarde para afrontar cuando me he visto en la misma situación difícil. Volví a ver al profesor un día después de que tú te fueras de París.

Ella se quedó atónita y los ojos se le llenaron de lágrimas.

—¿De verdad lo hiciste? Oh, Alaistair, qué valiente eres.

—No, no lo soy. Tú me infundiste valor. Estaba siendo muy cobarde.

De repente tenía algo por lo que vivir. Durante sus paseos solitarios junto al Sena se dio cuenta de que había estado evitando algo así durante años. Su divorcio le quitó toda la ilusión años atrás. El suyo nunca fue un gran amor ni el matrimonio correcto, y los dos lo sabían. Haberse equivocado tanto le hizo perder la esperanza y la fe en el futuro. Pero Gabrielle, en un tiempo asombrosamente corto, lo había ayudado a encontrarlos de nuevo en su interior.

—No sé si funcionará —continuó—, pero he decidido intentarlo. El profesor tiene las mayores tasas de éxito de Europa con el tipo de leucemia que padezco y ha hecho una investigación exhaustiva. Hay un par de doctores muy buenos en Estados Unidos también, pero París me queda más cerca de casa. Lo visitaré una vez al mes durante seis meses, y entre las visitas me administrarán un cóctel de medicamentos un poco más suave en Londres. No es nada agradable, pero si funciona, habrá merecido la pena. Tú me diste el valor para hacerlo, Gabrielle. El hecho de no tener hijos ni nadie que dependa de mí me hizo pensar que no importaba. Me equivocaba. Siempre importa. La vida es preciosa, cada día es un regalo. Gracias por recordármelo. Pero te llamaba para preguntarte algo, aunque no sé qué te parecerá. —Por muy agradable que fuera el tiempo que pasaron juntos en París, la verdad era que apenas se conocían—. Tengo que volver a París dentro de dos semanas para la siguiente dosis del tratamiento. ¿Te apetece venir a verme? Sé que estás muy ocupada, sin embargo quería preguntártelo. Si te sientes incómoda, lo comprendo. Pero me da pena malgastar el tiempo en París por no tener a nadie con quien compartirlo. Y con alguien me refiero a ti.

Su inesperada invitación la pilló totalmente de improviso. No se la esperaba y no supo qué responderle. Una cosa era animarlo a que fuera responsable, que no abandonara toda esperanza y que probara con el tratamiento, y otra mucho más compleja era estar con él mientras lo pasaba, incluso si no iba al médico con él, y adoptar un papel para el que no se sentía preparada. Apenas lo conocía. Era más que pasar unos días en París con él. Era un compromiso profundo que significaba convertirse en su aliada y en su sistema de apoyo. No supo qué responder y tampoco quería herir sus sentimientos ni desanimarlo. Ir a verlo le parecía una importante declaración de intenciones y no estaba preparada para eso. Él la había pillado por sorpresa con su anuncio de que había iniciado el tratamiento al que se oponía tan rotundamente antes, atribuyéndole su cambio de opinión a su influencia. Guardó silencio un minuto, mientras lo pensaba.

—Creo que surgió algo muy especial cuando estuvimos allí juntos —dejó caer para intentar convencerla.

Había empezado cuando Alaistair le salvó la vida a Richard, con todas las emociones que eso implicaba, mientras ella estaba allí cerca, observando. Fue casi como presenciar el milagro de un nacimiento. Él le había devuelto la vida a Richard mientras esperaban que llegaran los servicios de urgencia. Los dos sabían que no lo olvidarían nunca, como tampoco lo harían Richard y Judythe. Y ahora sentía que ella había hecho lo mismo por él. Había un vínculo que los unía, tanto si ella se sentía preparada como si no. Ya había pasado. Y él era una compañía maravillosa. No había nada malsano o patético en él, y los dos se lo habían pasado bien cuando estuvieron juntos. Tras su sincera conversación, él no había vuelto a mirar sus píldoras para el suicidio. De repente le parecía una afrenta, un recordatorio de su cobardía. Por el momento no las necesitaba. Tal vez, con suerte, no llegaría a necesitarlas nunca. Tenía intención de caer luchando, no en silencio ni elegir la salida más fácil. Gabrielle le había dado valor para seguir viviendo.

—La verdad es que tengo muchas cosas entre manos durante las próximas semanas —contestó, algo ansiosa.

En cuanto lo dijo se sintió culpable. No era cierto, y sabía que podía encontrar tiempo para ir a verlo si quería. Pero no estaba segura de querer. ¿Realmente lo deseaba? ¿Era necesario pasar por el dolor que suponía enamorarse de él, establecer una conexión y después perderlo si al final ganaba la enfermedad? De repente se sentía cobarde y culpable por no aceptar su invitación.

—Veré qué puedo hacer. Te digo algo dentro de unos días —concluyó.

—No quiero que sea una obligación, Gabrielle —contestó él con voz suave—. No tienes que venir si no quieres. Yo no me voy a enfadar ni me voy a sentir decepcionado. No tengo derecho a esperar nada de ti y por eso no lo hago. Ni siquiera tengo derecho a empezar algo contigo que pueda acabar resultándote doloroso. Ven solo si quieres pasar unos días agradables conmigo en París. El resto déjamelo a mí. El tratamiento es mi problema, no el tuyo, no quiero ser una carga para ti. —Pero le estaba pidiendo demasiado solo con sugerirle que fuera. Le estaba pidiendo que volviera a vivir, y posiblemente a amar, de nuevo.

—No me pides demasiado. Es que necesito comprobar si puedo cambiar alguna cosa. Haré lo que pueda.

—No tienes que hacerlo. Podemos vernos en otro momento, o no volver a vernos si tú quieres. Ya me has dado el mejor regalo posible al haberme convencido de que me atreviera a hacerlo. El resto es cosa mía, del profesor y de Dios. Tú ya has hecho tu parte. Me has inspirado para hacer lo correcto, y eso es algo gigante.

Sus palabras la conmovían profundamente. Quería ser valiente por él, pero necesitaba pensar en sí misma y en lo que le costaría que las cosas no salieran bien, porque era una posibilidad. Él mismo había reconocido que no había garantías de que el tratamiento funcionara. Y si no salía bien, ya sabían cuál sería el resultado. No estaba segura de estar a la altura de las circunstancias, de si tenía lo que hacía falta para ayudarlo. Ella había ido a París a celebrar su propio renacimiento y sus fuerzas renovadas tras la traición de Arthur y de repente se encontraba con una montaña aún más alta que escalar. De pronto se sentía muy pequeñita. Pero él sonaba fuerte y preparado para lo que estaba haciendo. Había encontrado las fuerzas que necesitaba.

—Cuéntame en qué has estado trabajando —cambió de tema él para mejorar el ambiente—. Parece que no has parado. ¿Cómo están tus hijas? —Cuando Gabrielle hablaba de ellas, él se daba cuenta de cuánto las quería.

—Están bien —contestó ella sonriendo—. Muy liadas. Las veo muy poco últimamente. Las echo mucho de menos. Es complicado ahora que se han hecho mayores. A veces se te olvida que solo están contigo un tiempo, que no son de tu propiedad.

—Yo ahora siento no haber tenido hijos. Mi mujer y yo lo estuvimos siempre posponiendo, seguramente porque los dos sabíamos que estábamos casados con la persona equivocada, y después no me he vuelto a casar. Y ahora ya es demasiado tarde.

—Claro que no. Arthur tenía más o menos tu edad cuando tuvimos a las niñas. Y acaba de tener un bebé a los setenta. —Se echó a reír. Por fin podía reírse de eso. Al principio no podía. Otra de esas ironías de la vida.

—Para eso no estoy preparado, lo tengo claro —contestó Alaistair entre risas—. No me imagino con un bebé a mi edad, mucho menos con setenta.

Cuando se casó con Arthur, que era veinticinco años mayor, nunca se le pasó por la cabeza que sería él quien la dejara al final. Se había sentido muy segura en su matrimonio, pero eso había sido un error. Él de repente había perdido la cabeza y se había liado con una chica que era poco más que una niña y que tenía además intenciones cuestionables. Sin duda, su dinero era lo que había atraído a Sasha. Gabrielle se preguntó si lo querría a esas alturas o si todavía estaría centrada en todas las cosas materiales que podía ofrecerle. Gabrielle no podía saberlo, pero tampoco importaba.

Charlaron durante una agradable media hora. Llegó la hora de cierre de la consulta de Alaistair y ella le repitió que le diría algo dentro de unos días sobre lo del viaje a París.

—No tengo intención de invitar a nadie más —bromeó—. Puedes decidirte en el último minuto. Y, Gabrielle, no lo conviertas en una decisión más importante de lo que es. Solo es una invitación a pasar unos cuantos días en París, nada más. Habitaciones separadas, por supuesto, e invito yo.

Era una oferta muy generosa, pero él sentía que le debía al menos eso por lo que había hecho por él. Le había abierto los ojos y le había dado valor. Y quería hacer algo por ella a cambio. Aunque también tenía motivos egoístas.

Ella lo pensó esa noche, y también soñó con él. En su sueño él se estaba muriendo y había una ventana de cristal entre ambos y no lograba alcanzarlo. Lo veía sufrir y gritar de dolor, pero no podía hacer nada para ayudarlo. Consciente de que había cierta verdad en ese sueño, siguió pensándolo durante todo el día y toda la noche siguientes, y varios días más. Quería decirle que no iba a ir, pero no era capaz. Era un compromiso demasiado grande. Cada vez que decidía no ir, se sentía sola y triste. Le apetecía verlo, pero le daba terror establecer un vínculo con él y después perderlo.

Una semana después de que él la invitara, lo llamó y le dijo que lo había intentado, pero que no podía ir. Tenía muchas cosas que hacer y le resultaba imposible cambiar sus citas. Le recordó que habría una feria de arte en Londres un mes después y que podrían verse entonces. Él se tomó bien su negativa, ni siquiera sonó decepcionado. Era un hombre amable con una elegancia innata. No la hizo sentir culpable, ni mucho menos, lo que fue incluso peor. Deseaba ir y verlo de nuevo, celebrar y recompensar su valor, pero tenía demasiado miedo.

Después de que rechazara su invitación, él le envió varios mensajes graciosos y una viñeta por correo electrónico que la hizo reír. Tenía un sentido del humor cáustico, muy británico, que a ella también le divertía. Era culto e inteligente. Había estudiado en Eton, después en Cambridge y en la facultad de Medicina. Le parecía muy injusto haber conocido a alguien tan excepcional y con el que le gustaba estar y que estuviera tan enfermo y que tal vez no le quedara mucho tiempo de vida. Le parecía demasiado peligroso permitirse quererlo o incluso acompañarlo. Se sentía muy mal por no ir a París, pero a la vez estaba aliviada.

Deseó tener alguien con quien poder hablar, pero no quería implicar a sus hijas en las complicaciones de la vida de Alaistair, ni en las de la suya tampoco. Las dos eran demasiado jóvenes, y las circunstancias, muy graves. Ellas no tenían suficiente experiencia en la vida con algo así como para poder aconsejarla, y la verdad era que ella tampoco. Era una de esas decisiones fundamentales a las que tenía que enfrentarse sola.

Tuvo otra pesadilla tres días antes del momento en que tendría que haber viajado. Y el día anterior se despertó por la mañana sintiendo un enorme peso en el corazón. Fuera cual fuera la situación de Alaistair, lo echaba de menos y quería verlo. Hacía un mes que se despidieron. Se quedó sentada delante del desayuno, mirándolo fijamente, pero sin poder comer y supo lo que quería hacer. No tenía que acostarse con él ni hacer nada que no le apeteciera. Ella controlaba su destino, al menos hasta cierto punto. Eso tenía mucho más sentido que la estupidez que había cometido Arthur con Sasha. Si Alaistair acababa muriendo, ella lo superaría. Había que arriesgarse de vez en cuando en la vida. Gabrielle lo había animado a ser valiente y había llegado el momento en que ella tenía que serlo también. Lo llamó diez minutos después. Él respondió en cuanto vio su nombre en la pantalla. Su saludo sonó cariñoso.

—¿Todavía estoy a tiempo de ir? He conseguido cambiar algunas cosas y ahora puedo —mintió, pero él no lo cuestionó.

—Claro que puedes venir. —Entonces su tono se volvió serio—. ¿Estás segura de que quieres? Soy consciente de que es mucho peor. Es una situación muy incómoda para ti. No quiero ser una carga.

—No eres una carga. Seguro que lo pasamos bien. ¿Te encuentras bien después de recibir el tratamiento?

—La última vez el primer día estaba un poco inestable, pero al siguiente me encontraba bien. No fue tan malo como esperaba. El profesor ajustó muy bien la dosis. Es muy bueno.

—No hay problema. Si lo necesitas, puedes quedarte en la cama y dormir. Seguro que yo encuentro cosas que hacer en París, sobre todo por esa zona. —Las mejores tiendas de París estaban a solo unos pasos del hotel.

—Voy a llamar al hotel ahora mismo. Y, Gabrielle, gracias. Que vengas es un regalo increíble para mí. Te he echado de menos.

—Yo también. Te veo pasado mañana.

Podía llegar temprano si cogía el vuelo nocturno desde Nueva York. Él sonaba exultante cuando colgaron y ella se sintió mucho más alegre durante todo el día. Lo había pensado detenidamente y sabía que estaba haciendo lo correcto. Era lo que quería y conocía todos los riesgos. No estaba lanzándose a ciegas. Pasara lo que pasara, podría con ello.

Fue a ver a un cliente por la mañana y después volvió a casa e hizo la maleta. Él había sugerido que pasaran allí cinco días. Ella consiguió un billete en el vuelo que quería, y la noche siguiente, después de facturar, no podía dejar de sonreír. Sus miedos acerca del viaje habían desaparecido. Estaba deseando verlo. Tendrían todo el fin de semana para ellos y él iría el lunes por la mañana a recibir el tratamiento. Después les quedarían otros dos días, e incluso más si lo necesitaban. Y dos semanas después volvería a verlo en Londres cuando fuera a la feria, aunque entonces Gabrielle tendría que trabajar. París era solo para ellos esta vez porque ella estaría de vacaciones.

Durmió durante el vuelo, como hacía siempre. Luego vio un película, comió y cuando aterrizaron en el Charles de Gaulle a las siete y media de la mañana se sentía fresca y emocionada. Le costaba estar quieta en el trayecto en coche hasta el hotel. Cuando vio el Louis XVI, tuvo la sensación de llegar a casa. Al final ella había reservado habitación por su cuenta. No quería que él se la pagara, no le parecía bien.

Se registró en el hotel a las nueve de la mañana. La subdirectora, que estaba en el mostrador, la saludó muy amable y le dio la bienvenida de nuevo. La acompañó a la habitación que tan bien conocía y cinco minutos después el botones le dejó allí las maletas. Justo en ese momento se oyó un golpe en la puerta. Abrió y ahí estaba Alaistair, sonriéndole. Se le veía más delgado y un poco pálido, pero le brillaban los ojos y no paraba de sonreír. Se lanzó a abrazarla y besarla antes de que le diera tiempo a cerrar la puerta.

—Gracias por venir, Gabbie. Eres una mujer increíble. No sé dónde has estado durante toda mi vida, pero le doy gracias a Dios por haberte encontrado.

Llamaron al servicio de habitaciones y desayunaron juntos mientras se ponían al día de los detalles de sus vidas esos últimos días.

—No me puedo creer que esté aquí.

Había una exposición de arte en el Petit Palais que los dos querían ver. Había planeado ir paseando esa tarde y él quería saber dónde le apetecía cenar. Parecía lleno de energía y, a pesar de la leve pérdida de peso, se le veía sorprendentemente bien. No le hizo muchas preguntas sobre su salud. Los dos querían pasar un fin de semana divertido juntos y hacer cosas que les gustaran antes de su cita para el tratamiento del lunes. Él volvió a su habitación mientras ella se duchaba y se cambiaba. Se le volvieron a iluminar los ojos cuando la vio con el traje pantalón rojo que se puso. Era un precioso día soleado y cálido de octubre que encajaba perfectamente con su estado de ánimo tan alegre.

Esta vez había reservado una habitación al lado de la suya. Ella se fijó en que había una puerta que las conectaba, pero estaba cerrada con un pestillo, de forma que si querían abrirla, podrían. Eso presentaba unas posibilidades en las que ella había estado pensando durante los últimos días, pero sobre las que no había tomado una decisión definitiva aún. No había prisa. Él dejaba que ella estableciera las normas mientras decidía lo que quería hacer.

—Parece que no hay estrellas del rock por aquí esta vez —comentó ella con una sonrisa cuando salían del hotel, al recordar que Declan Dragon había destrozado doce habitaciones y una suite la última vez que se alojaron allí. Todavía estaban redecorándolas.

—Y con suerte nadie tendrá un ataque al corazón ni acabará muerto en alguna de las habitaciones mientras estemos aquí. Por cierto, hay algo que quiero hacer contigo esta tarde —dijo, poniéndose serio un momento.

Ella lo miró con curiosidad.

—¿Algo bonito?

—Creo que sí.

Ella quería hacer unas compras, pero no quería aburrirlo. No sabía qué le parecía esa idea; todavía les quedaba mucho que aprender el uno del otro. Pero era fascinante estar con él. Se habían conocido exactamente hacía un mes. Todo era muy nuevo aún. Mientras paseaban, ella se sintió joven de nuevo.

Vieron la exposición en el Petit Palais y comieron enfrente, en la terraza del Grand Palais, donde organizaron la Bienal. Después cruzaron el puente Alejandro III hacia la orilla izquierda y recorrieron el paseo donde estaban las librerías de segunda mano. Bajaron las escaleras hasta la orilla del río y se sentaron en un banco para contemplar el Sena y los Bateaus-Mouches llenos de turistas. Era una escena parisina perfecta, parecía una postal. Entonces la besó, lo que le añadió magia al momento, y ella le sonrió.

—Me alegro mucho de haber venido. Tenía mucho miedo —confesó.

Sentía que le podía contar cualquier cosa, le daba la sensación de que se conocían hacía años, no solo un mes.

—Lo sabía —contestó rodeándola con un brazo—. Y habría comprendido que no vinieras. Era mucho pedir. Pero me alegro de que al final lo hayas hecho.

—Yo también. Iremos día a día. Podemos ir decidiendo según avancen las cosas.

Él asintió, porque había llegado a la misma conclusión. Después de oírle decir eso, sacó algo de su bolsillo. Era una bolsita, pero ella no se podía imaginar qué habría dentro.

—He guardado esto para hacerlo contigo. —Ella miró la bolsita, intrigada—. Es mi vía de escape. Me he dado cuenta de que, pase lo que pase, no puedo hacerte eso ahora. Ya no estoy solo en esto. Y tampoco puedo hacérmelo a mí mismo. —Abrió la bolsita y ella vio tres frascos de pastillas. Eran las que había recopilado y guardaba por si las cosas se ponían difíciles. Les había quitado las etiquetas a los frascos—. Quería que vieras cómo las tiro. Ya no las quiero. Con suerte, ni siquiera las necesitaré. He puesto toda mi fe en el profesor y, pase lo que pase, lo aceptaré y lucharé hasta el final. —Nada más decirlo tiró la bolsita al río, lo más lejos que pudo, y los dos las vieron flotar un momento y después desaparecer hacia el fondo. Cuando se giró para mirarla, vio que le corrían lágrimas por las mejillas y que lo miraba agradecida.

—Gracias —susurró, y se besaron, como las demás parejas jóvenes sentadas en los bancos junto al Sena. Empezaba a hacer frío, así que minutos después se levantaron y regresaron al hotel. Les encantaba pasear por París y conocían bien la ciudad. Los dos estaban cansados cuando llegaron. Habían pasado un día estupendo y el hecho de que él hubiera tirado las pastillas era algo muy simbólico para ambos.

Cuando ella abrió su puerta, se dio la vuelta y le sonrió.

—¿Quieres entrar a tomar una taza de té? —preguntó.

Él sonrió y contestó:

—Me encantaría.

Y entró con ella en la suite. En cuanto cerró la puerta, la

rodeó con sus brazos y lo que sentían el uno por el otro y la decisión que había tomado de ir a París los arrastró. Olvidaron el té, fueron directos al dormitorio de la suite y se tumbaron juntos en la cama. Él le fue quitando la ropa poco a poco mientras ella hacía lo mismo con él y se metieron en la cama desnudos. El gesto de tirar las pastillas que guardaba para suicidarse se había convertido en otro vínculo entre ellos. Él había elegido la vida por ella. Cuando empezó a hacerle el amor, Alaistair recordó que tenía muchas cosas por las que vivir y que, pasara lo que pasara, lo afrontarían juntos.

9

Su segundo día juntos en París fue aún mejor que el primero. Hicieron algunas compras, fueron a una casa de subastas, visitaron unas cuantas galerías de arte en la orilla izquierda y hablaron de sus infancias y de sus familias. Alaistair venía de una larga saga de médicos. Su abuelo había dirigido un hospital de campaña en Francia durante la guerra y su abuela fue enfermera. Tanto Gabrielle como Alaistair eran hijos únicos y sus padres habían muerto cuando eran relativamente jóvenes. Gabrielle sabía que Arthur había sido una especie de padre sustituto para ella después de que el suyo muriera cuando ella era todavía pequeña. Y Arthur había cometido una horrible traición cuando la abandonó para irse con Sasha. Él estaba intentando recuperar la juventud perdida llevado por el pánico al ver acercarse la vejez, pero saber eso no hacía que Gabrielle se sintiera mejor.

—Estaba decidida a no dejar que pudiera conmigo, pero sucedió en un mal momento, justo cuando las niñas estaban a punto de irse de casa. Me destrozó, pero no queda más remedio que superarlo. Ahora siento lástima por él. Está atrapado con ella y con un bebé a sus setenta años.

—Yo no quiero que eso me pase a mí —comentó Alaistair—. He perdido ese tren, pero estoy en paz con ese tema. He tenido las relaciones incorrectas con mujeres muy centradas en sus carreras. Siempre me han gustado las mujeres fuertes e independientes, pero en estos tiempos, al menos en las últimas décadas, eso significa que muchas de ellas no quieren tener hijos. Y supongo que también me dio pereza y preferí quedarme como estaba en vez de buscar a una mujer que sí quisiera tenerlos. El tiempo pasa mucho más rápido de lo que uno cree, y después llegó esto. Todavía puedo tener hijos, al menos técnicamente, pero si consigo vencer a la enfermedad, no me parece justo tener un hijo. Si sufriera una recaída o algo saliera mal, tendría que dejar a mi mujer con la carga de criar a un hijo sola.

Le gustaba que fuera un buen hombre, y le sorprendió mucho descubrir que Arthur no lo era. Siempre ponía por delante sus propias necesidades, sin importarle el daño que eso supusiera para los demás, incluso si se trataba de sus hijas. Había resultado muy decepcionante, pero ahora sabía cómo era en realidad y sus hijas lo habían visto también. No les parecía nada admirable que hubiera abandonado a su madre. Gabrielle era mucho más joven que él, eso debería haberle bastado. No necesitaba buscarse algo tan extremo como una chica cuarenta años menor que él.

Todo era a causa de su ego y su búsqueda incansable de la juventud. Sus hijas se avergonzaban de lo ordinaria que era su madrastra. No importaba lo cara que fuera la ropa que él le compraba, algunas prendas incluso de alta costura; ella siempre parecía basta y muy vulgar. Georgie le había dicho abiertamente a Sasha que se vestía como una prostituta y no se equivocaba. Todo aquello había sido un golpe terrible para su madre y las niñas lo sabían. Desde entonces se mostraban protectoras con su madre, al menos en teoría, y el nuevo matrimonio de su padre había afectado a su relación. Pero lo cierto era que no estaban allí con Gabrielle y ella sabía que tendría que aprender a vivir sin ellas. Estaba escrito con tinta invisible en alguna parte del Manual de la Maternidad: «No te aferrarás a tus hijos, sino que los dejarás volar cuando llegue el momento». Ella lo estaba intentando, aunque no era fácil. Nada podría ocupar el lugar de los años preciosos que había pasado con ellas mientras crecían y aún estaban en casa. Intentó explicárselo a Alaistair, y le sorprendió que él lo comprendiera. Le llamó la atención, porque él no tenía hijos.

—Siempre he pensado que esa tenía que ser la parte más difícil de la paternidad: dejarlos ir. No sé si yo lo habría hecho bien. Pasé muchos años de mi infancia en un internado, pero siempre recordaré la cara de mi madre cuando tenía que volver a Eton tras las vacaciones. Era como si se le hiciera añicos el corazón. Trabajaba en el despacho de mi padre para mantenerse ocupada y se involucraba en muchas obras benéficas. Pero ella habría preferido que me quedara en casa, volviéndolos a todos locos con mis travesuras y cogiéndole el coche a mi padre en cuanto se despistaba desde los quince años. Estaba locamente enamorado de una chica que vivía en el pueblo de al lado. —Sonrió pícaro al contarlo y ella se rio.

—¿No vivíais en Londres?

—Sí, pero también teníamos una casa en el campo. A mis padres les encantaba. Pasábamos allí los fines de semana y los veranos. Estaba en Sussex. La vendí cuando ellos murieron. Era demasiado grande para mí. No tenía sentido conservarla para un chico joven que aún estaba en la facultad y me vino bien el dinero. Me quedé con una casa independiente más pequeña, que llamaban la casa de la viuda, y una casita con un pequeño terreno. La casa de la viuda estaba pensada para alojar a una madre o suegra cuando se quedaba sola. En los tiempos en que se construyó, las familias siempre se mantenían unidas.

»La mansión era enorme y grandiosa, y bastante fría también. Tenía un gran salón. Mi padre decidió comprarla y a los dos les encantaba estar allí. Ellos no la habrían vendido por nada del mundo, pero los tiempos cambian. A mí me sobraría mucho espacio, aunque siempre me he sentido culpable por venderla. Pero la casita me va bien. Voy prácticamente todos los fines de semana y juego a ser terrateniente. Aunque no he pasado mucho por allí desde que enfermé. Me encantaría que la vieras. Tal vez cuando vengas a Londres para la feria podamos ir, si tienes tiempo. Es un lugar encantador.

Le encantaba saber que él tenía una historia que le importaba. Era muy inglés en cuanto a la tierra, la historia y las tradiciones. Venía de una familia acomodada de la aristocracia terrateniente. Él no tenía título, pero sí algún que otro antepasado aristócrata, como le confesó con cierta vergüenza.

—Todo muy típicamente inglés, me temo —dijo de esa forma modesta, quitándose importancia, tan habitual en él.

Él le ponía a todo un toque de humor, lo que hacía que las cosas difíciles resultaran más soportables. La familia de Gabrielle también tenía sus tradiciones. Sus orígenes familiares no eran tan diferentes. Arthur era un hombre hecho a sí mismo, algo completamente diferente. Él no tenía tanto respeto por los ancestros, y la historia familiar no le parecía importante. Esa había sido una gran diferencia entre ellos.

—Nosotros teníamos una casa de verano en Long Island. A mí me encantaba ir allí cuando era niña, pero también la vendí. A Arthur no le gustaba. Él quería algo más grande y llamativo, así que se compró una granja de caballos en Connecticut. A mí nunca me gustó; se la quedó él tras el divorcio. Siempre he sentido no haber conservado la casa de Long Island. Le hacían falta unas reformas cuando ellos murieron y Arthur no quería hacerlas. A él le gustaba lo nuevo y flamante, no lo viejo con la pátina que dan los años y la historia. Por eso acabó con una llamativa esposa joven en vez de quedarse conmigo, que estaba envejeciendo —concluyó con una sonrisa. Era una forma de verlo—. Me dolió mucho al principio, pero ahora solo siento lástima por él, que tiene que cargar con ella.

—Pero todo eso ha sido una gran suerte para mí —añadió Alaistair y la abrazó—. Tú no tienes nada de vieja, Gabbie. Sigues siendo joven. —Estaba a punto de cumplir cuarenta y seis y Alaistair era tres años mayor.

—Tengo un buen peluquero —respondió ella con modestia y él soltó una carcajada.

—No es eso. Yo odio esa obsesión que tiene todo el mundo con la juventud últimamente. Mi peor pesadilla sería estar con una mujer de veinte años. Tu exmarido tiene que estar loco. Sí que me gustaría tener hijos, pero no disfrutaría de salir con alguien de la edad que deberían tener ellos. Seguro que se arrepiente del día en que se le pasó por la cabeza esa fantasía.

—Ella cogerá el dinero y se largará antes o después. Las mujeres como ella no se quedan mucho tiempo. Y en ese mundo siempre hay un hombre más rico a la vuelta de la esquina. Si lo encuentra, irá a por él. Tampoco aguantará si él empieza a tener achaques en algún momento. Todavía está muy bien y activo para su edad, pero los años no perdonan. Se le ve ridículo cuando está con ella. —Lo dijo de una forma muy neutral, sin amargura. Lo que había hecho le había dolido, pero nunca le había tenido rencor. Y Alaistair le estaba curando las heridas con su manera de mirarla, con sus palabras y con la forma que tenían de hacer el amor.

Era el primer hombre con el que había intimado desde su exmarido. Había salido a cenar con algún otro un par de veces, pero nadie le había llamado la atención hasta que conoció a Alaistair. En el toma y daca de la vida, siempre había alguna complicación, al menos eso le parecía a ella. Obtenías todo lo que querías, o casi, y entonces descubrías que te faltaba algo. En el caso de Alaistair era la salud. Todo era cuestión de con qué cosas podías vivir y a cuáles estabas dispuesto a renunciar. Si seguían juntos y él vivía lo suficiente, ella tendría que estar dispuesta a aceptar el futuro incierto, siempre con una espada sobre sus cabezas. Todavía estaba intentando acostumbrarse a la idea. Pero estar con él era fácil y agradable. Estaba lleno de cariño y de diversión y se sentía muy cómoda a su lado.

Costaba creer que era solo la segunda vez que se veían. Le daba la sensación de que lo conocía de toda la vida.

Habían visto un breve artículo en el periódico esa mañana sobre el ministro del Interior caído en desgracia. Decía que habían fijado el juicio para enero y que lo iban a acusar del homicidio involuntario de su amante clandestino, que además lo chantajeaba. Además, habían añadido el agravante de haber huido de la escena del crimen.

—Tiene que estar siendo horrible para su familia —comentó Gabrielle cuando Alaistair le señaló el artículo mientras desayunaban.

Había una foto de la esposa del ministro, muy seria y triste, en la que intentaba taparse la cara para evitar a los fotógrafos. El artículo de solo unas pocas líneas daba el dato de que el ministro tenía mujer y dos hijos.

—¿Te puedes imaginar la vergüenza que estarán soportando? —pregunto Alaistair, comprensivo—. Mira a la pobre mujer. ¿Por qué tiene que soportar ella la persecución de la prensa si ha sido su marido el que ha provocado todo este lío?

También había una fotografía de Sergei que había proporcionado su agencia de modelos. Era joven y muy guapo, rubio con facciones delicadas. En el artículo decían que era ruso y que había viajado a Francia con una compañía de ballet, pero que decidió quedarse para convertirse en modelo. A Gabrielle le recordó un poco a Sasha, con los pómulos altos tan típicos de los eslavos, pero él era más guapo.

—Las personas nos hacemos cosas horribles las unas a las otras, ¿verdad? Y cometemos errores terribles. Fíjate en todo lo que estaba arriesgando: podría haber sido presidente de Francia dentro de un año, pero prefirió esconderse en una habitación de hotel con un canalla, mentirle a todo el mundo y destrozarle la vida a la gente que lo quería. No me gustaría tener algo así sobre mi conciencia. Ahora mismo debe de sentirse completamente imbécil, y con razón. Muchas veces nos hacemos un daño irreparable a nosotros mismos —sentenció Alaistair muy serio. La carrera del ya exministro del Interior había quedado reducida a cenizas, de eso no había duda, e incluso era probable que acabara en prisión.

Se pasaron el resto del día haciendo cosas que les gustaban a los dos y después disfrutaron de una cena deliciosa en un bistró propiedad de un chef famoso. Cuando volvieron al hotel estaban tan cansados que Gabrielle se sintió culpable por haberlo estado llevando de acá para allá todo el día, pero él insistió en que se lo había pasado muy bien. Decidieron tomarse con calma el día siguiente, antes de que él recibiera su tratamiento por la mañana. Al parecer, él se encontraba bastante bien teniendo en cuenta su enfermedad y el proceso por el que estaba pasando.

Se fueron a dormir a medianoche, después de hacer el amor. Ella se acomodó entre sus brazos con un suspiro feliz y se quedó dormida al instante. Dos horas después, los dos estaban profundamente dormidos cuando sonó el teléfono. Gabrielle temió que fuera una de sus hijas, porque les había escrito un mensaje para decirles dónde estaría el fin de semana. Ellas habían asumido que había ido a París para ver a algún cliente o algún cuadro que quería comprar para alguien. Había recuperado el ritmo de trabajo y parecía mucho más contenta. Gabrielle cogió el teléfono, esperando oír la voz de alguna de ellas. Pero era una voz desconocida. Alaistair se espabiló deprisa. Estaba acostumbrado a recibir llamadas urgentes por la noche relacionadas con alguno de sus pacientes. Le había dejado el número del hotel al médico que lo estaba sustituyendo.

Era uno de los subdirectores del turno de noche que llamaba desde recepción. Hablaba muy rápido y en un inglés muy claro.

—Señora Gates, siento molestarla, pero debe abandonar la habitación de inmediato. Hemos recibido una amenaza de bomba y le damos credibilidad. No hay tiempo para que se vista. Salga del hotel lo más rápido posible. La policía está en el pasillo para indicarle adónde debe ir. —Nada más decir eso, se oyó un fuerte golpe en la puerta. Ella colgó y miró a Alaistair. Estaba asustada y completamente despierta.

—¿Qué pasa? —preguntó él.

Ella apartó las sábanas. Los dos estaban desnudos.

—Tenemos que vestirnos, rápido. Hay una amenaza de bomba —explicó.

Alaistair fue a abrir la puerta mientras ella recogía su camisón del suelo y el albornoz que estaba sobre una silla. Un miembro del personal de seguridad del hotel le estaba pidiendo a Alaistair que abandonara la habitación lo antes posible. Él dijo que sí y fue a coger sus vaqueros, que se habían quedado tirados en el suelo desde que se metieron en la cama.

—No hay ni un momento de aburrimiento en este hotel —bromeó. Se puso los zapatos sin los calcetines mientras ella buscaba las bailarinas de Chanel que llevaba esa tarde—. Un asesinato y un ataque al corazón la última vez, y ahora esto.

Había otros huéspedes saliendo de sus habitaciones cuando Alaistair abrió la puerta de su suite dos minutos más tarde. Él había dejado su habitación después de la primera noche, porque estaba claro que no la iba a necesitar. Había llevado sus cosas a la de ella, que era más grande y tenía salón.

La gente estaba perpleja y medio dormida. Eran más de las dos de la madrugada y todo el mundo iba en pijama, con el albornoz del hotel o vestidos con la ropa que se habían puesto a todo correr. Formaban un grupo muy heterogéneo dirigido por la policía y el personal de seguridad hacia las escaleras. Después cruzaron con prisa el vestíbulo para encontrar más policías afuera que les señalaron al final de la calle, el lugar seguro que habían establecido a dos manzanas. Había policías y miembros del SWAT por todas partes.

El equipo de artificieros estaba entrando en el hotel con perros adiestrados para la detección de bombas. Olivier Bateau llegó justo cuando Gabrielle y Alaistair salían del hotel. Parecía que también se había vestido a todo correr. Vivía cerca de allí. La subdirectora, Yvonne Philippe, ya había llegado y estaba tranquilizando a los huéspedes que cruzaban el vestíbulo desorientados y con cara de miedo. Habían vaciado el bar y varias personas parecían muy borrachas cuando se unieron a las que recorrían la rue Faubourg Saint-Honoré en dirección a la rue Royale, que estaba a una distancia prudencial del hotel. Se dieron cuenta de que estaban evacuando también todos los edificios de la calle y las embajadas británica y americana. Los empleados y personal diplomático subían a unos autobuses blindados para trasladarse rápidamente a otro lugar. En la embajada de Estados Unidos se quedó una compañía de marines para montar guardia con la ayuda de gendarmes franceses. La embajada británica mantenía una protección similar. El despliegue indicaba que se habían tomado la amenaza en serio.

—Vaya —exclamó Gabrielle mientras corría de la mano de Alaistair.

Había cogido el bolso y él se había guardado la cartera y el pasaporte en el bolsillo de los vaqueros. Era tranquilizador ver cuántos policías había allí para gestionar la situación. Vieron llegar un autobús con más equipos de operaciones especiales de la policía francesa cuando por fin alcanzaron la rue Royale, donde los residentes de la zona y los huéspedes del hotel se arremolinaban azotados por el frío aire nocturno. Ella vio que Alaistair se estremecía y le preocupó que no estuviera lo bastante abrigado. Solo llevaba un jersey y los vaqueros.

—¿Estás bien? —le preguntó, preocupada.

Él sonrió.

—Tengo el termostato un poco estropeado por el tratamiento. Pero estoy bien.

Pensó que debería haberle ofrecido el albornoz del hotel, pero entonces ella se habría quedado allí, a la intemperie, solo con el camisón, que además era transparente. En ese momento se acercó un policía repartiendo mantas y Gabrielle cogió dos, una para Alaistair y otra de repuesto por si la necesitaban más adelante. La iglesia de La Madeleine estaba al final de la calle y les ofrecieron refugiarse allí, pero Alaistair y Gabrielle se quedaron en la rue Royale. Los rumores corrían como la pólvora. De momento todo eran especulaciones, porque nadie conocía los detalles concretos. Una hora después, Yvonne Philippe apareció entre la gente buscando a los huéspedes del hotel para tranquilizarlos. Vio a Alaistair y Gabrielle y habló unos minutos con ellos. Dijo que estaba segura de que podrían volver a sus habitaciones pronto y se disculpó por las molestias.

—Ella debería ser la directora —comento Alaistair después de que Yvonne se fuera a buscar más huéspedes—. Controla la situación cuando pasa algo. Es joven y eficiente. El otro, Bateau, es un manojo de nervios.

—No tiene que ser un trabajo fácil —añadió Gabrielle, que estaba de acuerdo con él—. El señor Lavalle era fantástico, pero murió y ahora las cosas son diferentes. El mundo es un lugar más peligroso. —Nunca había habido una amenaza de bomba o terrorista en el hotel. Era algo impensable unos años atrás.

Cada vez había más gente en la calle y el ambiente se volvió casi festivo cuando llegó el grupo de desactivación de explosivos. La gente hablaba y cotilleaba, preguntándose qué pasaría. Habían bloqueado una zona enorme y detenido el tráfico. No querían correr ningún riesgo. Cuando el amanecer empezó a teñir el cielo de malva, rosa y naranja, la policía se acercó con sus perros entre la gente y les informó de que ya podían volver a sus casas. Habían encontrado un pequeño artefacto explosivo casero que había sido desactivado. No habría causado tanto daño como temieron inicialmente, pero era mejor prevenir. Alaistair se quedó impresionado por el amplio y minucioso trabajo de la policía. Cuando todo terminó, regresaron despacio al hotel rodeados por la multitud.

Al llegar encontraron café, té y pastelitos en el vestíbulo. También servían algo más fuerte si alguien lo solicitaba. Yvonne Philippe saludó a los huéspedes según entraban mientras Olivier Bateau permanecía apartado a un lado, retorciéndose las manos. Los huéspedes se lo habían tomado con buena actitud, agradecidos de que los hubieran protegido. Todavía se veía dentro y fuera del hotel a miembros de los equipos especiales, de la gendarmería y también perros militares y detectores de explosivos. Eso hacía que los huéspedes se sintieran seguros. Muchos se quedaron en el vestíbulo a tomarse un café y un pastelito o un brandy antes de subir a sus habitaciones.

—No podemos decir que este sitio resulte aburrido —comentó Alaistair con buen humor y Gabrielle se rio.

—Este hotel se ha vuelto mucho más emocionante de lo que era antes —respondió mientras los dos se tomaban una taza de café y Alaistair se servía un cruasán de chocolate. Todo el mundo parecía tener hambre pasado el mal rato y la gente charlaba tranquilamente antes de volver a sus plantas. Los ascensores funcionaban de nuevo y parecía que todo el mundo sentía que aquello había sido una gran aventura. El personal de la embajada también estaba regresando en los mismos autobuses que se los habían llevado.

Pero pocos minutos después la gente volvió al vestíbulo, desconcertada. Ninguna de las llaves electrónicas funcionaba y nadie podía entrar en su habitación. El sistema había sufrido un fallo cuando se activaron las alarmas adicionales, así que los botones, el personal de administración y de seguridad y todos los que podían echar una mano tuvieron que ir puerta por puerta con llaves tradicionales y abrirlas de forma manual. Para entonces, los huéspedes estaban cansados y no se tomaron ese contratiempo tan bien.

Yvonne Philippe fue a la tercera planta en persona para abrirles la puerta a Alaistair y Gabrielle y disculparse de nuevo, mientras Olivier Bateau se dirigía a la sexta, donde miembros de la familia real saudí habían reservado todo la planta. Tuvieron que reiniciar el sistema de apertura de las puertas. Alaistair le sonrió a Gabrielle cuando por fin pudieron volver a su habitación.

—¿Qué más puede pasar?

—Con suerte, nada —contestó ella, que se quitó el albornoz y se metió en la cama. Él se acostó a su lado. Todos los huéspedes tenían que dejar las puertas sin cerrar hasta que pudieran reiniciar el sistema de las cerraduras—. Si el hotel se incendia, no me lo cuentes. Estoy demasiado cansada para levantarme otra vez —aseguró.

Él se acurrucó a su lado y los dos se durmieron al instante.

A las siete y media ya habían despejado el vestíbulo y Olivier se fue a su despacho acompañado de Yvonne. Le temblaban las manos y estaba muy pálido.

—Dios, esto nunca para, ¿no? —dijo. Sentía náuseas, mientras Yvonne parecía calmada y con cara de tenerlo todo bajo control—. Siempre surge algo.

El hotel había reabierto un mes antes con un hombre muerto en una de sus mejores suites, lo que había desencadenado que uno de los políticos más importantes de Francia acabara acusado de asesinato, además de un ataque al corazón, la presencia de los médicos de urgencias, un sistema tecnológico que llevaba un mes entero sin funcionar correctamente, una estrella del rock destructiva y al final una bomba y todos los huéspedes sin poder acceder a sus habitaciones. Era mucho más de lo que Olivier había previsto cuando aceptó el trabajo—. Estoy demasiado viejo para esto.

Solo tenía cuarenta y un años, pero no contaba con los nervios de acero de Yvonne. Ella tenía treinta y dos, nueve años menos que él, sin embargo no había nada que pudiera con ella. Parecía conocer a todos los huéspedes por su nombre de pila y los fue saludando uno a uno con afecto mientras entraban, dándoles de nuevo la bienvenida al hotel como si todo aquello no hubiera sido más que un simulacro de incendio o algo sin importancia en lugar de una evacuación total del barrio completo. Por suerte, habían encontrado la bomba, aunque nadie había reivindicado su colocación todavía. Pero la policía estaba segura de que alguien lo haría pronto, seguramente algún grupo extremista o un lunático solitario. La bomba estaba montada con torpeza y no había sido difícil de neutralizar cuando la localizaron, en el sótano del edificio de al lado.

—Estas cosas pasan —le aseguró Yvonne a Olivier con mucha calma—. Hay que tener las ideas claras y fingir que no estás asustado. —Sonrió.

—¿Que no estás asustado? He estado a punto de mearme en los pantalones —reconoció con una sonrisa torcida—. Estoy seguro de que los huéspedes se van a quejar durante toda la mañana y nos van a culpar por no haber podido entrar en sus habitaciones después. Pero si no hubiéramos evacuado y hubiera pasado algo, nos habrían acusado de negligencia.

—Hemos hecho lo que teníamos que hacer —intentó tranquilizarlo Yvonne—. Parecía que algunos se estaban divirtiendo incluso. Al menos ha pasado en plena noche y ha sido más fácil cortar el tráfico. Y tampoco había que preocuparse de los transeúntes. Podría haber sido peor.

—Sí, podrían haber hecho estallar el edificio. O el barrio entero. Voy a tener que escribir un informe para la familia.

Los propietarios esperaban informes de todo lo que ocurría en el hotel, sobre todo si se trataba de algo como eso.

—Nadie ha resultado herido, ni se ha dejado llevar por el pánico —recordó Yvonne. Habían proporcionado sillas de ruedas y personal que las empujara para evacuar a las personas mayores. Pensaron en todo porque hicieron varios simulacros de amenaza de bomba antes de la reapertura que habían resultado muy útiles—. Y hemos conseguido sacar a todo el mundo en tiempo récord. —Incluso a una mujer de noventa y cuatro años con cuatro caniches en el regazo que no paraban de ladrar frenéticos a los perros de la policía—. Yo diría que lo hemos hecho impresionantemente bien —sentenció. Olivier le sonrió.

—Gracias a Dios que te tengo a ti, Yvonne. Estaría perdido si no estuvieras. Creo que me voy a ir a casa. Necesito el día libre. —Ella iba a hacer lo mismo. Ya tenía un sustituto competente para que se ocupara de su trabajo.

—Yo me quedaré un rato para asegurarme de que no surge ninguna urgencia médica, o que algún huésped entre en pánico *a posteriori*. No tengo nada más que hacer hoy. Y debemos asegurarnos de que las llaves funcionan correctamente y que nadie se queda encerrado en su habitación por algún otro fallo.

A él no se le había ocurrido. La lista de problemas potenciales era infinita, pero Yvonne siempre iba un paso por delante.

Su plan consistía en volver a casa y tomarse un tranquilizante, sin embargo ella parecía firme como una roca mientras se servía otra taza de café de la máquina de su despacho.

—Vete a casa. Yo me quedo.

Ella no tenía más vida que ese hotel. Era su oportunidad profesional y estaba dispuesta a sacrificarlo todo por ello. La vida personal no era compatible con un trabajo como ese, a menos que pusieras tus necesidades en segundo plano y antepusieras las del hotel. Los huéspedes tenían que ser la prioridad principal para la dirección del hotel en todo momento, incluso en sus días libres. Yvonne era perfectamente consciente de ello y estaba dispuesta a aceptarlo.

—Mi padre dirigía un hospital en Burdeos y murió de un ictus a los cincuenta y siete —le contó Olivier—. Creo que el trabajo lo mató. Y este hotel me va a matar a mí si las cosas no se calman un poco —añadió con tristeza.

—No creo que eso ocurra —contestó la subdirectora—. Trabajar en un hotel es como ser bombero: tienes que estar preparado para lo peor en todo momento.

A ella le encantaba; vivía y respiraba por todo lo que pasaba allí. Él lo veía y la envidiaba por ello. Esperaba que se equivocara y que las cosas se tranquilizaran hasta convertirse en un ruido de fondo pronto. Creía que solo habían tenido mala suerte hasta el momento.

—Vete a casa. No te preocupes. Yo me quedo —insistió ella.

Él salió unos minutos después, agradecido, y se tomó el tranquilizante para lidiar con sus nervios antes de irse. Yvonne fue a hacer una ronda por el hotel para asegurarse de que los empleados estaban en posición, haciendo sus trabajos lo mejor posible y no aprovechando la tranquilidad después de la emergencia para holgazanear. El subdirector que la sustituía se ocupó de la recepción mientras ella hacía su ronda. Encontró a la mayor parte del personal trabajando bien, y solo unos cuantos grupitos que fumaban en las salas del sótano, algo que estaba estrictamente prohibido. Los regañó. Todo tenía que ser igual que siempre para los empleados. No se podían permitir el lujo de dejarse llevar por el pánico ni relajarse. Volvió a su despacho, se puso un vestido sencillo azul marino y tacones y se preparó para el resto del día. De todas formas, no necesitaba tener libre el domingo. No tenía nadie con quien pasarlo. El hotel era su amante, su marido, su familia, su mejor amigo, su bebé y el lugar en el mundo que más le gustaba, y los huéspedes, los hijos que probablemente nunca tendría, aunque no le importaba. Aquello le bastaba. Después se dirigió hacia el mostrador de recepción y permaneció en un lugar desde el que podía verla cualquier huésped que pasara por el vestíbulo. Los saludó a todos, y ellos se sintieron mejor al ver su cara. Estaba siempre como un halcón, supervisándolo todo, tanto a huéspedes como a empleados. Tenía una bolsa de piruletas para los niños, que les daba tras recibir el permiso de sus padres, y también premios para los perros. Ver sus caras satisfechas por estar en el Louis XVI era suficiente recompensa para ella. Siempre le sorprendían las grandes propinas que le daban algunos huéspedes, porque ella no lo hacía por eso. Lo hacía por amor al hotel y a la gente a la que atendía. Tampoco tenía vida familiar. Su padre trabajaba para una compañía petrolera en Arabia Saudí y su madre había muerto. Su hermana vivía en India y su hermano trabajaba en una plataforma petrolífera. Se había criado viajando por todo el mundo. Y en aquel momento, el Louis XVI era su casa y su familia para ella.

Alaistair y Gabrielle se despertaron a mediodía tras la noche tan movida. Pidieron el desayuno y charlaron de lo que había pasado y de lo bien que lo habían gestionado tanto el hotel como la policía.

—Me gusta este hotel —afirmó Alaistair rodeando a Gabrielle con un brazo—. Hacen bien su trabajo y nos cuidan de maravilla.

Ella asintió, cerró los ojos y se acurrucó contra él. Seguía cansada después de las cuatro horas y media que habían pasado en la calle tras haber dormido solo dos horas antes. Había pasado miedo al pensar en qué pasaría si estallaba la bomba, pero en ese momento todo parecía irreal, como una película.

Se vistieron y salieron después del desayuno, pasearon un rato y volvieron al hotel cuando empezó a llover. Era una lluvia muy fina, pero se estaba más cómodo dentro. Ella quería que Alaistair descansara antes del tratamiento del día siguiente. Estuvieron viendo películas y pidieron la cena al servicio de habitaciones. Las llaves funcionaban de nuevo y no quedaba ni rastro de lo que había ocurrido la noche anterior.

—Gracias por estar aquí conmigo —dijo con una sonrisa mientras cenaban.

Él deseaba llevarla a un restaurante, pero ella insistió en que prefería quedarse. La lluvia había arreciado y hacía frío, y quería que él estuviera en condiciones óptimas al día siguiente. Sintió cierta ansiedad mientras cenaban y por un momento se le vio deprimido y pensativo.

—¿Te preocupa lo de mañana? —preguntó inquieta.

—El tratamiento no —respondió con tristeza—. Puedo con ello. Es lo que vendrá después. No tengo derecho a arrastrarte a esto conmigo, Gabbie. Las probabilidades están en mi contra y si no les doy la vuelta, te voy a llevar por un camino que no te mereces: el de ver morir a alguien importante para ti y perder a la persona que quieres. Si fuera responsable, debería despedirme de ti ahora mismo. Pero está claro que no lo soy —confesó con tono sombrío—. Esto no es justo para ti.

—Soy adulta, Alaistair. Tú has sido sincero conmigo. Yo he elegido estar aquí. Y no sabemos lo que va a pasar. Estás en tratamiento con uno de los mejores investigadores del mundo. Puedes ganar esta batalla. Y si no lo haces, ¿de verdad quieres tirar por la borda esta oportunidad por si no lo consigues? La vida es complicada. El amor es difícil. No hay garantías. A mí me podría atropellar un camión. Podría ser yo la que estuviera enferma, y no tú. Con suerte, dejaremos todo esto atrás, pero ahora tienes que luchar para recuperarte. Y yo quiero estar contigo, pase lo que pase. —Se había comprometido y ya no tenía miedo.

—Pero apenas me conoces. ¿Por qué quieres correr ese riesgo?

—Porque esto es un regalo que nos han concedido. Nos hemos encontrado y nadie sabe lo que pasará después. Richard estuvo a punto de morir, pero los médicos y tú le salvasteis. Ha recuperado su vida. Él ni siquiera sabía que tenía un problema, y ahora Judythe y él tienen un futuro. Yo no voy a renunciar a esto, ni a salir corriendo por los riesgos. A cada momento suceden cosas increíbles, buenas y malas. Ahora nos tenemos que enfrentar a esto y yo estoy dispuesta. Lo pensé mucho antes de subirme al avión que me traería aquí. No he venido por accidente, sin saber nada o porque no tengo otra cosa que hacer. Estoy aquí por elección. Tú has sido un milagro para mí. Hace un año creía que mi vida había terminado. Ahora está empezando de nuevo. Y no voy a huir de eso ni de ti solo porque sea complicado. Si no tuviéramos que enfrentarnos a esto, surgiría otra cosa. Estoy en esto contigo, no me vas a espantar. Si pasa lo peor, al menos habremos tenido esto antes. No tengo intención de renunciar a ello. Aparte de mis hijas, tú eres lo mejor que me ha pasado en la vida. —Alaistair sonrió de nuevo. Ella había sabido escoger las palabras y él tenía claro que las decía muy en serio. Antes de oírla, se sentía muy culpable.

—¿Y si resulto ser una mierda de tío? No me conoces todavía.

—Te conozco lo suficiente. Y si resultas ser una mierda, vendré aquí con un chico cualquiera de veintidós años y me pasaré el rato contándole lo capullo que eras. ¿Qué te parece? No voy a renunciar a ti, Alaistair, digas lo que digas. Así que cállate y acábate la cena para que podamos acostarnos y hacer el amor. ¿O no deberíamos hacerlo antes de tu tratamiento de mañana? —Lo miró preocupada, pero él negó con la cabeza.

—No me han advertido acerca de eso. Esto es Francia. Creo que podemos hacer el amor siempre que queramos. —Él no paraba de sonreír y ella se rio.

—Bien —dijo con una sonrisa, y fue a sentarse en su regazo.

Poco después estaban en la cama con los cuerpos entrelazados. Él seguía sintiéndose un poco culpable por haberla arrastrado a esa lucha con él, pero a la vez sentía que tenía mucha suerte y que era una bendición tenerla a su lado. Era una mujer valiente y la amaba.

Una hora después, mientras se dormían el uno en brazos del otro, satisfechos, tranquilos y agradecidos por haberse encontrado en medio de sus respectivas luchas por la supervivencia, Yvonne Philippe salía del hotel para irse a su casa. No se movió de recepción desde la amenaza de bomba de la noche anterior, así que había trabajado veinticuatro horas seguidas en su día libre. Se puso el abrigo y salió por la puerta de servicio tras fichar.

Había sido un buen día, justo como esperaba, con el hotel lleno incluso el día después de recibir una amenaza de bomba que los alteró a todos, además en domingo, que se suponía que debería ser un día tranquilo, aunque nunca lo era. El teckel de la baronesa alemana se había tragado un hueso de pollo y hubo que llevarlo al veterinario de urgencia, y tuvieron que llamar al SAMU porque una niña no podía respirar tras una reacción alérgica al marisco que no sabía que padecía. El hijo de dieciocho años de un príncipe saudí había destrozado su Ferrari y necesitó atención médica por un corte en el brazo. Se habían estropeado tres televisores que tuvieron que reemplazar. El jefe de cocina había amenazado a su ayudante con un cuchillo. Y una niña de seis años de Cleveland había perdido su muñeca favorita e Yvonne y su madre revisaron cinco carros de ropa sucia del hotel hasta que la encontraron. Su madre le dio a Yvonne una propina de trescientos dólares, aunque a ella no le importaba demasiado el dinero. No tenía tiempo para gastar lo que ganaba allí.

Había sido un buen día. Yvonne caminó por la calle repasándolo y pensando que no le gustaba dejar el hotel sin supervisión por la noche. Podía pasar algo, o que alguien la necesitara. Pero siempre podían llamarla y ella volver. No quería estar en ninguna otra parte. Era el único lugar en el mundo en el que se sentía feliz, útil y segura. Pasara lo que pasara, ella sabía que podía con ello si invertía las dosis necesarias de paciencia, amor, ingenuidad y coraje. ¿Qué más había en la vida? A ella no le importaba nada más que el Louis XVI y sus huéspedes.

10

El lunes por la mañana, Alaistair y Gabrielle se levantaron a las siete en punto. Ella había puesto el despertador, pero le pidieron al recepcionista que los llamara para asegurarse. Gabrielle se despertó antes de que sonara la alarma y se dio una ducha mientras Alaistair seguía durmiendo. Después lo despertó con ternura y él sonrió en cuanto abrió los ojos y vio su cara.

—Estoy despierto —dijo, todavía somnoliento.

—Ah, ¿entonces lo de roncar era una actuación? Pues me ha parecido increíblemente convincente. Lo has perfeccionado tanto que parecía real —bromeó.

Él se levantó y ella pidió un desayuno ligero. Estaba demasiado nerviosa para comer nada y él debía tener cuidado antes del tratamiento.

La noche anterior habían acordado que él iría solo y que la llamaría después para que fuera a recogerlo por la tarde. Querían que se quedara varias horas para asegurarse de que no tenía ninguna reacción adversa a los fármacos. La última vez no pasó nada, pero esta podía ser diferente. El profesor quería verlo en persona también, así que, si era necesario, Alaistair se quedaría a pasar la noche. Era básicamente un sujeto de estudio, aunque no era, ni mucho menos, el primer paciente con esa enfermedad que se sometía al mismo protocolo de tratamiento. La enfermedad era rara, pero el profesor había tratado muchos casos venidos de todos los lugares de Europa. Era su pasión.

Alaistair salió de la habitación a las ocho y media con expresión seria y distraída. Antes de irse le dio un abrazo a Gabrielle y le aseguró que todo saldría bien. Eso esperaba. Aunque estaba nervioso, no quería asustarla. Parecía calmado cuando se fue. Ella bromeó diciéndole que tuviera un buen día en el cole y que se portara bien con los demás niños. Él se rio. Después de que se fuera, Gabrielle se quedó sentada en una butaca del salón de la suite, mirando al infinito y pensando en él.

Tenía tareas administrativas que hacer para sus clientes, papeleo, pero le costaba concentrarse. Avanzó muy poco con su trabajo y empezó a mirar su reloj a las cuatro, pendiente de las noticias. A las cinco ya estaba preocupada. No quiso llamarlo por si seguía con el tratamiento o no se encontraba bien. No sabía qué esperar. Intentó no dejarse llevar por el pánico. Diez minutos después oyó que se abría la puerta y entró Alaistair. Parecía cansado, como si hubiera tenido un día largo y agotador, pero sonrió en cuanto la vio.

—¿Por qué no me has llamado? ¿No habíamos quedado que iría a buscarte?

—Me ha traído el profesor en su coche. Parece que hemos congeniado. Tenía fama de taciturno y antipático, pero creo que hacemos buenas migas porque yo también soy médico. Me ha dejado en la puerta. Soy el único paciente que participa ahora mismo en el estudio, así que tengo tratamiento especial.

Se sentó en la butaca que estaba frente a ella. Parecía agotado, lo que no era de extrañar. Los fármacos que le daban para acabar con el cáncer eran muy fuertes, pero él parecía estar soportándolos bien. El médico le había dicho que estaba teniendo suerte.

—¿Qué tal has pasado el día? —le preguntó a Gabrielle,

intentando que todo pareciera normal, aunque también tenía un interés genuino.

—He estado pensando en ti y ocupándome del papeleo. ¿Qué tal te ha ido a ti?

—Asombrosamente bien. El profesor está muy contento, pero solo es la segunda dosis de los fármacos más potentes y un cóctel a mitad de mes en Londres. —Ese era menos fuerte, aunque también necesario—. Tenemos que esperar para ver los resultados. Él cree que tú eres una buena influencia para que vaya todo tan bien. Dice que el ánimo es importante. Si se cura el ánimo, también lo hará la enfermedad, o al menos desaparecerá por un tiempo. Nuestro objetivo por ahora es la remisión, no la cura. Eso puede que llegue más adelante, cuando haya novedades en el tratamiento. Por ahora me conformo con la remisión. Paso a paso —concluyó con un suspiro.

—Yo también —estuvo ella de acuerdo y se acercó para besarlo—. ¿Quieres algo de beber? —Le ofreció té, zumo de frutas o agua.

—Algo frío y en vaso alto sería estupendo. Me muero de sed. No he podido comer ni beber en todo el día. Pero no tengo hambre.

—Esta tarde me he tomado una limonada deliciosa, ¿te apetece? —sugirió ella. Él asintió, agradecido.

—Perfecto.

Diez minutos después de pedirla llegó portando un platito con unas finísimas galletitas de mantequilla, que también se comió mientras se bebía la limonada.

—¿Te importa que me acueste un rato? Seguro que me encuentro mejor mañana.

Se fue a la cama y ella lo arropó. Se fijó en el apósito que llevaba en el brazo para tapar la herida de la aguja del gotero, pero no dijo nada. Él se quedó dormido enseguida y no se despertó hasta medianoche. Ella iba a verlo cada poco rato. En ese tiempo tuvo la oportunidad de darle más vueltas a en qué se había metido. Conocía los riesgos y la responsabilidad que había asumido al decidir que estaría con él y lo aceptaría fuera cual fuera el resultado al final. No se arrepentía y se alegraba de estar allí.

Él tenía hambre cuando se despertó a medianoche. Ella le pidió tostadas y huevos duros, que era lo único que le apetecía, y se quedó dormido de nuevo en cuanto acabó de comer. Se despertó a las ocho de la mañana siguiente. Había dormido catorce horas, era obvio que las necesitaba. Se le veía sorprendentemente normal por la mañana. Disfrutó de un buen desayuno e insistió en salir a dar un paseo. Tuvieron que refugiarse bajo un árbol para no mojarse con la lluvia.

—Gracias por hacer esto conmigo —dijo él una vez más—. Es mucho pedirle a cualquiera.

—Tú no me lo has pedido. Yo me he presentado voluntaria —le recordó ella.

—Gracias —repitió Alaistair.

Era su último día juntos. Los dos se irían a la mañana siguiente, pero ella viajaría a Londres dos semanas después para la feria de arte Frieze y para estar con él. Coincidiría con su dosis de mitad de mes. Le había dicho que era menos extenuante que la de París, que tendría que darse un mes después. Ella ya había empezado a reorganizar su agenda, sin decirle nada, para poder volver a París para su siguiente tratamiento. Cuando estuviera en Londres, irían a Sussex, a su casa de la viuda, después de la feria y de su dosis. Ella lo invitó a que la acompañara a varios de los eventos de la feria y él había aceptado encantado. Y ella tenía muchas ganas de ver su casa de Sussex.

Alaistair seguía un poco cansado, así que cogieron un taxi para ir al hotel y él se durmió un rato. Pero esa noche insistió en invitarla a una cena especial. Fueron a un restaurante muy conocido, donde disfrutaron de una cena estupenda. Cuando regresaron al hotel, él ya había vuelto a su ser habitual. Se había recuperado con rapidez. Se lo veía menos afectado de lo que ella temía, era un hombre fuerte y apenas se quejaba. A ella le impresionaba su valentía, y se lo dijo.

—Soy médico. Se supone que sé de estas cosas. Recomiendo a los demás que las hagan, así que no sería justo que yo me quejara.

—Pero puedes. Puedes hacer lo que quieras.

—Además, debo estar en buenas condiciones para mis pacientes. Tengo mucha suerte de haber encontrado un buen sustituto, así dispongo del tiempo que necesito para poder venir a París a los tratamientos, un día libre a mitad de mes para la dosis de refuerzo y algún otro si lo necesito. Es un buen hombre y también ha sobrevivido al cáncer, así que me comprende. Tiene una mujer jamaicana espectacular y cuatro niños preciosos. Es un tío con suerte. Hace diez años que se recuperó. Sus hijos son todavía pequeños. Congeló su esperma antes de la cirugía, perdona que te esté dando tantos detalles. Ella pasó todo el proceso con él. Te caería bien. Ese matrimonio causó mucho revuelo en su familia. Su padre forma parte de la Cámara de los Lores, es un conde con un apellido con mucho abolengo. Él es vizconde, aunque no usa el título. Forman una pareja fantástica y su familia la ha aceptado por fin, aunque se le puso todo muy cuesta arriba durante una temporada, entre el rechazo de sus padres y el cáncer. No estoy seguro de qué es peor. Al menos, nosotros no tenemos que enfrentarnos a algo así. —Le sonrió—. ¿Le vas a contar a tus hijas lo nuestro? —La pregunta la pilló por sorpresa. Lo había pensado, pero era demasiado pronto. Ya habían tenido que pasar mucho con lo de su padre y su novia rusa.

—Con el tiempo, pero por ahora no.

—Me gustaría conocerlas, cuando te parezca que es el momento.

—Les caerás bien, pero no quiero que piensen que me voy a ir lejos y a dejarlas. No las veo demasiado, aunque a ellas les tranquiliza saber que estoy en el mismo sitio de siempre, esperándolas. A los hijos no se les pasa por la cabeza que sus padres necesitan tener su propia vida, ni teniendo en cuenta la edad que tienen ellas.

Él sonrió al oírla.

—Lo entiendo. A mí me cabreaba mucho que mis padres tuvieran sus propios planes, que interferían con los míos, o que se fueran de vacaciones sin mí. Me parecía muy egoísta por su parte. —Se rio al recordarlo—. Creo que no apreciamos del todo a nuestros padres hasta que ya no están. —Ella asintió porque estaba de acuerdo.

—Yo no lo hice hasta que tuve hijos propios. Y eso es demasiado tarde muchas veces, porque ya están por ahí viviendo sus vidas en otra parte.

Pasaron una tarde tranquila, dieron un paseo y después regresaron al hotel. Gabrielle ya había hecho la maleta y lo ayudó con la suya. Luego tuvieron una última noche de amor.

Por la mañana discutieron sobre quién iba a pagar la habitación, porque él había dejado la suya días atrás y quería hacerse cargo de la cuenta de la de ella, como le prometió cuando la invitó a ir a París con él. Pero se trataba de una suite muy cara que ella insistió en pagar. Al final lo logró tras asegurarle que en el siguiente viaje, si iban los dos a París para el próximo tratamiento, le dejaría pagar a él. En Londres se quedaría en su casa y él se había hecho cargo del resto de los gastos durante el viaje. Era un hombre muy generoso.

Él se fue antes que ella para coger el Eurostar. Tenía pacientes que atender ese día. Le dijo que se sentía con fuerzas, aunque a ella le pareció que todavía estaba un poco cansado. El profesor había llamado la noche anterior para preguntarle cómo estaba y se mostró satisfecho con la respuesta de Alaistair.

Les costó decirse adiós y separarse. Ella no estaba acostumbrada a esas despedidas y sintió una punzada de nostalgia en cuanto se fue. La llamó desde el tren unos minutos antes de que saliera hacia el aeropuerto y embarcara rumbo a Nueva York. Habían disfrutado de cinco días maravillosos tras haber sacado tiempo para pasarlo juntos. Además, el médico que lo sustituía en Londres estaba encantado y necesitaba el dinero. Tenía seis bocas que alimentar. Era un noble, pero no adinerado, así que ese arreglo les venía bien a los dos. En ese momento le parecía que llevaba media vida con él, porque estaban compartiendo cosas muy intensas, con su enfermedad, el tratamiento y la incertidumbre en cuanto a los resultados. Gabrielle se sentía como si estuviera cayendo al vacío con él y no pudiera ver el suelo que había abajo ni dónde iban a aterrizar. Era una sensación rara, pero todo lo demás le parecía perfecto.

Gabrielle durmió durante el vuelo y llegó a Nueva York a las dos de la tarde, hora local. Tras pasar la aduana, estaba en su casa a las cuatro. Veronica la llamó desde Los Ángeles en cuanto llegó.

—¿Qué tal París? —preguntó. Gabrielle pensó en Alaistair en cuanto oyó el nombre de la ciudad.

Lo había llamado desde el taxi para decirle que había llegado bien. Él acababa de volver a casa tras un largo día viendo pacientes y le dijo que la echaba de menos.

Se sentía en las nubes cuando respondió a la pregunta de su hija.

—Fantástico. —Veronica no sospechó nada. Tampoco tenía razones para hacerlo—. Tuvimos una noche movidita. Hubo una amenaza de bomba, nos evacuaron y pasamos cuatro horas en la calle en plena noche.

—¡Qué miedo! ¿Pasó algo?

—Encontraron la bomba en un sótano junto al hotel y la desactivaron a tiempo.

—Qué situación más peligrosa, mamá. Quizá no deberías volver a París.

—Eso puede pasar en cualquier parte en estos tiempos. Pero la policía lo gestionó de forma espectacular. Había agentes por todas partes.

—Bueno, pero ten cuidado. Me alegro de que ya estés otra vez en Nueva York.

Gabrielle intentó hablar con Georgie esa noche, pero no la localizó. Siempre estaba ocupada, en la calle o con amigos y no le cogía en teléfono. Solo se comunicaba por mensaje, y Gabrielle prefería oír su voz.

A las nueve de la noche, cuando estaba intentando no irse a dormir muy pronto para volver a acostumbrarse al horario de Nueva York, sonó el teléfono. Era Judythe. Estaba feliz y emocionada.

—Queríamos que fueras la primera en saberlo. Nos casamos en diciembre y nos encantaría que vinieras. También vamos a invitar a Alaistair. Íbamos a esperar a la primavera, pero al final va a ser antes de lo previsto —dijo. Sonaba un poco avergonzada—. Me acabo de enterar de que estoy embarazada. Tuvo que ser en París, aquella noche. El bebé llegará en junio y queremos casarnos antes de que se me note. —Se lo contó todo precipitadamente. Gabrielle sonrió.

Habían estado a punto de perderlo todo y de repente se veían colmados de alegrías. Se tenían el uno al otro, un bebé en camino y se iban a casar. Les habían recompensado con creces por todo lo que habían pasado para poder estar juntos. No podían pedir más. Querían tener una familia, y Gabrielle recordó que Judythe tenía treinta y nueve años.

—¡Es maravilloso! Alaistair estará encantado cuando se entere. Acabo de estar con él en París. He llegado a Nueva York hace solo unas horas. Qué fantásticas noticias. Y no os preocupéis, no faltaré a la boda.

—No hemos organizado nada aún, pero te diré la fecha en cuanto reserve el lugar. No queremos una boda multitudinaria. Los dos hicimos grandes bodas la primera vez y una es suficiente —comentó riendo. Gabrielle estaba muy contenta al oír sus noticias—. No nos podríamos casar si Alaistair no lo hubiera salvado. —Judythe habría tenido a su bebé para consolarla al menos, si lo que creía sobre el momento de la concepción era correcto. Por suerte, los iba a tener a los dos, a Richard y a su bebé.

—Se lo diré a Alaistair cuando hable con él —prometió Gabrielle.

Seguía sonriendo cuando colgaron. Era una de esas cosas bonitas que hacen sentir bien a cualquiera. Una situación en la que ganaban todos y que traía emociones gratificantes y bendiciones. Se alegraba de que Judythe la hubiera llamado. También le había contado que Richard se encontraba muy bien y que su médico de Nueva York decía que se estaba recuperando estupendamente. El episodio de París le había salvado la vida al sacar a la luz un problema que no sabían que existía y que lo habría matado si no lo hubieran pillado a tiempo y reemplazado la válvula defectuosa.

Las dos semanas que tenía Gabrielle por delante en Nueva York pasaron volando entre visitas a clientes, una puja en una importante subasta en Sotheby's y preparar la agenda de los marchantes que quería ver en Londres durante su visita. En un abrir y cerrar de ojos estaba haciendo otra vez maletas.

Tenía previsto llegar la noche antes de la dosis de refuerzo de Alaistair. En aquella ocasión ella lo llevó en coche y lo recogió. Condujo el coche de Alaistair con mucho cuidado por el «lado equivocado» de la carretera. Pasaron por su consulta en Harley Street al volver del tratamiento, donde conoció a Geoffrey Mount Westerley, el sustituto de Alaistair; le pareció encantador. Después fueron a su casa para que él pudiera descansar.

Él vivía en un loft con vistas al Támesis. Tenían que subir

una escalerilla para llegar al dormitorio, pero era un piso de soltero genial y a él le gustaba. Durmió hasta tarde después de recibir la dosis. Cuando se despertó, decidieron ir en coche a Sussex. Ella tenía muchas ganas de conocer el lugar y la feria de arte no empezaba hasta el lunes, así que tenían el fin de semana entero para los dos y ningún otro plan. En principio habían pensado ir a Sussex después de la feria, pero él estaba deseando enseñarle aquello a Gabrielle y se sentía lo bastante bien para viajar. Ya descansaría allí.

Hacía una mañana de otoño preciosa cuando llegaron a Sussex. Él aparcó el coche MG *vintage* de color verde oscuro frente a la casa de la viuda. Era un edificio precioso y de proporciones elegantes que habría resultado perfectamente adecuado como casa independiente; incluso tenía una casita de invitados al lado. Desde allí se veía a lo lejos, entre los árboles, la grandiosa mansión. Había un lago con cisnes entre la casa principal y la casita de la viuda. Era una propiedad impresionante y el símbolo de un pasado lleno de elegancia y riqueza. Entendió enseguida por qué no había conservado la mansión cuando la heredó siendo muy joven. Era gigantesca y habría necesitado una legión de sirvientes para mantenerla, que era lo que tenía su familia cuando su abuelo se la compró a otra familia que había perdido todo su dinero.

Los terrenos estaban bien conservados. Ella entró detrás de él en la casita de la viuda, que era acogedora y cómoda, con habitaciones con las paredes forradas de madera y preciosas antigüedades que había traído de la casa de sus padres y restaurado. Era completamente diferente de su loft moderno de la ciudad. La casa de campo parecía un hogar ancestral en miniatura, lo que era cuando su bisabuela vivía allí. Alaistair había añadido muchos detalles muy masculinos, como un saloncito con unas butacas de cuero cómodas y enormes delante de una gran chimenea con una repisa de mármol negro. También había varios retratos de sus antepasados, entre los que vio dos preciosos de sus padres, uno colgado en la sala de estar y otro en el salón principal. En el saloncito había antiguos grabados con temática de caza. Todo transmitía una imagen muy británica y distinguida. Gabrielle se sintió como en casa allí al instante y le dijo que le parecía preciosa.

—Me alegro de que te guste. —Parecía encantado mientras le enseñaba dónde estaba el dormitorio para que pudiera dejar las maletas. Allí había una grandísima cama antigua con dosel de caoba tallada.

—No fui capaz de renunciar a todo esto. Me crie rodeado de estas cosas y los nuevos propietarios no las querían. Renovaron toda la casa, ahora es muy moderna. Todo esto es anticuado, pero para mí es parte de mi infancia y me encanta.

Gabrielle pensaba lo mismo. Tenía alfombras persas oscuras en las que no se veía el barro si entrabas con los zapatos sucios, enormes sofás de cuero y tapices y cortinas de un terciopelo verde oscuro. Tenía un aire masculino, pero ella se sentía en casa allí también.

—Aquí paso todos los fines de semana. Mi exmujer lo odiaba, pero este sitio significa mucho para mí. Me siento en paz cuando estoy aquí. Es como volver al vientre materno. Me recuerda a mis padres, a mi infancia y a toda nuestra historia familiar.

Gabrielle entendía por qué le gustaba. Era una casa preciosa.

Habían hecho la compra en Londres, así que prepararon la comida en la cocina antigua. Después fueron a pasear por la finca y al volver se entretuvieron con los cisnes en el estanque. Era un lugar muy tranquilo. Se sintió relajada y olvidó todas las tensiones del día. Se sentaron en un banco y Alaistair la rodeó con el brazo mientras veían a las aves gráciles y elegantes aterrizar en el agua y a unos cuantos patos que iban nadando por la orilla.

—Hacía mucho que no traía a nadie aquí —confesó—. Me gusta estar solo. O me gustaba. Ahora solo quiero estar contigo.

Allí, su enfermedad y todas sus preocupaciones cotidianas se volvían irreales. Hacía que sus dudas sobre el futuro no tuvieran ninguna importancia. La finca y las casas que llevaban allí tanto tiempo le daban sensación de permanencia y de seguridad, parecía que estarían siempre allí. Era un lugar para calmar los miedos. Regresaron a la casita de la viuda cogidos de la mano. No hablaron; no hacía falta. Subieron directamente al dormitorio e hicieron el amor. La sensación de paz que transmitía ese lugar era enorme. Gabrielle se quedó mucho rato en la cama, entre los brazos de Alaistair, deseando que él tuviera una vida larga y llena de salud y esperando estar allí para compartirla con él. Casi podía sentir cómo los antepasados que habían vivido allí les daban su bendición y les deseaban lo mejor.

Esa noche prepararon juntos la cena. Lo más moderno que había en la casa era una enorme televisión en el saloncito, donde él veía películas y los deportes. Escogieron una cinta y la vieron juntos. Después volvieron a la cama. Era un vida maravillosamente sencilla.

Al día siguiente iban a salir a caballo por las colinas cercanas. Los nuevos propietarios le dejaban montar algunos de los ejemplares que tenían en los establos. Desde la perspectiva privilegiada que tenía sobre el caballo, Gabrielle apreció menor el tamaño y la grandiosidad de la finca. Pasaron por delante de granjas que una vez fueron propiedad de su abuelo y que arrendaba en el pasado. En la actualidad estaban alquiladas y habían vendido algunas. Las habían comprado londinenses para usarlas como casas de campo, más que como granjas. Todo el paisaje era muy pintoresco y a Gabrielle le dieron ganas de quedarse para siempre. Era un finca magnífica, y seguro que vendérsela en su momento a gente que podía permitirse gestionarla bien sirvió para conservarla.

—No vienen mucho. Viven en Sudáfrica —le explicó—. Quieren instalarse aquí cuando se jubilen, algún día, o eso dicen. Yo no tengo claro que lleguen a hacerlo. Poseen muchas casas preciosas. Pero al menos la mantienen bien y les encanta. Y a mí me alegra conservar una parte diminuta de la propiedad y poder venir aquí cuando quiera.

—Me alegro de que me la hayas enseñado.

Era una parte importante de él que a Gabrielle le permitía entender mejor quién era y dónde se había criado. Los dueños originales formaban parte de una de las familias más importantes de Inglaterra, que con el paso de las generaciones habían perdido el dinero y la propiedad, pero al menos esta seguía intacta y nadie la había comprado para convertirla en un hotel o disgregarla en parcelas más pequeñas y hacer una urbanización. Se habían destruido muchas fincas como esa o habían acabado por desaparecer.

Esa noche se fueron a la cama temprano y a la mañana siguiente madrugaron. Alaistair estuvo un rato en el jardín después de desayunar, le gustaba la jardinería, y Gabrielle leyó un libro. Les costó mucho irse de allí el domingo por la noche y volver a Londres.

—Si viviera aquí, creo que no me iría nunca —dijo sonriéndole.

—A mí cada vez me cuesta más. —Estaba claramente contento de que a ella le hubiera gustado tanto y que entendiera sus sentimientos.

Los dos estaban un poco tristes cuando llegaron a su piso de Londres. Ella tenía mucho que hacer al día siguiente en la feria. Él la acompañaría el martes por la noche, después de pasar consulta.

—Me alegro mucho de haber visto la casita de la viuda —comentó cuando subieron la escalerilla hasta el dormitorio esa noche—. ¿Cuándo podemos volver?

—Siempre que vengas. —Sonrió feliz—. A mí me encanta estar allí.

Entonces recordó lo difícil que era siempre llevar allí a su mujer, hasta que al final acabó negándose por completo. Ella echaba de menos el ajetreo y el ritmo de Londres y a sus amigos. No entendía la vida rural británica porque no se había criado en ese entorno como él.

Esa noche durmieron en su cómoda cama, juntos, acurrucados bajo el edredón, ella deseando poder quedarse más en Londres y disponer de más tiempo libre durante su visita. Pero debía gestionar su negocio y cumplir con sus clientes, y le quedaba menos de una semana en Londres para hacer todo lo que necesitaba. Estar con Alaistair tenía un aire de cuento de hadas, pero, le gustara o no, en la realidad se veía obligada a trabajar. Y él también. La vida real, con todos sus placeres y terrores, les pisaba los talones.

11

Alaistair salió hacia la consulta y Gabrielle se marchó a la feria, donde la recogió al final de la jornada. Los dos disfrutaron en ella, incluso más que en la Bienal. Había allí muchas galerías con las que Gabrielle trabajaba con regularidad y el arte que se exponía ese año era especialmente bueno. Que el idioma allí fuera el mismo que el suyo le facilitaba mucho las cosas, aunque las galerías que estaban tanto en París como en Londres procedían de todas las partes del mundo: Europa, Asia, Norteamérica y Sudamérica. Era un evento de dimensión mundial y Alaistair se lo pasó muy bien acompañándola a todas partes y conociendo gente que ella le presentaba. A él la vida de Gabrielle le parecía fascinante. Era un mundo mucho más sofisticado que el de los internistas, pero a ella también le interesaba el trabajo de él, así que el tiempo que pasaban juntos estaba lleno de nuevos descubrimientos y experiencias compartidas. A Alaistair le parecía que estar con ella le daba fuerzas y que él hacía lo mismo por ella. Gabrielle ya no sentía que tenía que librar todas las batallas por su cuenta. En muy poco tiempo y sin darse cuenta se habían convertido en mejores amigos y aliados. Y, además, ambos estaban luchando por la vida de Alaistair, aunque intentaban no pensar en eso todo el tiempo y llevar una vida normal. Una noche quedaron a cenar con unos amigos de él que tenían muchas ganas de conocer a

Gabrielle. Uno de ellos, un antiguo compañero de clase, era artista, y a ella le gustó especialmente conocerlo.

El tiempo que había planeado pasar en Londres se pasó muy rápido. Ese fin de semana tenía que ver a un par de clientes, así que no podía volver a Sussex.

—El deber me llama —se excusó ella, pero le prometió que lo vería en París para el siguiente tratamiento con el profesor Leblanc, a principios de noviembre. Le iban a hacer unas pruebas para comprobar el efecto de los fármacos. Era muy pronto para esperar resultados drásticos, pero el profesor esperaba ver al menos cierta mejora. Alaistair estaba nervioso por eso, aunque no quería reconocerlo ante ella. ¿Y si no había funcionado? ¿Y si los valores eran peores? No se atrevía a verbalizar todos sus miedos, pero ella notó que estaba agobiado por ese tema. Como no se encontraba mal en un principio, era difícil saber si había habido alguna mejora. Seguía sintiéndose bien y animado cuando se encontraba con Gabrielle y también la mayor parte del tiempo, excepto el día que recibía el tratamiento y el siguiente, en los que estaba agotado por las sustancias químicas y los venenos que le inyectaban para matar al cáncer. Pero no era tan terrible como había temido. Parecía que todo estaba pasando sin apenas síntomas, así que no podía evaluar si había cambiado algo.

Se sentía triste cuando llevó a Gabrielle al aeropuerto el domingo por la noche. La besó al llegar y aparcó junto a la acera.

—Te voy a echar muchísimo de menos —reconoció.

—Yo también. Pero nos veremos dentro de dos semanas en París —le recordó.

—Te estás convirtiendo en un miembro de la *jet set* —bromeó Alaistair.

Ella no se iba a quedar tantos días en París como la última vez porque tenía que volver a Nueva York para trabajar y organizar Acción de Gracias. Cuando se acordó de eso, lo miró para hacerle una pregunta.

—¿Quieres venir a Nueva York para Acción de Gracias y conocer a mis hijas? —Era una decisión muy atrevida por su parte y no sabía cómo reaccionarían Georgie y Veronica. Además, su relación con Alaistair era muy reciente. Pero para entonces ya llevarían viéndose casi tres meses. Podía ser un buen momento para conocer a sus hijas, porque ellas iban a pasar la Navidad con su padre y no tendría otra oportunidad de verlas pronto.

Él pareció encantado de que se lo hubiera pedido, pero vaciló.

—¿Estás segura?

—Sí —contestó ella, convencida. De repente le encantaba la idea.

—¿Y si me odian?

—Les daremos un azote y las mandaremos a la cama sin cenar. Se quedarán sin pavo. —Ella nunca les había hecho algo así, ni cuando eran pequeñas, pero él se echó a reír y eso alivió la tensión.

—Supongo que podemos hacer eso. Y sí, me encantaría ir. Solo es que no quiero molestarlas.

—Las avisaré con tiempo, para que se hagan a la idea. —Y si se oponían de una forma muy rotunda, siempre podía explicárselo a él y cambiar de planes. No quería que las cosas empezaran con mal pie con ellas, eran una fuerza importante en su vida y él lo sabía bien por todo lo que le había oído decir sobre ellas.

La besó otra vez, le llevó la maleta hasta el mostrador de facturación de la zona exterior de acceso, la dejó allí y se despidió con la mano antes de alejarse con el coche. Ella deseó poder irse con él. Estaba preocupada a ratos, mientras que otras veces tenía que recordarse que estaba enfermo. Parecía encontrarse bien, aunque los dos sabían que había un demonio malvado acechándolo desde las sombras, esperando para destruirlo a él, o a ambos, y destrozarle el corazón a ella de paso. Resultaba fácil esconderse de él a veces, cuando se encontraba bien, que por suerte era la mayor parte del tiempo.

Tenían muchos planes divertidos. Ella ya le había adelantado que no podría ir a París para acompañarlo durante su tratamiento en diciembre. Tendría mucho que hacer en Nueva York después de Acción de Gracias. La primera semana de diciembre asistiría a la feria Art Basel de Miami. Era un acontecimiento extraordinario y lo invitó a acompañarla. Él pensaba volar hasta allí para pasar con ella un fin de semana largo tras su tratamiento en París. Ella tenía programadas reuniones con varios clientes y muchos marchantes en la feria. Él no había ido nunca. Esa feria y su gemela, que se realizaba en Basel, Suiza, todos los veranos, eran las más importantes del mundo y a Alaistair le hacía mucha ilusión conocerla. Había oído hablar de ella, pero nunca había estado. Ella estaba enriqueciendo muchísimo su vida. Después de la feria de Miami, los dos volverían a Nueva York para la boda de Richard y Judythe. Y luego él regresaría a Londres. Gabrielle iba a pasar unos cuantos días con sus hijas para celebrar la Navidad por adelantado antes de que se fueran al Caribe con su padre.

Antes de irse, Gabrielle aceptó la invitación de Alaistair de pasar con él las navidades en Sussex, así que al final no estaría sola en esas fechas. Con todos esos planes, iban a estar durante los dos meses siguientes cruzando el Atlántico de un lado a otro. Pero mientras él se encontrara bien, los dos se lo podían permitir, así que no había razón para no hacerlo.

Ella no se esperaba que le pasara algo así, pero en cuanto decidió que debía aprovechar el momento, en aquel viaje inicial a París, las oportunidades de hacer cosas emocionantes y de pasar tiempo con él habían ido surgiendo sin parar. Eso le recordaba que no solo ocurrían cosas malas, sino también buenas. Muchas veces había un precio que pagar, con algún dolor cerniéndose sobre alguna parte de la vida o algo que te rompía el corazón sin esperarlo. En su caso era la enfermedad de

Alaistair. Sin embargo, eso no lo frenaba a él y ella se sentía agradecida por ello. Por el momento, los dos sabían que él estaba viviendo un tiempo prestado.

Gabrielle estuvo tan ocupada en Nueva York tras la feria de Londres que casi no tuvo tiempo para hablar con él. Había llegado la invitación para la boda de Richard y Judythe, y tanto Alaistair como ella habían aceptado. No se lo perderían por nada del mundo.

Cuando volvió a subir al avión para ir a París a principios de noviembre para su siguiente tratamiento, le dio la sensación de que solo habían pasado unos pocos días desde la última vez que lo vio. Tenían un día para pasarlo juntos y disfrutar de París antes de su dosis. Ella lo esperó otra vez en el hotel mientras se sometía al protocolo y le hacían varias pruebas. Parecía más cansado que la última vez cuando volvió.

—Creo que ese hombre es un vampiro —se quejó, refiriéndose a los muchos análisis de sangre que había pedido el profesor.

Igual que la otra vez, se quedó dormido y no despertó hasta medianoche. Pero al día siguiente estaba en mejor forma que el mes anterior, así que les quedaba todo el fin de semana por delante para pasarlo juntos. El tiempo era frío ya a principios de noviembre y estaban empezando a colocar las luces de Navidad en los Campos Elíseos y la avenue Montaigne y los barrios colindantes. París estaría precioso en esa época y ella sintió no poder verlo, ya que no podría ir a acompañarlo a su siguiente sesión de tratamiento. Sabía que no la necesitaba, solo iba para darle apoyo moral. Él era perfectamente capaz de hacerlo solo. Para él era un viaje mucho más corto en el Eurostar que para ella, que tenía que coger el vuelo desde Nueva York. Tampoco él esperaba que ella fuera con él todas las veces, pero se sentía muy agradecido de que quisiera hacerlo.

Tomaron una extraordinaria trufa blanca en la cena en el restaurante de Alain Ducasse y comieron en varios de sus bistrós favoritos, donde disfrutaron del *hachis parmentier*, un plato de pato con puré de patatas adornado con trufa negra. Pasearon mucho, echaron un vistazo a las tiendas de la rue Faubourg Saint-Honoré, que ya estaban decoradas para la Navidad, e hicieron el amor en cuanto él se encontró mejor después del tratamiento.

Esta Navidad iba a ser muy diferente de las dos últimas para ella, en las que todavía estaba sufriendo por la ruptura de su matrimonio y no había conseguido recuperar el ritmo. De repente se sentía viva de nuevo. Alaistair y ella se rieron, hablaron y salieron a bailar un sábado por la noche después de cenar a una pequeña discoteca que Alaistair conocía de sus años de estudiante y que todavía seguía abierta.

Se marcharon al mismo tiempo del hotel el domingo por la mañana, pero en coches separados, ella de camino al aeropuerto y él a la estación de tren para coger el Eurostar de regreso a Londres.

Habían hablado muchísimo sobre el momento de conocer a sus hijas en Acción de Gracias. Él estaba aterrado por si hacía o decía algo que no les gustara.

—Las chicas con difíciles —dijo con cierto recelo—. Si me odian, te convencerán para que no vuelvas a verme.

—Yo tengo criterio propio, ¿sabes? —lo tranquilizó ella—. No me van a convencer de nada. Y, además, no te van a odiar. Ya tienen bastante con odiar a la mujer de su padre. Tú no tienes nada de malo. Relájate, por favor.

En ese viaje no hablaron de otra cosa. Al menos, eso le servía de distracción para no pensar en los resultados de sus recientes pruebas. El profesor le había dicho que no los tendrían hasta dentro de una semana, tal vez dos.

Gabrielle tuvo solo quince días para ponerse al corriente con el trabajo y prepararse para Acción de Gracias después de volver de París. El tiempo pasaba volando, sobre todo con tantos viajes, y septiembre y octubre se habían esfumado casi sin enterarse, excepto por los días que había pasado con él. Le resultaba difícil recordar a esas altura el tiempo en el que él no estaba en su vida, como cuando tienes un hijo de casi tres meses. Ella le hablaba de su vida cotidiana, su trabajo, sus clientes y sus preocupaciones en cuanto a sus hijas. Era una relación más igualitaria que la que mantuvo con Arthur. Él siempre puso las reglas y dictaba lo que hacían ambos, e incluso durante mucho tiempo la trató como una niña, no como una adulta. Probablemente eso era en parte lo que le atraía de Sasha. Pero algún día ella también crecería. Arthur quería que las mujeres que amaba siguieran siendo niñas siempre para poder controlarlas. No se había dado cuenta de ello hasta que se fue. Por fin entendió que él se iría antes o después, aunque no hubiera aparecido Sasha. Gabrielle había crecido y se había vuelto independiente. Había desarrollado sus propias ideas y opiniones y eso no era lo que él quería en una mujer. Él prefería alguien que pudiera moldear y controlar. Gabrielle ya no era esa persona. Al fin fue consciente de que su matrimonio estaba condenado al fracaso por ese motivo. No había sido todo culpa de Sasha.

También discutía por eso más con sus hijas últimamente. Ellas tenían unas opiniones muy claras desde que eran mayores. Lo habían culpado por abandonar a su madre y criticaban la elección de nueva mujer que había hecho. Ya les había advertido que fueran amables con ella durante sus vacaciones en Saint Barts. Había alquilado un yate y a las niñas les apetecía mucho. También a Sasha, que se había comprado todo un armario nuevo de ropa para el viaje. Iban a llevar con ellos al bebé y a las niñeras. Era un yate de casi cien metros de eslora. Arthur nunca se conformaba con algo pequeño. A Gabrielle le sorprendió, pero no echaba de menos esas cosas. Quería una vida más sencilla, a escala más humana, llena de placeres comunes. Sus viajes a París, donde se alojaba en el Louis XVI, ya eran lo bastante lujosos para ella y no necesitaba más ostentación. Un yate de cien metros habría estado bien, pero si para poseerlo debía renunciar a sus propias opiniones o a tener una voz dentro de su matrimonio ya no le parecía que mereciera la pena.

Una semana antes de Acción de Gracias hizo un cliente nuevo muy importante: Dmitri Spiros. Era el propietario de una naviera. Era griego y dueño de un yate de ciento veinte metros de eslora con el que había llegado al puerto de Nueva York y que tenía atracado en uno de los muelles de sus cruceros. Se la había recomendado uno de los clientes de Gabrielle en Londres. Quería que lo ayudara a comprar obras de arte para decorar el barco y tenía una clarísima preferencia por Picasso. Le llevaría meses hacer lo que le pedía, pero su comisión sería considerable. El barco nuevo era flamante. Lo recorrió con él, le hizo fotos y tomó nota de todos los lugares donde quería cuadros y esculturas. Era un hombre de más de sesenta años. No era guapo, pero tenía una cara interesante surcada de profundas arrugas. Se fijó en que siempre lo acompañaba una chica muy joven. Era francesa y tendría veintipocos. No pudo evitar preguntarse por qué hombres como ese siempre tenían a su lado a mujeres muy jóvenes y nunca a una con la que pudieran hablar, que pudiera contribuir de verdad a su vida. Elegían las salidas fáciles, una chica joven de adorno, aunque supieran perfectamente por qué estaban allí y que no se iban a quedar para siempre. Los hombres como él preferían comprar también a sus mujeres, como Arthur hacía con Sasha. Era una raza especial. Ella tenía veintiuno y Arthur cuarenta y seis cuando se casaron. En la actualidad, él tenía setenta y estaba con una chica de veintiséis. A Gabrielle le parecía patético. Ella prefería su relación con Alaistair, que tenía menos dinero, era menos importante y con una carrera más normal, escuchaba lo que ella le decía y la trataba como a una igual. Era la primera vez que vivía eso. Arthur solo quería un adorno, como el angelito que se pone en la copa del árbol de Navidad, algo bonito y reluciente.

Se lo pasó muy bien en el barco de su nuevo cliente y se lo contó a Alaistair en cuanto llegó a casa y a sus hijas cuando la llamaron. Después les dijo que había invitado a un amigo a pasar Acción de Gracias con ellas.

—¿Qué tipo de amigo? —preguntó Veronica, con tono suspicaz.

Ella sabía que su madre tenía muy poca vida social desde que se separó de su padre. Al principio le daba vergüenza que Arthur la hubiera dejado, y después pareció que ya no tenía nada en común con sus antiguas amistades. Su hija esperaba que hiciera otras nuevas, pero había salido de su capullo solo unos meses antes. Siempre decía que todavía no había completado su metamorfosis de oruga a mariposa, que estaba en ello, buscando la manera.

—Es un amigo que conocí en París hace unos meses. Es médico y vive en Londres. —Hubo un largo silencio mientras Veronica digería la información.

—¿Estás saliendo con él? —Otra larga pausa mientras Gabrielle decidía qué decir. La conclusión fue que lo más sencillo era decir la verdad. Si sus hijas querían ser adultas, ella tenía derecho a serlo también.

—Sí.

—¿Es algo serio?

—Todavía no lo sé. —No le contó que estaba enfermo y que tal vez no siguiera en este mundo el tiempo suficiente para suponer un problema, aunque ella esperaba que sí—. Es una persona muy agradable y nos gusta estar juntos. Vamos a ir los dos a una boda en Nueva York después de Acción de Gracias y me pareció que tal vez os gustaría conocerlo.

—¿Así van a ser las cosas a partir de ahora, mamá? ¿Vamos a tener que pasar las vacaciones con la cazafortunas de papá y con tus novietes?

A Gabrielle no le gustó ese comentario, pero entendió por qué no le gustaba. Arthur las había obligado a aceptar a Sasha, que hacía lo que quería con él desde el principio. Sasha se había convertido en el ojito derecho de su padre y se quejaba mucho sobre ellas.

—Este hombre no es Sasha. Es buena gente.

—¿Lo sabe Georgie?

—Te lo he contado a ti primero. Si no estás cómoda, no vendrá. Es inglés, así que Acción de Gracias no significa gran cosas para él. Solo quería conoceros porque le he hablado mucho de vosotras e iba a venir a Nueva York de todas formas para la boda.

—No, está bien, supongo.

Había hecho grandes celebraciones de Acción de Gracias con muchos amigos cuando Arthur y ella estaban casados, pero esta vez iban a estar solo las tres. Él había invitado a algunos amigos al barco que había alquilado para Navidad, así que no estarían solo con su padre.

Para Arthur, la vida era una fiesta en la que lucir a su jovencísima mujer. Le gustaba que los demás lo envidiaran, algo que hacían muchos de los que le rodeaban. Después de que la dejara, Gabrielle se dio cuenta de que si lo hubiera conocido en la actualidad, no le habría interesado nada, seguramente ni le habría gustado. Pero cuando era joven la deslumbró. Era guapísimo y muy atento. Estaba siempre pendiente de ella y Gabrielle perdió la cabeza por él. Ahora no tenían nada en común, excepto a sus hijas. El mundo de Gabrielle era más pequeño en aquel momento y lo prefería así. La casita de la viuda de Alaistair en Sussex era más de su estilo. Quería una vida de verdad, no la superficial que tenía con Arthur.

Gabrielle llamó a su hija pequeña después de hablar con

la mayor. A Georgie no pareció importarle lo más mínimo si Alaistair iba a cenar con ellas en Acción de Gracias o no. Estaba muy ocupada con su propia vida y tenía prisa por acabar la conversación.

—Como tú quieras, mamá. ¿Es guapo?

—Bastante —confesó su madre con una sonrisa. A ella le parecía muy guapo, pero no quería admitirlo ante Georgie.

—¿Puedo llevar a alguien yo también? —La pregunta desconcertó a su madre y la pilló desprevenida.

—¿A quién? —No se le había ocurrido que aquella fuera una situación de *quid pro quo*, pero eso podía servir para rebajar la tensión, facilitarle las cosas a Alaistair y contribuiría a romper el hielo.

—He estado saliendo con alguien aquí, pero es de Nueva York. Va a volver a casa para pasar Acción de Gracias, pero sus padres no lo celebran mucho. Te caerá bien.

—Vale. ¿Tiene ropa de verdad o piensa aparecer con chándal y zapatillas? —Los amigos de Georgie eran así. Veronica se preocupaba mucho por su forma de vestir, sobre todo ahora que tenía un trabajo propiamente dicho en el museo de Los Ángeles, pero Georgie todavía se vestía como si tuviera doce años y fuera a un partido de baloncesto en el parque—. Y a ti te digo lo mismo —advirtió.

—Lo sé, lo sé. Su padre es abogado y su madre siempre va muy arreglada cuando viene aquí a verlo, así que seguro que tiene ropa decente en alguna parte. ¿Tiene que llevar corbata? —Sonaba preocupada por eso.

—No, pero estaría bien que llevara chaqueta, si tiene alguna. Y zapatos de verdad. —Gabrielle insistía mucho en que se arreglaran para las fiestas y se esmeraba a la hora de preparar la mesa.

—¡Jo, mamá! ¿Y si son zapatillas negras?

—Como quieras. —Gabrielle había ido relajando sus exigencias con los años. Simplemente se alegraba de verlas y tenerlas en casa, y le daba igual lo que se pusieran—. Pero será mejor que te traigas ropa decente para el barco. Tu padre no querrá que lleves chanclas y pantalones cortos para cenar.

—Ya lo sé, mamá —contestó, molesta—. La princesa se pone lentejuelas doradas para desayunar. Papá se debe de estar quedando ciego. O ya está chocho, porque le encanta. —Gabrielle no dijo nada, pero sonrió mientras escuchaba a su hija—. Te veo dentro de una semana. No tengo clase el miércoles, así que estaré en casa el martes por la noche.

—Estoy deseando verte.

Veronica también llegaría a casa el martes y se quedarían hasta el domingo. Estaba encantada de poder pasar unos días con ellas.

Cuando colgó, Gabrielle solo cruzó los dedos para que todos se cayeran bien y no le hicieran pasar un mal rato a Alaistair. Se habían vuelto muy posesivas con ella desde que estaba sola, y se había dado cuenta de que las niñas la preferían así. No entendían por qué iba a querer un hombre en su vida. Antes no eran así, pero en sus mentes ella era de su propiedad y, aunque ya no estuvieran en casa, querían que siguiera igual. Les resultaba más fácil que estuviera sola.

Alaistair aterrizó en Nueva York el lunes por la noche, lo que les daba veinticuatro horas para estar juntos antes de que llegaran sus hijas. Lo había invitado a quedarse en su casa, así que llegó en taxi desde el aeropuerto y ella lo esperó en el apartamento. Para cuando llegó ya sería medianoche en Londres, así que asumió que no tendría ganas de salir. Preparó una cena ligera con embutidos, salmón ahumado y un poco de sopa. Se instalaría en el hotel Mark al día siguiente, antes de que llegaran sus hijas. Su apartamento estaba en la calle Setenta y cuatro con la Quinta Avenida, así que el hotel quedaba a solo cuatro manzanas. Era un sitio popular con un buen restaurante. Después de que se fueran las niñas, Alaistair y ella viajarían al Art Basel de Miami, donde estarían una semana y después de vuelta a Nueva York para la boda de Richard y Judythe, que era el fin de semana siguiente a Acción de Gracias. Alaistair volaría a París el lunes después de la boda para recibir su tratamiento, y ella iría a Londres para pasar la Navidad con él después de que las niñas se fueran a St. Barts. Iban a ser unas semanas muy movidas. Cuando regresaran de Miami, él se quedaría en su casa otra vez, porque ya no estarían las niñas. No quería que sus hijas lo supieran, porque eso le daría demasiada importancia a ese encuentro, que Gabrielle quería que fuera lo más informal posible. Que él se quedara con ella les transmitiría el mensaje de que era algo serio, y no necesitaban saber eso todavía.

Alaistair parecía cansado pero encantado de verla cuando entró en su dúplex. Admiró las vistas de Central Park nevado. Parecía una postal navideña. Se quedó impresionado, aunque no sorprendido, por los cuadros que tenía en las paredes. Eran preciosos, algunos de artistas desconocidos y otros de grandes nombres. Gabrielle los había heredado de su padre. La mayor parte de los cuadros importantes que tenía eran de Arthur, los había comprado él y se los llevó cuando la dejó. Gabrielle no los echaba de menos, y a Alaistair le gustaban los que ella tenía. Gabrielle llevaba vaqueros y un jersey rosa. Él sonrió, dejó la bolsa en el vestíbulo y la siguió a la cocina.

Se sentó a la mesa mientras ella iba dejando platos delante de él. Había puesto la mesa con un mantel y servilletas muy delicadas y un ramo de flores blancas. Él se acercó a ella y la besó cuando se sentó a su lado.

—Está claro que aquí vive una mujer —comentó y ella enarcó una ceja.

—Ah, ¿sí? ¿Por qué?

—Todo está muy ordenado. Los hombres son genéticamente incapaces de lograr ese efecto —confesó y ella rio.

—Tú también eres ordenado.

—Solo porque sabía que ibas a venir —reconoció, y ella soltó una carcajada.

—Seguramente no te falta razón. Me gusta tener la casa ordenada.

Entonces se fijó en que le temblaban las manos. No mucho, solo un poco. Él vio que ella lo miraba cuando se sirvió un poco de salmón y un trocito de limón, pero ella no preguntó.

—Es un efecto secundario de los fármacos —respondió a la pregunta que ella no había llegado a hacer—. Y también algún que otro dolor de cabeza y debilidad y mareos ocasionales. Las cosas están en plena ebullición. La batalla se recrudece —reconoció, intentando no darle importancia, aunque había sentido esos efectos tras el tratamiento de noviembre más que antes—. La buena noticia es que parece que está funcionando. El profesor Leblanc me ha llamado esta mañana antes de salir para darme los resultados de los últimos análisis de sangre. Las cifras son buenas. No mucho, pero la aguja se ha movido un poquito. Él cree que es una buena señal. Va a aumentarme la dosis cuando vuelva y a darle de lleno durante los próximos tres meses. El cóctel que me dan en Londres también será más fuerte. Espero que tus hijas no se fijen en que me tiemblan las manos y piensen que estoy borracho.

—No se nota tanto. Es porque yo estoy muy cerca. —Pero seguía pareciendo que estaba bien. Mejor que cuando lo dejó en su casa dos semanas antes.

Después de comer le enseñó el apartamento. Era precioso, y muy diferente de su loft de Londres. Era espacioso y luminoso, con una iluminación suave y unas vistas espectaculares al parque desde los dos pisos. Tenía un jardín en la terraza, pero todas las plantas estaban muertas por el frío y la nieve. Ella hacía que lo replantaran todas las primaveras con flores de bonitos colores.

Acabaron la visita en el dormitorio. Ella había dudado sobre si dormir allí juntos o no. Nunca había dormido allí con nadie más que con Arthur y pensaba que tal vez se sentirían incómodos, pero al final decidió que tenía que dejar de tratar ese dormitorio como si fuera un altar. Le hizo sitio en el armario para que colgara su ropa y le señaló el antiguo baño de Arthur, que estaba frente al suyo. Era un apartamento elegante. Las niñas se habían criado allí y ella había conservado sus habitaciones tal cual. Todavía era su casa.

Él sacó lo que necesitaba para pasar la noche mientras ella lo miraba y después se fue a dar una ducha. Volvió con una toalla alrededor de la cintura y ella sonrió al verlo. Se le veía sexy y joven para su edad. Tenía un cuerpo espectacular. Le dio un tironcito a la toalla para quitársela y él la besó. Unos minutos después estaban en la cama que había compartido con Arthur y los fantasmas quedaron exorcizados para siempre. Los recuerdos de Arthur permanecieron en el pasado.

Su futuro era incierto, pero su presente, lleno de amor y de alegrías, era suficiente para ambos.

12

A la mañana siguiente dieron un largo paseo por Central Park y comieron en el hotel Mark después de que Alaistair se registrara. Luego pasearon por delante de los escaparates de la Quinta Avenida hasta que llegaron a la catedral de Saint Patrick. Era una magnífica iglesia justo enfrente del Rockefeller Center. El enorme árbol de Navidad ya estaba montado, pero aún no habían encendido las luces. Dentro, Gabrielle encendió una vela por cada una de sus hijas y una gran vela de novena para Alaistair.

—¿Para quién es la grande? —preguntó él en un susurró cuando ella abrió los ojos y se sentó en el banco a su lado.

—Para ti —respondió ella muy seria; él sonrió.

—Seguro que eso es mejor que el tratamiento del profesor Leblanc, y además no hará que me tiemblen las manos —dijo. Ella se acercó y le dio un beso en la mejilla.

Volvieron a pie hasta su hotel y estrenaron la cama de allí también. Después, los dos se quedaron tumbados muy juntos, con el largo pelo de ella desparramado sobre el cuerpo de él, hasta que a ella le pareció que ya era hora de irse. Quería estar arreglada cuando llegaran sus hijas. Iba a cenar con ellas en su casa esa noche. Alaistair pediría algo al servicio de habitaciones y vería una película, porque reconoció que estaba agotado. Tenía *jet lag*, y además ese día habían caminado unos ocho kilómetros, así que necesitaba una noche tranquila. Ella quería que pasara por su casa al día siguiente para conocer a sus hijas antes de que se fueran por ahí. Todos los amigos de Georgie habrían vuelto a casa desde la universidad para pasar ese fin de semana largo. Muchos de los de Veronica estaban desperdigados por varias ciudades, como Chicago, Boston, Houston o Miami. Habían encontrado trabajo en diferentes partes del país. A ella le encantaba el suyo en Los Ángeles.

—En Inglaterra la gente suele quedarse cerca de casa —comentó él—. La mayoría no pueden permitirse irse a vivir a otras ciudades si no tienen algún trabajo con el que mantenerse.

—Ojalá eso fuera así aquí también. Me encanta que estén en casa.

Él vio la nostalgia en sus ojos y cuánto las echaba de menos. Luego regresó caminando al apartamento. Lo tenía todo listo para sus hijas cuando llegó Veronica desde el aeropuerto. Su habitación estaba preparada y ventilada, le había puesto sábanas limpias y había algo para comer en la nevera por si le apetecía. Ninguna de las dos quería nada nunca. Solo deseaban salir a ver a sus amigos. La habitación de Georgie también estaba lista. Gabrielle se aseguró de que todo estuviera perfecto cuando llegaran.

Veronica le dio un abrazo enorme y al instante miró su teléfono para ver quién la había llamado. Ya estaba escribiéndoles mensajes a sus amigos cuando Georgie entró, media hora después. La casa se llenaba de vida cuando ellas volvían.

Las dos hermanas se fueron juntas veinte minutos después. Georgie dijo que ya habían llegado todos sus amigos y que había quedado con un par de ellos. La mejor amiga del instituto de Veronica, Julie, también había venido para las fiestas. Así que la casa se quedó vacía otra vez, pero era agradable saber que volverían a dormir. Le encantaba verlas un segundo mientras iban de paso a alguna parte y en la cocina cuando se levantaban por la mañana.

Llamó a Alaistair para desearle buenas noches en cuanto se quedó sola. Él estaba viendo la televisión, medio dormido.

—Te echo de menos —dijo con voz somnolienta—. ¿Qué tal están las niñas?

—Bien, pero han salido, como era de esperar. Volverán luego. Iría a verte, pero seguro que me quedaría dormida en tu cama en lugar de regresar a casa.

Se habían acostumbrado a pasar todas las noches juntos en los viajes que habían hecho.

Oyó volver a sus hijas horas después. Por la mañana ya estaba preparando café cuando se despertaron. Veronica tenía planes para pasar el día y Georgie les mandó mensajes de WhatsApp a todos sus amigos. Gabrielle se dio cuenta de que tenían el día completo y le escribió a Alaistair para que se pasara a mediodía y así poder presentárselo antes de que se fueran.

Cuando él llegó, ellas ya estaban preparadas para salir. Se sorprendieron cuando sonó el timbre, y más cuando su madre entró en la cocina acompañada de un hombre. Era alto y guapo, con los ojos azules y el pelo canoso. Se habían olvidado de Alaistair con la vorágine de contactar con sus amigos y parecieron sorprendidas cuando su madre se lo presentó. Como las había pillado por sorpresa y no estaban preparadas se mostraron tímidas, algo que a Gabrielle le pareció una buena señal. Georgie fue la primera en recuperarse y lo miró de arriba abajo con interés.

—¿Tú eres el misterioso invitado a la cena de Acción de Gracias? —preguntó con una sonrisa.

—Creo que sí —contestó. Veronica se acercó, para no quedar eclipsada por su hermana pequeña—. He venido desde Londres para probar el pavo. Nunca he estado en una auténtica celebración de Acción de Gracias. Y quería conoceros también. Gracias por hacerme un hueco en vuestra mesa —dijo muy educado.

—Yo también voy a traer a un amigo —añadió Georgie.

Llevaba vaqueros, botas militares, un chaquetón de marinero y un gorro de lana que le quedaba muy bien—. Hoy se va a comprar unos zapatos o mamá no le dejará cruzar la puerta. Así que te aconsejo que no vengas con zapatillas Nike —le dijo. Alaistair se echó a reír.

—Las mías son Adidas —contestó, y ella sonrió. Era simpático y agradable.

—Mamá me ha dicho que eres médico —intervino Veronica. Ella iba muy elegante, con un abrigo rojo que se había comprado en Los Ángeles y tacones negros. A su madre le parecía que iba vestida para una cita, pero estaba claro que no tenía intención de contarles nada. No tenía novio en ese momento, al menos que ella supiera.

—Sí —respondió Alaistair—. Soy internista.

—Por eso nos conocimos —explicó su madre—. Cuando fui a París en septiembre. Los dos nos alojamos en el Louis XVI. Yo abrí la puerta. Un hombre que había en una habitación frente a la mía estaba teniendo un ataque al corazón y Alaistair le estaba haciendo la RCP. Le salvó la vida. —Contó la historia porque supuso que le haría ganar unos cuantos puntos. Sus dos hijas parecieron impresionadas.

—Yo le hice la RCP, pero después llegó todo un equipo médico del servicio de urgencias francés, el SAMU, y más tarde lo operó un cirujano. Todo eso fue lo que lo salvó. Yo solo lo mantuve con vida hasta que llegaron. Fue un momento bastante dramático. El hombre solo tenía treinta y ocho años.

—Seguro que pasasteis mucho miedo —exclamó Georgie, impresionada. Hasta Veronica parecía interesada. Le gustaba cómo hablaba con ellas y se dio cuenta del cariño que había en sus ojos cuando miraba a su madre.

—Tenía una anomalía en el corazón que no le habían diagnosticado y que podía haberlo matado. Pero lo operaron esa misma noche y ya está recuperado.

—Muy heroico. ¿Te dio las gracias? —preguntó Georgie.

—Sí. Y su prometida y él me han invitado a su boda. Y a vuestra madre también. Fue una noche muy extraña. Un poco más tarde también mataron a alguien al final del pasillo.

—¿Que mataron a alguien? —Veronica lo miró horrorizada—. ¿Le dispararon? ¿O lo apuñalaron? ¿Y hubo más muertos?

—No. Decían que había sido un accidente. Hubo una discusión entre un político gay y el hombre que lo chantajeaba y uno de ellos acabó muerto.

—Mamá, creo que deberíais ir a otro hotel la próxima vez —aconsejó Veronica. Su madre sonrió.

—Se me pasó por la cabeza, pero a tu padre y a mí siempre nos ha gustado ese y tiene una ubicación estupenda. Además, nadie más resultó herido. —No les recordó lo de la amenaza de bomba de la siguiente visita, porque entonces no le permitirían volver a París—. Declan Dragon se alojó allí también. Destrozó toda una planta y tuvieron que echarlo.

Georgie estaba fascinada con toda esa información y Veronica sonreía. Cogió su bolso para irse mientras examinaba a Alaistair. No parecía una gran amenaza para ninguna de ellas y se había portado bien durante las presentaciones. Las dos chicas se fueron en tres minutos y Georgie le recordó lo de los zapatos para la cena del día siguiente. Él le aseguró que no lo olvidaría. Cuando se fueron, él suspiró profundamente y se sentó a la mesa de la cocina.

—No ha ido mal, ¿no? —preguntó Gabrielle, que se inclinó para besarlo.

—He fingido que eran pacientes nuevas y que tenía que darles un poco de conversación —contestó con una sonrisa.

—Pues tu forma de calmar a los pacientes es excepcional. Las has engatusado a las dos. Conozco a mis hijas. Te darán el visto bueno completo mañana. Me alegro de que las hayas conocido ya. Así, verte mañana no será una novedad. Me ha parecido bien que no te deshicieras en elogios y que hayas preferido tratarlas como gente normal.

—Son muy guapas. Se parecen a ti —dijo para halagarla.

—Veronica se parece a su padre. Pero Georgie es igual que yo a su edad. Solo que tiene más confianza en sí misma. No se inmuta ante nada.

—Estaba hecho un manojo de nervios por conocerlas —reconoció. Ella ya lo sabía—. No estoy acostumbrado a tratar con chicas de su edad. Y no dan tanto miedo. Son muy educadas y espontáneas. Me las imagino haciéndole la vida imposible a su madrastra rusa. —Se notaba que eran chicas confiadas, inteligentes y bien educadas.

—Arthur no hizo bien las cosas desde el principio y les presentó a su esposa sin previo aviso. Eso no funciona con ellas. Y su mujer es complicada. Seguro que se llevan bien contigo a partir de ahora. Los misterios no les hacen gracia, y encontrarse una sorpresa como Sasha fue un shock tremendo para ellas.

—Pero no había nada en Alaistair que pudiera desagradarlas. Era un caballero y una persona buena y cariñosa.

Se pasaron la tarde de compras y haciendo recados. Después, Alaistair regresó a su hotel para descansar. Cuando volvió a casa, sus hijas le dijeron que habían hecho planes para cenar con sus amigos, así que recogió a Alaistair al hotel y disfrutaron de una suculenta cena en un restaurante del barrio. Después, Alaistair la acompañó a casa. Ella lo invitó a subir a tomar una copa, pero él dijo que estaba muy cansado, la besó y regresó al hotel.

Estaba contenta de que ya hubieran pasado el trámite de las presentaciones. Las niñas parecían no tener ninguna objeción respecto a él. Si la tuvieran, habrían llevado a su madre aparte inmediatamente y se lo habrían dicho. Lo habían tratado como a un accesorio innecesario, pero no como el enemigo. Habían llegado hasta allí sin incidentes de importancia. Gabrielle sabía que Alaistair dormiría mucho mejor esa noche sin la preocupación que le suponía conocerlas. Al día siguiente era Acción de Gracias. Todos estaban deseando que llegara.

Cuando Georgie apareció al día siguiente con su amigo, justo antes de la comida de Acción de Gracias, él llevaba unos zapatos tipo Oxford de cuero negro del cuarenta y ocho y medio recién comprados, muy elegantes, pero era su pelo lo que desentonaba. Llevaba unas rastas que hacían que pareciera un puercoespín y un pendiente en el tabique nasal que hizo que Gabrielle estuviera a punto de dar un respingo cuando lo vio. Después oyó que Georgie le susurraba en el pasillo: «Te dije que te lo quitaras para venir a comer». Pero él no le había hecho caso. Era un chico inteligente e interesante que estudiaba Ciencias Políticas en la Universidad George Washington. Llevaba vaqueros negros con rotos en las rodillas, una camisa de cuadros arrugada por fuera de los pantalones y una chaqueta de pana de color mostaza tres tallas más pequeña de lo que necesitaba. Apenas se podía mover con ella. Explicó que era de su hermano menor, que tenía catorce años. Dijo que tenía un blazer, pero que no lo había encontrado y que creía que su madre se lo habría dado a alguien.

Se llamaba Joel y su familia vivía en Tribeca, un barrio muy moderno. Estaba claro que no tenía ropa decente que ponerse, a pesar de que Georgie había creído lo contrario. Era un chico agradable que la ayudó a servir la comida en la mesa. Gabrielle no le dijo nada a Georgie sobre él. No tenía sentido. Ella llevaba una minifalda negra, unas botas Doctor Martens que le llegaban a la rodilla, medias de red y un jersey negro, mientras que Veronica se había puesto un traje de Chanel gris claro de su madre y zapatos de tacón negros muy parecidos a los que llevaba Gabrielle. Alaistair apareció con un traje gris oscuro, una camisa blanca y una corbata azul marino de Hermès. A Gabrielle le pareció que estaba muy guapo.

El pavo le quedo en su punto y Gabrielle le explico cómo se trinchaba. Las chicas la habían ayudado con la salsa y las verduras, y Gabrielle había preparado dos tipos de relleno, con castañas y sin ellas. Fue la comida de Acción de Gracias perfecta. De postre tenían un montón de pasteles (de manzana, de frutos secos, de nueces pecanas y de calabaza) con nata montada y helado de vainilla. Al final estaban todos tan llenos que no podían moverse, pero les había encantado. A Alaistair le impresionaron las dotes culinarias de Gabrielle.

—No te emociones. Es lo único que sé cocinar bien. Hago lo mismo en Navidad. No soy famosa por mi cocina.

Joel se fue poco después de comer y aparecieron tres amigas de Georgie para pasar la tarde con ella en su habitación. Veronica se marchó con un chico que la esperó en el portal para ir a la cena de Acción de Gracias de otra persona. Alaistair y Gabrielle se quedaron sentados en el salón, charlando. Había montañas de platos en la cocina, esperando a la asistenta, que vendría al día siguiente. Había sido una comida fabulosa y todos estaban felices. Alaistair se lo pasó muy bien con las dos hijas de Gabrielle y no faltó la conversación, a pesar de su diferencia de edad. Hablaron de política, de moda y le preguntaron a Alaistair si tenía hijos. Parecieron aliviadas cuando les dijo que no. Veronica les habló del museo y Georgie de un trabajo que estaba escribiendo.

—Me gusta Acción de Gracias —concluyó Alaistair, satisfecho.

—Es una buena excusa para reunir a todo el mundo en casa —respondió Gabrielle. Después, los dos se rieron al recordar la ropa de Joel y el pendiente de la nariz. Pero su pelo le hacía menos gracia a Gabrielle—. Si acabamos todos con piojos por culpa de sus rastas, la mataré por haberlo invitado —aseguró.

—No te puede pegar los piojos, a no ser que te pongas uno de sus gorros. —Había escondido las rastas en un gorro jamaicano cuando se fue. Le dio las gracias a Gabrielle por la comida, pero dijo que tenía que volver a casa para cenar con sus padres y su hermano—. Supongo que tendrá que devolverle la chaqueta —le dijo Alaistair a Gabrielle. Había estado apretujado dentro de ella toda la comida y apenas podía mover los brazos—. Ha sido divertido tenerlos aquí. Y tú lo has organizado muy bien —añadió con admiración.

—No había mucho que organizar. Son todos adultos, o casi. Solo queda que Georgie acabe la universidad, que las dos elijan carreras profesionales que les encanten y, con suerte, que ninguna de las dos se case con alguien que se parezca a Joel —resumió. Él soltó una carcajada.

—Ha sido muy educado —lo defendió Alaistair con una sonrisa—. Y es inteligente. Me ha parecido que lo has tratado muy bien. No estaba muy seguro de qué harías cuando he visto ese pendiente.

—He decidido que no merecía la pena ponerse frenética. No creo que esté enamorada de él, o al menos no lo va a estar mucho tiempo. Le hacía más ilusión ver a sus amigas. Creo que lo ha invitado solo porque yo te he invitado a ti, para no quedar descolgada. Su padre se vuelve loco con la ropa que se pone, pero ya se le pasará, es una fase.

—Creo que yo habría sido un padre horrible. Me habría centrado en las cosas equivocadas.

—Siempre y cuando ninguna de las dos acabe enganchada a las drogas, embarazada o en la cárcel, puedo vivir con cualquier otra cosa. —Aunque siempre estaba pendiente de todo, por si acaso.

—Mis padres eran muy exigentes con mis notas —comentó.

—Las niñas han sido siempre buenas estudiantes, así que no he tenido que preocuparme mucho por eso. Ahora me inquietan las cosas más relevantes, como que se casen con el hombre equivocado algún día. Pero, con suerte, para eso todavía queda mucho. Aunque yo era más joven que Veronica cuando me casé con Arthur. —Le sonrió a Alaistair—. Gracias por venir. Al menos ya las conoces.

—Espero verlas más.

—Y yo también —añadió ella con cariño.

Cuando las chicas se fueron, ella lo acompañó al hotel y se quedaron tumbados en su cama. Había sido un día largo y era agradable estar solos de nuevo. Él se durmió con ella acostada a su lado y ella se quedó mirándolo, esperando que el tratamiento del profesor Leblanc hiciera magia con su cuerpo. Le acarició el pelo y lo dejó dormir. Un rato después regresó a casa. Quería estar allí cuando las niñas volvieran. Había estado muy bien tenerlo allí con ellas. Hacía que todo pareciera más real y ya no era un secreto.

Veronica lo mencionó cuando volvió, mientras Gabrielle intentaba ordenar un poco la cocina. Se había cambiado para ponerse unos vaqueros.

Su hija fue a coger una botella de agua para llevársela a su cuarto.

—Me cae bien tu amigo, mamá —dijo sin más.

—Gracias, a mí también. Es una buena persona. Aunque es un poco complicado, con él viviendo en Londres y yo aquí.

Veronica asintió; a ella también la parecía complicado, pero las cosas, si tenían que ser, encontrarían la forma de encajar.

—Que él no tenga hijos lo facilita. Es difícil conocer a los hijos de los demás. Sería una complicación más —comentó Veronica con ingenuidad.

No tenía hijos, pero sí una enfermedad mortal y estaba luchando por vivir. Al menos estaba peleando y no se había rendido. Se acordó de las pastillas que había tirado al Sena.

—Perdona que te dejemos sola en Navidad para irnos con papá y la madrastra.

Gabrielle sonrió.

—No pasa nada, estaré bien.

Veronica tenía claro que era cierto. Últimamente se la veía contenta, y no solo porque tuviera un hombre en su vida. Parecía estar disfrutando y en paz.

—¿Vas a pasar las navidades con él? —preguntó su hija.

—Creo que sí —contestó.

Veronica asintió y se fue a su cuarto. Las cosas no eran igual que cuando sus padres estaban juntos, pero al menos su madre por fin se encontraba mejor. Cuando Veronica se marchó, Gabrielle apagó las luces de la cocina y rezó para que no fueran las últimas navidades de Alaistair. Sería una injusticia. Pero de ser así, al menos harían que fueran las mejores de su vida y que ella las pudiera recordar siempre. Eso era lo que tenían por ahora y solo podían vivirlo y disfrutarlo día a día.

13

Cuando las chicas regresaron el domingo a Los Ángeles y a Washington después de Acción de Gracias, Alaistair se trasladó de nuevo el apartamento de Gabrielle. Ella había almorzado con sus hijas por la mañana y Alaistair se había unido a ellas. Le dieron un abrazo de despedida, un gesto que lo sorprendió y lo conmovió.

—Cuida de mi madre —le susurró Veronica. Él asintió.

Tenía los ojos llenos de lágrimas cuando se dio la vuelta. Cuidarla era lo único que quería hacer y esperaba que el destino se lo permitiera. Su futuro era un misterio que ninguno de los dos podía adivinar. Pero ¿quién podía? Cuando las niñas se fueron, él rodeó los hombros a Gabrielle con un brazo. Ojalá la hubiera encontrado antes, pero el tiempo que compartían estaba siendo infinitamente maravilloso.

Volaron a Miami el lunes. Gabrielle había reservado habitación en el Edition, un lugar muy conveniente para el acceso a la feria. También había ferias de arte más pequeñas alrededor de Art Basel. Tenía que reunirse allí con tres clientes y buscar obras para otros cuatro. Era una semana de trabajo muy ajetreada para ella y un lugar fascinante para él. Dejaron el equipaje en el hotel y fueron directos al recinto principal, donde todavía estaban montando alguno de las estands. A ella le gustaba estar allí al principio, antes de que se vendieran las mejores piezas. Le dijo a Alaistair que unos días después eso sería una casa de locos. Ella tenía un acceso directo a todas partes gracias a los pases que le habían dado los marchantes. Ver la feria con ella era emocionante y una aventura para Alaistair. Cuando tuvo que ver a un cliente, él volvió al hotel y se sentó un rato en la piscina. Últimamente estaba cansado, más de lo que quería admitir; los sucesivos tratamientos empezaban a pasarle factura. No estaba dispuesto a admitirlo delante de Gabrielle, pero ella lo sabía de todas formas, por eso lo animaba a que durmiera hasta tarde y que se relajara cuando podía. Era un evento agotador para todos, pero mucho más para él.

Pasó dos días en la feria con ella, aunque también tuvo tiempo de explorar Miami y de descansar en la piscina. El aire cálido y el sol le daban energía. Hablaba a menudo con Geoff, que estaba en su consulta, y todo parecía ir perfectamente.

El viernes, Gabrielle ya había visto todo lo que necesitaba ver y había conseguido lo que quería. Había comprado unas obras estupendas para el cliente griego, entre ellas un Picasso fabuloso. La venta se hizo guardando una confidencialidad estricta y sin revelar el nombre de su cliente. Se lo contó todo a Alaistair y después se quedó dormida con la cabeza apoyada en su hombro durante el vuelo a Nueva York. Durante el aterrizaje se encontraron una ligera tormenta de nieve y ya era bastante tarde cuando llegaron a su apartamento. Central Park cubierto de nieve ofrecía una imagen muy navideña.

Al día siguiente los dos durmieron hasta tarde y después se prepararon para la boda de Richard y Judythe, que se celebraría en el hotel Plaza a las seis de la tarde. La nieve cubría el suelo y hacía mucho frío. Había solo unas treinta personas. Alaistair y Gabrielle tenían el honor de estar incluidos en ese selecto grupo. Judythe estaba preciosa con un vestido de color lavanda claro y un ramito de violetas y el pelo rubio en un recogido suelto. Y Richard iba muy guapo con un traje oscuro y un ramillete de violetas en la solapa.

Los padres de Judythe estaban allí, igual que su abuela de noventa años. Un pastor ofició la ceremonia, y los dos lloraron cuando intercambiaron sus votos. Habían luchado mucho para llegar a donde estaban y les había llevado su tiempo. Además, ambos estaban muy emocionados por el bebé que esperaban. Apenas se le notaba todavía. Richard la miraba como si no se pudiera creer la suerte que tenía. En el discurso que dio después le atribuyó a Alaistair el mérito de que él estuviera allí y a Judythe el de haberlo mantenido con vida en París hasta que llegó el equipo de urgencias. Gabrielle apretó la mano de Alaistair cuando él lo recordó. Sin aquel episodio, ella no lo habría conocido. Y meses después Richard estaba vivo y sano, Judythe y él se acababan de casar y había un bebé en camino.

Viajarían a Roma para su luna de miel, como habían planeado. Era un final y un principio más feliz de lo que hubieran podido soñar. A todos les pareció la boda perfecta y una ocasión para celebrar.

Alaistair y Gabrielle pasaron el domingo juntos, y el lunes Alaistair regresó a París para recibir el siguiente tratamiento. Gabrielle se quedó en Nueva York. Tenía trabajo que hacer para sus clientes tras la feria Art Basel, envíos que confirmar y transferencias que gestionar. Sus hijas volverían a Nueva York para una celebración navideña anticipada con ella antes de ir en el avión de su padre a Saint Barts para subirse allí al barco que había alquilado. Tenía por delante unas semanas muy intensas. El día 23 volaría a Londres para pasar las navidades con Alaistair en Sussex, en la casita de la viuda, un plan que a ella le parecía perfecto.

Alaistair la llamó cuando llegó a París. Esta vez se iba a alojar en un hotel pequeño de la orilla izquierda, más cerca de la consulta del profesor. Tampoco se quedaría más que lo necesario. Solo una noche, para descansar tras el tratamiento, y después cogería el Eurostar de vuelta a Londres.

El profesor se mostró satisfecho con los resultados de las pruebas que le había hecho a Alaistair durante su visita anterior y no le sorprendieron ni la pérdida de peso ni la fatiga que estaba sufriendo. Era lo normal en esa fase. Ya se encontraban en el ecuador. Tras esa sesión tendría que darse dos más, en enero y en febrero, y a partir de ahí verían si se producía algún beneficio a largo plazo o no. Él ya había vivido un mes más de lo que le vaticinaron cuando empezó. Entonces no creyó que pasaría de noviembre. En ese momento, cada día era un regalo, y el futuro, un misterio por descubrir.

Cuando volvió al hotel donde se alojaba se sintió peor que otras veces. Estaba demasiado cansado hasta para escribirle un mensaje a Gabrielle. Ante su silencio, ella se preguntó si le habrían dado malas noticias y él no quería contárselas. Alaistair se despertó sobresaltado a las dos de la mañana y la llamó de inmediato. Eran las ocho de la noche en Nueva York y ella estaba muy preocupada porque no la había llamado. Se le llenaron los ojos de lágrimas cuando oyó su voz.

—¿Estás bien? ¿Qué te han dicho?

—Todo va bien. Los efectos secundarios no le han sorprendido. Estaba tan cansado cuando volví a mi habitación que me he quedado dormido con el teléfono en la mano mientras te escribía un mensaje. Perdona, no quería preocuparte. —Oyó que ella lloraba y se sintió fatal por ser la causa. Él la había arrastrado a aquello. Y podía haber cosas peores por venir y una tragedia al final. Pero era demasiado tarde para dar marcha atrás. Estaban juntos en esto. Ella se había involucrado con conocimiento de causa y los dos tendrían que navegar todas las olas que estuvieran por venir hasta el final y ver dónde los llevaban.

—Me he preocupado mucho cuando no he tenido noticias tuyas.

—No volverá a pasar, te lo prometo.

—Te veré pronto —dijo con voz ahogada mientras se limpiaba los ojos—. No te preocupes por mí, estoy bien —añadió para tranquilizarlo—. Es que me encuentro algo cansada. Miami siempre me agota. Descansa mañana cuando llegues a casa. ¿Por qué no le pides a Geoff que se quede unos días más?

—Me las apañaré —aseguró—. No puedo tener a Geoff en la consulta todo el tiempo, aunque parece que mis pacientes lo adoran. Es un tío estupendo.

—Tú también y te quiero, así que pórtate bien. Y ponte la mascarilla en el tren para que no te contagies de nada.

Ella lo había obligado a ponérsela en el vuelo a Miami y él se sintió estúpido, pero el profesor Leblanc también se lo había aconsejado. El contagio era un gran enemigo en su estado de debilidad. Su sistema inmunitario era prácticamente inexistente en ese momento.

Se quedó dormido otra vez después de hablar con ella, y también a la mañana siguiente, en cuanto cogió el tren hasta Londres. Geoff lo mandó a casa cuando se presentó en la consulta. Parecía exhausto y su sustituto le aseguró que asustaría a los pacientes si lo veían así. Tenía unas profundas ojeras y una palidez muy pronunciada que había preocupado a Gabrielle durante el último mes. Pero aguantaba, a pesar de todo.

Las chicas llegaron a Nueva York una semana antes de Navidad para pasar una noche con su madre e intercambiar los regalos. Ella sabía todo lo que les gustaba e hizo su cena tradicional de pavo, pero en ese caso con pollo, que tenía un tamaño más adecuado dado que iban a ser solo tres. Después se despidieron entre lágrimas, aunque antes se disculparon otra vez. Las dos estaban contentas de que ella se fuera a Londres a ver a Alaistair y no estuviera sola. Les recordó que no fueran desagradables con Sasha, porque eso pondría de mal humor a su padre, que se enfadaría con ella. Las dos sabían que su madre tenía razón, pero ambas pensaban que Sasha era insoportable. Seguro que recorrería el barco pavoneándose y haciéndole carantoñas a su padre. Iba a ser muy complicado no perder la paciencia con ella. Y, además, el bebé no paraba de llorar. Harían todo lo posible por evitar a su madrastra; por suerte, el barco era enorme. Las dos chicas se fueron cogidas del brazo y sintiéndose fatal por dejar a su madre, tanto que prometieron que no lo volverían a hacer.

Gabrielle cogió el vuelo a Londres el 22 de diciembre por la noche y llegó el 23, como había prometido. Encontró a Alaistair en la cama y todavía más delgado que la última vez. Geoff había estado sustituyéndolo unos cuantos días.

—¿Deberíamos llamar al profesor Leblanc? —le preguntó.

Le habían advertido que, cuando llegara el final, podría ser algo rápido, y él ya había superado las previsiones del pronóstico original. Continuaba con el protocolo de tratamiento del profesor, pero parecía que se estaba muriendo igualmente.

—Ya lo he llamado —dijo—. Me ha dicho que está todo dentro de lo previsto. Me hizo más pruebas y los resultados son razonablemente buenos. Dice que las cosas se ponen más difíciles según se acerca el final del tratamiento y que sabremos más en enero y febrero. —Había recibido su cóctel de mitad de mes en Londres la semana anterior y en esa ocasión le había sentado mal. Gabrielle le hizo la maleta para ir a Sussex y él condujo, pero estaba tan cansado que ella temió todo el tiempo que se quedara dormido al volante. Para mantenerlo despierto le estuvo hablando todo el rato e intentó hacerle reír con los primeros informes de sus hijas sobre el viaje con Sasha. Cuando llegaron a Sussex, Gabrielle lo mandó directa a la enorme cama con dosel de caoba. Un rato después le llevó un plato de la sopa que habían traído de Londres y se lo encontró profundamente dormido. No quiso despertarlo, así que regresó con la sopa a la cocina otra vez. Solo esperaba que no se estuviese muriendo y que ellos no lo supieran. Geoff le había dicho que había un hospital cerca de allí y que lo llevara allí en el coche si era necesario, aunque a ella no le gustara la idea de conducir por el otro lado de la carretera de noche. Pero haría cualquier cosa por él y se sentía agradecida de poder estar con Alaistair en esos momentos.

Se tumbó a su lado sin despertarlo. Se quedó así mucho raro, simplemente observando cómo respiraba. Se le veía en paz, y eso le dio miedo. Pero él se encontraba mejor a la mañana siguiente, cuando se despertó. Ella apenas durmió, porque había estado pendiente de él. Se tomó un desayuno abundante y después fueron a dar un paseo corto. Tenía mejor aspecto. Se dio cuenta de que Gabrielle estaba asustada. No hacía más que preguntarse si había sido una buena idea ir allí y si no hubiera sido mejor quedarse en la ciudad, cerca de sus médicos.

—Estoy bien —insistió.

Se echó una siesta después de comer y por la noche encendieron la chimenea. Era Nochebuena, y los dos se quedaron sentados y cogidos de la mano casi hasta medianoche. Después subieron al piso de arriba para acostarse. Él parecía muy tranquilo y feliz allí tumbado, sonriéndole.

—Eres la mujer más hermosa que he visto en mi vida —le dijo.

—Ahora estoy segura de que te estás quedando ciego —respondió ella y él se rio.

—No estoy ciego, y tú estás loca por estar aquí conmigo. Espero poder compensártelo algún día. Cuando todo esto acabe, deberíamos irnos a alguna parte.

Era la primera vez que hablaba del futuro y quería hacer planes. No sabía si estaría delirando, si realmente sentía que estaba mejorando o si solo intentaba animarla.

—Y, por cierto, feliz Navidad.

—Anda, sé bueno y duérmete o Santa Claus te dejará caca de reno en tu calcetín.

Él soltó una carcajada, pero minutos después estaba dormido. Por la mañana volvía a estar mejor y se sintió más fuerte de lo que lo había hecho en muchos días. Ella no sabía si era una señal de que el fin estaba cerca o una verdadera mejoría. Había oído que algunas veces la gente se sentía pletórica justo antes del fin.

Sus hijas la llamaron esa mañana para desearle feliz Navidad. Se lo estaban pasando bien, a pesar de Sasha, que iba por el barco en *topless*, vestida solo con un tanga de estrás, y a su padre le parecía fantástico. Georgie le dijo a su madre que creía que estaba perdiendo la cabeza o que ya la había perdido cuando se casó con ella. Gabrielle no quiso decir nada. No quería añadir leña al fuego de su odio por esa mujer.

Después de la llamada, Alaistair y ella intercambiaron los regalos. Ella le había comprado unos gemelos de oro con sus iniciales grabadas. Él le regaló un anillo con un diamante. Se lo puso en el dedo donde había llevado la alianza de matrimonio. Le quedaba perfecto. Ella sonrió cuando lo vio brillar justo en ese lugar y no le puso ninguna pega ante ese gesto tan significativo.

—Cuando esto acabe, podemos formalizar la relación, si lo deseas. Mientras tanto, quiero que te lo pongas, con la esperanza de que lleguen días mejores.

Ella volvió a sonreír y lo besó. Era un regalo muy extravagante, pero le encantaba.

Pasaron una semana en Sussex y él fue mejorando día a día. Los dos temían que su siguiente tratamiento en París lo debilitara aún más. Alaistair había llamado al profesor y él le había dicho que se quedaría ingresado en el hospital el día del siguiente tratamiento y seguramente lo tendría por la noche en observación.

Los dos volvieron a Londres el día de Año Nuevo, aunque

no querían abandonar la paz y el ambiente acogedor de la casita de la viuda. Un día después cogieron el tren a París y se registraron en el Louis XVI.

—Si alguien comete un asesinato esta vez, seguro que soy yo si hay otro aviso de bomba —anunció.

Estaba irritable y preocupado por el tratamiento del día siguiente. Ella lo llevó al hospital y se quedó con él hasta que llegó el profesor para administrarle la dosis correspondiente. Lo sedaron, como en las anteriores ocasiones. Durmió todo el día y pasó allí la noche. Pero no se le veía tan débil como las otras veces. Solo le faltaba una más, un mes después. Habían conseguido que superara la actual, que era la más fuerte hasta el momento.

Se quedaron en el hotel dos días. Cuando regresaron a Londres, él ya estaba lo bastante recuperado como para retomar su trabajo en la consulta, lo que suponía una mejoría enorme. Gabrielle tenía los nervios de punta todo el tiempo y no podía dejar de preocuparse por lo que pasaría después, pero el tratamiento más fuerte no lo había afectado tanto en esa ocasión. Volvió a Nueva York a final de semana. Tenía que ver a su cliente griego y acompañarlo a instalar el nuevo Picasso en el barco. Había atracado de nuevo en Nueva York para instalar ese cuadro y los otros cinco que ella le había comprado.

Cuando Gabrielle dejó Londres, le prometió a Alaistair que volvería inmediatamente si la necesitaba. Si no, la esperaban varias semanas de mucho trabajo en Nueva York y después se encontraría con él en París para la última dosis y las pruebas que el profesor Leblanc quería hacerle al final del tratamiento. Por el momento habían pasado las vacaciones y él seguía vivo. A ambos les parecía una gran victoria, aunque hubo noches en las que no durmió nada.

Llevaba el anillo que le había regalado cuando se fue. No se lo había quitado desde entonces. Él también se había puesto los gemelos de oro para su primer día de vuelta en la consulta. Geoff se fijó en ellos al instante y le dijo que eran muy bonitos. Se sintió aliviado al ver que Alaistair tenía mejor aspecto. Había pasado un punto de inflexión entre Navidad y Año Nuevo y parecía que recuperaba las fuerzas poco a poco. Solo trabajaría media jornada, pero quería ir a la consulta todos los días para ver a sus pacientes. Contaba con una enorme cantidad de determinación, coraje y perseverancia y ella lo admiraba por todo ello.

Las vacaciones fueron difíciles para él, pero había conseguido superarlas y, a pesar de su debilidad y de la fatiga extrema, la felicidad inundaba cada momento que Alaistair pasaba con Gabrielle. Aunque todavía no había ninguna señal de que fuera a ocurrir, ellos rezaban porque se produjera un milagro.

14

La Navidad en la casa de Patrick Martin fue como era de esperar. Él vivía en el apartamento amueblado que tenía alquilado y Alice en su piso. Marina volvió de la universidad para pasar las fiestas navideñas y fue a ver a su padre todos los días, aunque vivía en casa de su madre. Damien se había negado a visitar a su padre durante los últimos dos meses alegando que no podía soportar ni mirarlo por culpa de su hipocresía y sus mentiras y lo que le había hecho a su madre. Alice estaba demacrada, extenuada por la tensión que vivía todo el tiempo. El dolor, la vergüenza, la humillación, el terror de lo que podía traer el futuro… Estaban viviendo del dinero que quedaba en su cuenta conjunta, que se agotaba con rapidez. Patrick había utilizado una gran parte para pagar el adelanto al abogado penalista para la preparación del juicio y había acabado con sus ahorros con los pagos del chantaje de Sergei.

Él solo hablaba con sus abogados, con nadie más, para preparar el juicio, que se había aplazado unas semanas, hasta febrero. No pensaba en otra cosa ni de día ni de noche, y estaba aterrado con la posibilidad de ir a la cárcel y de lo que le harían allí. Odiaba a Sergei Karpov con una pasión desmedida por lo que le había hecho, en vida y después de muerto. Si Sergei estuviera vivo, Patrick creía que sería capaz de matarlo. Ya no se imaginaba ningún futuro, a no ser que lo declararan inocente y lo exoneraran. Pero incluso si eso ocurría, el público nunca olvidaría lo que había pasado y lo que había leído en los periódicos. Patrick odiaba también a los medios. Estaba lleno de rencor y vivía inmerso en una obsesión casi venenosa que flotaba a su alrededor como una forma letal de gas. Solo con estar cerca de él la gente se acababa envenenando.

Alice no había ido a verlo, solo Marina. Nadie más quería hacerlo. La Navidad fue muy triste en la casa familiar, con Alice y sus dos hijos enfrentados por culpa de su padre y con Patrick solo en su apartamento. No hubo fiestas para ellos ese año. No hubo regalos, ni intercambio de buenos deseos ni expresiones de cariño. La suya era una casa llena de muerte, y todo por culpa de Patrick y la vida tóxica que había llevado entre seres humanos de la peor calaña. Sergei ya se había liberado de su vida mortal, pero Patrick cargaba con todo el peso de sus errores, su mortalidad, sus pecados y sus mentiras. Todas las vidas que había tocado Patrick habían quedado envenenadas. No tenía aliados ni personas que lo apoyaran, ni tampoco seres queridos a su lado, excepto su hija. Él le había lavado el cerebro totalmente, hasta convencerla de que era una víctima que todo el mundo había maltratado y utilizado: el gobierno, su familia, la prensa y sobre todo su hermano, que lo había acusado de ser homosexual cuando Patrick seguía negándolo. Era un hombre muy enfermo que llenaba la cabeza de su hijo de mentiras en su beneficio. Y Damien lo odiaba todavía más por eso. Alice estaba bloqueada mientras veía a su familia desintegrarse. Ya se había quitado la alianza y solo esperaba que pasara el juicio para pedir el divorcio. Todos los papeles estaban listos y firmados, y lo único que ella quería a esas alturas era librarse de Patrick y que nada la uniera a él. Tras el divorcio, recuperaría su apellido de soltera. En ese momento habían interrumpido su trabajo en La Sorbona por las vacaciones y resultó un alivio.

Eran una familia a la espera de que cayera el hacha del verdugo. Solo Patrick, en su delirio, había empezado a creer que lo declararían inocente. Insistía en que ningún juez podría condenarlo por la muerte de alguien tan inútil como Sergei. Marina no volvió a la Universidad de Lille tras las fiestas. Tenía la cabeza llena de todo lo que le decía su padre y no podía irse sabiendo que nadie iría a visitarlo a diario, como hacía ella.

Todos vivían en el infierno que había creado Patrick. La celebración del juicio sería un alivio. Enero pasó muy despacio mientras esperaban.

Ese mes voló para Gabrielle, que estaba deseando volver a ver a Alaistair. Parecía que se encontraba mejor y más fuerte de nuevo. Ella hablaba con Geoff a menudo y él también le decía que su apariencia había mejorado. En diciembre sufrió un bajón aterrador, pero en enero se vio una ligera mejoría. Recibió la última dosis de Londres a mediados de enero. Gabrielle fue a París a encontrarse con él el día antes de su último tratamiento con el profesor Leblanc. Hacía un mes que no veía a Alaistair y a ella también le pareció que tenía mejor aspecto. Tenía un color más saludable y los ojos menos hundidos. También parecían brillar un poco más. Leblanc lo iba a ingresar en el hospital otra vez para finalizar el tratamiento y para hacerle una batería de pruebas al mismo tiempo. Gabrielle lo acompañó y esperó en el pasillo durante horas hasta que la dejaron verlo. Estaba muy sedado y no podía mantener los ojos abierto ni decir una frase completa. Durmió hasta la mañana siguiente mientras ella dormitaba como podía en la sala de espera con la almohada que le había traído una enfermera. Cuando lo vio por la mañana el día después del tratamiento, él estaba desayunando sonriente. Le dieron el alta justo después. El profesor prometió llamarlo a final de semana para darle los resultados de las pruebas.

Se quedaron dos días en París, esta vez para que durmiera un poco Gabrielle. Estaba agotada y Alaistair quería mimarla. La trató como a una niña que necesitara una madre que la atendiera. Quería cuidarla, consciente de que, por mucho que hiciera por ella, nunca sería suficiente para devolverle todo lo que había hecho por él. A ella le conmovieron sus atenciones.

Se pasaron la mayor parte del tiempo en la cama del hotel, pero salieron esa tarde a tomar un poco el aire. A Gabrielle le encantaba mirar las tiendas de la rue Faubourg Saint-Honoré. Allí estaban las mejores, entre ellas varias que le gustaban también a Alaistair. Cuando se acercaban al hotel tras su paseo, vieron a tres hombres cargados con tres bolsas grandes de nailon, como las que se usan para hacer deporte. A Alaistair le llamaron la atención. Luego vio a otros tres en moto en actitud de espera mientras que los que portaban las bolsas de deporte echaban a correr hacia ellos. Llevaban pasamontañas y gorras y acababan de salir de una joyería. Alaistair intentaba registrar en su memoria todo lo que estaba viendo, cuando oyó el ruido de un disparo y, sin pensarlo, agarró a Gabrielle, la empujó entre dos coches aparcados y se tiró encima de ella.

—¡No te levantes! —ordenó con voz ronca mientras se oían más tiros y los tres hombres de las motos pasaban a toda velocidad a su lado.

Alaistair vio con claridad a los hombres que iban detrás y las bolsas que llevaban y cómo las motos se perdían entre el tráfico. Gabrielle y él se quedaron agachados en el suelo hasta que vieron lo que parecía todo un escuadrón de policía pasar por delante con sus motos. Entonces Alaistair asomó la cabeza para ver mejor y Gabrielle le tiró de la chaqueta, histérica.

—Pero ¿qué haces? —preguntó.

Ya no se oían disparos. Cuando volvió a mirar, vio que una moto de la policía había bloqueado la calle por un extremo y que los refuerzos traían a los hombres que habían huido en las motos. Alaistair le levantó y vio cómo les arrancaban las bolsas de las manos y se las daban a otros policías y luego esposaban a los otros tres hombres y los metían en los coches de policía con los conductores de las motos.

—¿Qué ha sido todo eso? —preguntó Gabrielle, un poco asustada. El sonido de los disparos era inconfundible.

—Creo que han robado en una joyería —aventuró Alaistair, alucinado por lo que acababan de presenciar. La calle seguía bloqueada, y la policía se abrió paso entre los transeúntes y les ordenó que despejaran la zona. Alaistair habló un momento con uno de los policías y se llevó a Gabrielle por una callejuela lateral para alejarse del lugar donde se habían refugiado.

—¿Adónde vamos? —preguntó Gabrielle, pero lo siguió.

Llegaron al hotel unos minutos después, tras dar un rodeo. Había grupos de gente afuera y policía con las armas a la vista. Les permitieron entrar al hotel cuando enseñaron sus llaves. La gente hablaba del robo que acababa de producirse.

—Le he dicho a la policía dónde nos alojamos y le he dado nuestros nombres, por si quieren que hagamos una declaración —le explicó a Gabrielle mientras cruzaban el vestíbulo y subían a la habitación.

—Yo no les he visto la cara, solo las motos pasando a toda velocidad —reconoció. Él abrió la puerta y entraron.

Dos policías fueron a verlos esa noche y pasaron media hora con ellos en el salón de su suite. Alaistair tradujo sus palabras para ella. Habían atrapado a los tres sospechosos, junto con los cómplices de las motos, y habían recuperado todas las joyas. La policía aseguró que eran aficionados y dijo que formaban parte de una banda que había estado asaltando joyerías de la zona durante los dos últimos meses.

—Gracias a Dios que no han ido a por las que hay aquí, en

el hotel —comentó Gabrielle, todavía en shock por lo que había presenciado.

Los policías que les tomaron declaración les pidieron que las firmaran, apuntaron sus datos de contacto y se fueron. Alaistair dio gracias por haber podido esconderse entre los coches para no verse en medio del tiroteo.

—Nunca se sabe lo que puede pasar —le dijo cuando los policías se hubieron ido. Pensar que ella podría haber resultado herida o muerta lo aterraba, así que la abrazó con fuerza. No habría podido soportar perderla en ese momento. Era justo lo que estaba pensando ella con respecto a él. Los dos estaban librando una batalla a vida o muerte contra su enfermedad, y no se les había pasado por la cabeza que algún otro peligro oculto pudiera poner en riesgo sus vidas.

Alaistair durmió aferrado a ella toda la noche. Por la mañana se enteraron de todos los detalles por los periódicos. Habían detenido a seis hombres, que ya estaban en la cárcel. Ningún transeúnte había resultado herido. Gracias a un milagro, todos estaban a cubierto. Gabrielle solo esperaba que su suerte se mantuviera y que Alaistair consiguiera librarse de la enfermedad también. Los dos se sentían agradecidos por lo afortunados que habían sido el día anterior. Ella recordaba perfectamente que Alaistair se había lanzado sobre ella para protegerla con su cuerpo de cualquier bala perdida. Y sabía que no lo olvidaría nunca.

Seguían en París cuando empezó el juicio de Patrick Martin, que también salió en la prensa. El fiscal empezó con las afirmaciones más condenatorias imaginables, que por supuesto los medios reprodujeron. Se refirió a la víctima y al acusado como «escoria que alimenta a otra escoria». Dijo que el mundo de Patrick y su carrera se habían construido con mentiras, y que Patrick había engañado a un país entero y ensuciado el buen nombre del gobierno al que representaba. Todo lo que se trataba en el juicio sonaba horrible. Alaistair lo leyó por completo y se lo tradujo a Gabrielle. Solo leerlo ya hacía estremecer a cualquiera, y sonaba como si el ambiente en el juzgado fuera tan tóxico como el propio caso y todos los implicados. No había terminado aún cuando Alaistair y Gabrielle volvieron a Londres. Ella decidió quedarse con él una semana más, hasta que llamara el profesor para darle los resultados a Alaistair. Quería estar a su lado cuando recibiera la llamada, para apoyarlo si las noticas eran malas o alegrarse juntos si había habido alguna mejoría, aunque fuera leve.

El profesor Leblanc llamó unos días después, más tarde de lo que esperaban. Telefoneó a primera hora de la mañana, antes de que Alaistair se fuera a trabajar. Gabrielle lo supo al instante por la cara de terror que puso. Se quedó petrificado con el teléfono en la mano, escuchando, y ella solo pudo adivinar cómo había salido por lo que dijo al final. Estaba muy serio y concentrado mientras ella contenía la respiración y esperaba. Entendió por lo que estaba diciendo Alaistair que el profesor quería que fuera a ver a otro médico en alguna parte, y eso no le parecieron buenas noticias. Al final de la llamada le dio las gracias a Leblanc con voz ahogada, dejó el teléfono y se la quedó mirando. Permaneció callado un momento, incapaz de hablar. Tenía lágrimas en los ojos y parecía en shock. Por fin recuperó la voz cuando Gabrielle fue a consolarlo.

—Ya tenía los resultados de todas las pruebas. He entrado en remisión… Oh, Dios mío, Gabrielle, ¡estoy en remisión! Ya no tengo cáncer, por ahora. No sabe cuánto durará, puede ser algo breve o para siempre, pero ha desaparecido por completo. Voy a vivir. —Se echó a llorar cuando lo dijo. Ella lo abrazó y los dos se quedaron allí de pie, llorando. Habían ganado… él había ganado… Al principio quería suicidarse, y en vez de eso había librado una dura batalla que casi acaba con él, ¡pero había ganado! A ella le temblaban tanto las piernas que tuvo que sentarse. Él se acomodó a su lado y la abrazó con tanta fuerza que Gabrielle no podía respirar. Tampoco podía pensar. Ni hablar. Lo único que sabía era que no se iba a morir. Pensó en todas esas noches durante las navidades en que ella tenía pavor de cerrar los ojos por miedo a que él muriera mientras dormía y se acabara todo. La pesadilla había terminado y los dos se habían despertado.

—Oh, Dios mío —era lo único que podía decir, una y otra vez, dándole las gracias interiormente a Dios por el milagro que los dos habían pedido pero que ambos creían que no se produciría.

Alaistair la miró, sonrió entre lágrimas y la besó. Todavía no lo había asimilado. Llamó a Geoffrey y él también se echó a llorar. Alaistair quería gritarlo a los cuatro vientos, pero tenía miedo de creérselo, como si alguien pudiera arrebatárselo. Salió de casa aturdido, decidido a ir a trabajar y recuperar por fin la normalidad. El profesor le había advertido que se sentiría débil durante un tiempo por los fármacos que le había administrado, pero que recuperaría las fuerzas. Tenía que seguir haciéndose pruebas regularmente y llevar un seguimiento para asegurarse de que no había cambios. Justo antes de salir, le dijo a Gabrielle que había un importante investigador que el profesor quería que fuera a ver en Nueva York, un médico que repasaría los datos de su caso, por interés particular y en beneficio de sus pacientes. Además, Leblanc le dijo que le vendría bien su opinión sobre el caso y sobre los resultados de las pruebas. Alaistair iría a Nueva York con Gabrielle para verlo. Pero, pasara lo que pasara, estaba en remisión. ¡Era libre! Por el momento, por un tiempo o para siempre, eso no tenían forma de saberlo.

Lo celebraron esa noche cenando en su pub favorito, aunque los dos seguían un poco como zombis, eufóricos, alucinados y asustados de que no fuera real, aturdidos, agradecidos, agotados y felices. Fue un alivio volver a casa, meterse en la cama y abrazarse. Habían pasado el día alternando la risa y el llanto. Hicieron el amor y por fin se sumieron en un sueño profundo de puro agotamiento, abrazados. Al día siguiente él creyó que lo había soñado. Pero era cierto. El milagro había ocurrido. Era todo suyo, el mayor regalo de todos.

El juicio en París se alargó durante dos semanas en las que se escucharon los testimonios de varios hombres con los que Patrick había tenido relaciones sexuales en contextos clandestinos. Todo lo que tenía que ver con su vida secreta estaba envuelto en mentiras. Ninguno de ellos lo acusó de mostrarse violento, solo de mentir y de comprar su silencio con sobornos. Otros testigos declararon que Sergei también los chantajeaba y se aprovechaba de ellos financieramente todo lo que podía. Era difícil decidir cuál de los dos era más culpable y repulsivo, la víctima o el acusado. No había forma de empatizar con ninguno de los dos. Alice Martin estuvo sentada en la sala en todo momento, quieta como una estatua, enjugándose de vez en cuando una lágrima con un pañuelo muy bien doblado, mientras su hija sollozaba dos filas más atrás y miraba a su madre con odio. Una vez intentó acercarse a su padre y tuvieron que sacarla de la sala. Damien parecía un volcán a punto de entrar en erupción. Eran una familia destruida por un solo hombre. Como dijo el fiscal, Patrick no tenía ni un solo punto a su favor, ni en su vida pública ni en la privada, ni como padre ni como ministro, ni como marido ni como hombre. Todo lo que había hecho era deplorable. El juez instructor había llegado a la misma conclusión por su cuenta. El caso pasaría a otro tribunal, donde se juzgaría. La acusación era de homicidio involuntario. No había pruebas de que le hubiera puesto las manos encima al fallecido. Si lo había hecho, no podían probarlo. No había pruebas concretas ni de su inocencia ni de su culpabilidad para acusarlo de asesinato premeditado. Tenía motivos para querer matarlo, pero los hechos eran ambiguos. Patrick se levantó de su asiento y emitió un rugido de dolor cuando el fiscal solicitó que se incluyera un cargo de asesinato en primer grado y una petición de treinta años de cárcel. Se dejó caer de nuevo en su asiento cuando se lo denegaron.

El veredicto llegó tras la tercera semana de juicio. Le ordenaron al acusado que se levantara y, como no se había podido probar que hubiera empujado a Sergei Karpov, lo condenaron por homicidio involuntario como resultado de una pelea y lo sentenciaron a cinco años de cárcel. Se oyó el grito de dolor de su hija. En el silencio que se produjo a continuación, todos vieron a Patrick llorar. También lo condenaron por huir de la escena del crimen. Al final, el juez decretó que, debido a los servicios prestados al país mientras fue ministro del Interior, había decidido suspender la sentencia y condenarlo solo a libertad vigilada durante esos cinco años. Era libre, pero el juez le recordó que tendría que cargar con todo el peso de sus delitos y con la culpa por el daño que le había causado a mucha gente con sus actos, incluidos su esposa y sus hijos. Alice se quedó sentada, inmóvil, mientras leían la sentencia. Ni siquiera lo miró. Damien sacudió la cabeza con repugnancia y rodeó a su madre con un brazo.

Patrick Martin parecía en shock cuando salió con su abogado de la sala para firmar los documentos de la suspensión de la sentencia y la libertad vigilada. Habían sido indulgentes con él, más de lo que se merecía.

Marina siguió a su madre cuando todos salieron del juzgado. La prensa se lanzó a por ellos en cuanto cruzaron la puerta y Damien intentó proteger a su madre y a su hermana. Lograron entrar en el coche de Damien y se fueron. A Alice le corrían lágrimas por las mejillas, pero no dijo ni una palabra. Damien no sabía si estaba aliviada o decepcionada, si quería que fuera a la cárcel o no. La llevó a su casa, la metió en la cama y le puso un vaso de agua en la mesilla. Ella le dio las gracias y cerró los ojos, como si ya no pudiera soportar todo lo que había visto y oído ni un minuto más.

Damien esperaba que su padre no tuviera la sangre fría de presentarse en el piso o de intentar verlos, al menos durante un tiempo. Sabía que su madre iba a pedir el divorcio inmediatamente y esperaba que no cambiara de idea, pero en ese momento estaba demasiado afectada para preguntarle nada. Cerró despacio la puerta del dormitorio y la dejó sola para que pudiera llorar por su vida destrozada.

15

Lo único que le quedó a Patrick Martin después del juicio fue su libertad física, nada más. Como resultado de su condena por homicidio, perdió la licencia para trabajar como abogado y lo expulsaron del Colegio. Su carrera política había acabado de la peor forma posible. Y, como nunca podría volver a conseguir un trabajo en ninguno de los campos que conocía, su situación financiera era precaria. En su momento había aprovechado todas las ventajas que le ofrecía su puesto: coches con chófer, vacaciones exclusivas, subsidios para su casa y todos los regalos y los servicios que le ofrecía la gente gratuitamente. Pero ya no quedaba nada de eso y no tenía forma de encontrar empleo ni de recuperar lo que tuvo alguna vez. Carecía de medios de subsistencia y no dejaba de pensar en qué podría trabajar.

Su situación se volvió desesperada muy pronto. Y, aunque todavía no lo sabía, Alice Martin iba a pedir la propiedad del apartamento y su uso exclusivo o la potestad para venderlo si quería como compensación por todas las indignidades y el maltrato psicológico y emocional que había sufrido por su culpa. Su abogada creía que no tendría problema para conseguirlo. Patrick era un delincuente condenado y había perdido todos sus derechos. Si cruzaba la línea un milímetro, la suspensión de su condena se anularía e iría a la cárcel durante cinco años, donde seguro que no lograba sobrevivir, rodeado de delincuentes consumados.

Patrick llegó a la misma conclusión sentado en su diminuto apartamento amueblado. Tres días después del final del juicio, llamaron a Damien en plena noche. Fue su pareja quien cogió el teléfono y se lo pasó a él con cara de angustia. Creía que era una maldición para él tener un padre como Patrick y así se lo dijo.

Lo llamaban desde Urgencias del hospital Pitié Salpêtrière. Su padre se había tomado una sobredosis de pastillas y estaba en coma. No creían que lograra sobrevivir, y avisaban a Damien por si quería ir a verlo. Dada la dosis que había ingerido, creían que era poco probable que saliera del coma y, si lo hacía, existía la posibilidad de que padeciera daños cerebrales. La madre de Damien había pedido el divorcio el día antes, pero a Patrick no se lo habían dicho todavía, así que ella no tenía razones para sentirse culpable. Solo Damien lo sabía.

Cuando colgó, se quedó sentado en silencio durante un minuto; después se levantó y se puso los vaqueros.

—¿Qué haces? —preguntó Achille, su pareja desde hacía tres años.

Damien se lo acababa de presentar a su madre, a quien le pareció un buen hombre. Desde que había salido del armario, ella empezaba a saber más cosas sobre la vida de su hijo.

—Mi padre ha intentado suicidarse. Está en coma, pero creen que no va a salir —explicó Damien muy serio, sin saber muy bien cómo se sentía.

—Siento decirlo, pero después de lo que te ha hecho a ti y a tu madre, de cómo le ha lavado el cerebro a tu hermana y todo lo demás, es el karma. ¿Tienes que ir? —Damien asintió. Tenía los ojos llenos de lágrimas. Ya ni siquiera era capaz de derramarlas por él.

—Voy contigo —aceptó Achille y lo abrazó cuando a Damien por fin se le escapó un sollozo.

—Es una persona horrible, lo sé. Pero es mi padre. No debería morir solo.

A Achille le pareció justo el destino que se merecía, pero no dijo nada y llevó a Damien en coche al hospital.

Cuando llegaron, encontraron a Patrick en un box, solo. Llevaba una bata de hospital, se le veía muy pálido, tenía los labios grisáceos y un poco azulados y estaba enganchado a un respirador, incapaz de respirar por sí solo. Ya parecía muerto, aunque no lo estaba. Damien se quedó a su lado, con Achille junto a él, durante un largo rato, solo mirándolo, intentando sentir algo por él. Después salió a sentarse al pasillo, a esperar el final.

Un médico se acercó a Damien y le explicó que su padre podría estar en coma mucho tiempo si permanecía unido al respirador.

—Puede irse a casa. Lo llamaremos si ocurre algo. Hemos intentado ponernos en contacto con su madre, pero no contesta al teléfono y tampoco nos ha sido posible dejarle un mensaje, por eso lo hemos llamado a usted.

—Me alegro de que lo hayan hecho.

Sabía que su madre había desconectado el teléfono fijo tras presentar los papeles del divorcio y que no respondía al móvil. No quería hablar con Patrick cuando se enterara de la compensación que pedía. La abogada había dicho que no le notificarían el divorcio hasta cinco días después, así que él todavía no sabía nada y seguramente no creería que ella llegara a pedirlo. Pero Damien estaba orgulloso de su madre por haberlo hecho.

Achille y Damien volvieron a casa y por la mañana él fue a ver a su madre para contarle lo que había ocurrido. Cuando se enteró, ella solo lo miró fijamente. No lloró ni dijo nada. Solo asintió.

—¿Quieres verlo, mamá? —le preguntó, y ella negó con la cabeza.

—No tengo nada que decirle.

—No te oiría, de todas formas. Es solo por si quieres verlo.

—No quiero recordarlo así.

En ese momento no quería recordarlo de ninguna forma. Quería borrarlo de su memoria con el divorcio. Pretendía empezar de cero y había estado pensando en pedir un traslado a una universidad de otra ciudad, donde nadie la conociera y pudiera usar su apellido de soltera. Ya había empezado a utilizarlo antes del juicio y solo quería que el juzgado lo confirmara todo definitivamente.

Fue mucho más difícil decírselo a Marina, y ella sí quiso verlo. Damien la llevó al hospital y ella se tumbó sobre el pecho de su padre y lloró hasta que las enfermeras tuvieron que apartarla para que no lo asfixiara. Después, Damien la acercó a casa. No intentó hablar con ella sobre cómo se sentía. Estaba demasiado alterada y Damien se dijo que tenía derecho a querer a su padre, sin importar lo que hubiera hecho.

Su madre la metió en la cama y le llevó un té.

—¿Por qué habéis sido todos tan crueles con él? —preguntó Marina entre sollozos—. Ni siquiera queréis ir a verlo.

Su madre no contestó. Había demasiado que explicar y Marina no quería saberlo de todas formas. Alice volvió a su cuarto, pero dejó abierta la puerta del de Marina, por si la necesitaba. A partir de entonces, su hija tendría que vivir con todo aquello y reconciliarse con lo que era su padre.

Gabrielle leyó lo del intento de suicidio de Patrick mientras estaba Londres, donde seguía con Alaistair. Él tenía mejor aspecto y se encontraba más fuerte cada día, lo que la animaba a ella también. Habían sobrevivido a aquella sentencia de muerte y por fin eran libres.

Pero le impactó leer que Patrick Martin, solo días después de su condena y de que le suspendieran la sentencia, estaba en coma y con respiración asistida tras un intento de suicidio. Le enseñó el artículo a Alaistair, que sacudió la cabeza.

—Ahí tienes a un hombre verdaderamente retorcido.

—Ha obligado a su familia a pasar por mucho —añadió Gabrielle—. Es raro cómo funcionan las cosas en la vida, ¿verdad? ¿Crees que morirá?

—Quizá. Aunque la gente puede vivir en coma durante mucho tiempo. Pero si despierta, no volverá a ser el mismo. Cuanto más tiempo permanezca así, más posibilidades hay de que sufra daño cerebral grave, y así sus seres queridos ni siquiera lograrán el alivio que supondría su muerte, después de todo los que les ha hecho pasar.

Patrick Martin se despertó del coma tres semanas después. Tenía una grave pérdida de memoria por la enorme cantidad de pastillas para dormir que había ingerido. Solo le quedaba un hilo de vida cuando lo encontró un vecino. Había dejado la puerta abierta para que alguien lo hallara. No quería quedarse allí muerto durante un mes hasta que descubrieran el cadáver.

Cuando recuperó la consciencia no recordaba el juicio, ni la sentencia, ni el incidente que provocó todo aquello. Decía su nombre si se lo preguntaban, recordaba algunos detalles de su infancia y poco más. El médico le dijo a Damien que era poco probable que se recuperara del todo, así que se sorprendió mucho cuando lo logró. Pero el daño era enorme, porque el coma había durado demasiado. El médico también le informó de que su padre no podía quedarse en el hospital indefinidamente. No estaba enfermo y necesitaban liberar la cama. Tenían que encontrar una solución a largo plazo para él, pero había largas listas de espera para las plazas en las instituciones de la sanidad pública que podían ocuparse de pacientes en su estado. Por eso se vieron obligados a buscar una solución temporal.

Damien habló con Achille esa noche del tema y su novio no se mostró muy contento.

—No va a ser para siempre. Con suerte será poco tiempo. Es mi padre. Siento que tengo que ayudarlo. Ahora es como un niño. No puede cuidarse solo y no hay nadie que pueda hacerlo por él tampoco.

—¿Tu madre no lo aceptaría una temporada?

Damien negó con la cabeza.

—No quiere ni verlo, y yo no la voy a obligar a acogerlo. Es demasiado para ella. Ya ha pasado bastante. La dejaría destrozada. —Era un milagro que eso no hubiera ocurrido todavía—. Soy el único que está en condiciones de hacerlo —reconoció Damien. Iba a ser su último regalo para su padre, el acto definitivo de perdón.

—Vale, pero solo un par de semanas. Te ayudaré a encontrar un sitio para él. No quiero que esté aquí, pero lo haré por ti —aceptó Achille, que sentía lástima por él. Damien también había tenido que pasar un calvario.

—Gracias —contestó, y le dio un beso en la mejilla.

Recogieron a Patrick dos días después. Les habían prometido que les darían una plaza en una institución pública en quince días como mucho.

Cuando lo llevaron a casa de Damien, Patrick actuaba como un niño perdido. Tenían una habitación vacía en la que pusieron un colchón, no podían hacer mucho más. Esa noche, Patrick se orinó en la cama. Era una agonía tenerlo allí de esa forma y estaban deseando que pudiera instalarse en un sitio adecuado. Pero Achille lo aguantó y cumplió lo que le había prometido a Damien, que lo hacía como un acto definitivo de caridad por un padre que ya ni lo reconocía. Recordaba su nombre, pero no quién era, y siempre que lo veía se le notaba confuso.

Llevaba en su casa una semana cuando una mañana sonó el timbre. Cuando fue a abrir, le sorprendió encontrarse a su madre en el umbral. Sabía lo que él estaba haciendo por su padre y se lo agradecía. Ella sabía que no habría podido. Ya no.

—He venido a verlo —dijo—. ¿Puedo?

Damien asintió y la llevó a la habitación. Patrick estaba despierto, pero seguía tumbado en la cama en pijama, con la vista perdida en el infinito. No la miró cuando Alice le habló. Su hijo los dejó solos. Le pareció que su madre tenía algo que decirle. Y lo hizo con una voz firme y clara.

—Patrick, he venido a decirte que te perdono por todas las cosas terribles que me has hecho y por lo mal padre que has sido para Damien y Marina. También te perdono por tus mentiras, por la crueldad que has mostrado y por las cosas horribles que les has hecho a esos hombres. Y por tu cobardía y tu falsedad. Te perdono por todos tus pecados. Y reniego de ti como marido. No quiero volver a verte nunca, pero te perdono, en el nombre de Dios. —Dicho esto, salió de la habitación.

Patrick la vio marcharse. No había entendido nada. Alice le dio las gracias a Damien y se fue. Damien se marchó a trabajar poco después. Había contratado a una cuidadora que se ocupaba a diario de su padre. Él no podía perder más días de trabajo.

Su hijo sí había oído lo que dijo su madre. Y la admiraba por ello. Era una mujer decente y muy religiosa. No sabía cómo había podido perdonarlo. Para ella, él ya estaba muerto. El hombre con el que estuvo casada ya no existía de todas formas y nadie lo iba a echar de menos.

Marina por fin había vuelto a Lille, a la universidad. Tras verlo una vez con el respirador, comprendió que ya no estaba y eso fue suficiente. Después pudo irse. Damien sabía que más adelante seguramente iría a visitarlo a la institución en la que iba a vivir, pero Patrick tampoco la reconocería.

Era un muerto viviente, la cáscara vacía de lo que fue un

ser humano. Habían acabado las mentiras y todo lo demás. Su cerebro apenas funcionaba.

Lo habían castigado por sus delitos y sus pecados. Habían hecho borrón y cuenta nueva. Todo había desaparecido con la actividad de su cerebro y su capacidad para usarlo. El destino intervino y le impuso su propia cadena perpetua.

16

Se celebró otra feria de arte en Londres mientras Gabrielle estaba allí y decidió pasarse a echar un vistazo para ver si había algo que quisiera o que necesitara para algún cliente. La feria era de dimensiones reducidas, pero estaba bien organizada. Alaistair la acompañó y se lo pasó bien. Cuando salieron a cenar después, le preguntó si podría considerar lo de trabajar desde Londres, para no tener que pasarse media vida en los aviones para poder estar con él. Gabrielle sonrió.

—Ya lo había pensado. Tengo que pasar en Nueva York algo de tiempo, pero puedo hacer la mayor parte de mi labor desde aquí. Mi trabajo es bastante itinerante. —Era una buena forma de organizarse y a él no le importaba que dividiera su tiempo si era necesario. Su trabajo era importante para ella y él lo respetaba, porque a él le pasaba lo mismo—. Además, tú tienes que ir a Nueva York de todas formas para ver al doctor Thatcher, el médico del que te habló el profesor Leblanc. ¿Cuándo tienes previsto ir?

—Pronto. Solo quería darle a Geoff un pequeño respiro. Ha estado trabajando para mí mucho tiempo durante estos últimos cinco meses. El pobre necesita un descanso. Llamaré al médico de Nueva York esta semana para ver cuándo puede verme. A Leblanc le pareció que le interesaría mi caso y quiere saber su opinión sobre cuánto podría durar esta remisión.

Parece que Leblanc cree que puede ser permanente. Pero a mí también me gustaría saber qué opina este otro médico.

—Lo mismo digo.

Él seguía recuperando fuerzas poco a poco.

—He pensado que podríamos convertir ese anillo que llevas en el dedo en una alianza de verdad un día de estos si voy a seguir por aquí una temporada, y empieza a parecer que así será.

Siempre vivirían con cierto miedo a que la pesadilla volviera. Pero eso podía pasarle a cualquiera, aunque no tuviera antecedentes, igual que le había ocurrido a él. El futuro no le ofrece garantías a nadie. Todos somos seres frágiles y vulnerables y la vida puede cambiarnos en un instante y convertirse en algo aterrador o muy hermoso. Nadie está libre.

Alaistair llamó al doctor Thatcher, el investigador de Nueva York, al día siguiente, y él le dio cita para dos semanas después. Gabrielle tenía que volver antes, así que Alaistair iría a verla entonces y pasarían juntos un fin de semana largo.

Gabrielle regresó a Nueva York a finales de aquella semana y Alaistair llegó unos días más tarde. Para entonces, ella ya le había hecho sitio en el armario y había cambiado de lugar varias cosas en el apartamento para que todo le resultara más cómodo. También tenía en el estudio un escritorio grande y antiguo con cajones que podían utilizar los dos.

Llegó el día de la cita con el doctor Thatcher. Estaba muy nervioso y no durmió la noche anterior. Ella tenía una reunión con su importante cliente griego que no podía cambiar y el doctor Thatcher solo tenía ese hueco, así que Gabrielle y él acordaron que iría solo.

—¿Y si ve algo que se le ha pasado a Leblanc? ¿O si cree que se equivoca? —le dijo Alaistair mientras desayunaban.

—Entonces empezaremos de nuevo, igual que antes. Pero

tal vez le parezca que todo está bien por fin, igual que a Leblanc. ¿Por qué no nos aferramos a eso hasta que sepamos qué tiene que decir? —Se sentía mal por no poder acompañarlo, pero él insistió en que no le importaba.

Alaistair estaba demasiado aterrado para hablar mientras esperaba al médico. El profesor Leblanc le había enviado su historial al doctor Thatcher para que lo estudiara antes de la cita. Él lo había examinado a conciencia y se lo había mostrado también a otro investigador con el que colaboraba.

Cuando Alaistair entró en la consulta, el doctor Thatcher lo miró con expresión inescrutable. Le temblaban las piernas y tuvo que sentarse.

—Supongo que todo esto debe de ser muy estresante para usted —comenzó el doctor, mirando a Alaistair—. Me refiero a haber recibido el alta de un médico y después tener que pedirle a otro una segunda opinión. Además, los investigadores nunca nos ponemos de acuerdo. —Era obvio para Alaistair que le estaba preparando para las malas noticias y de repente se sintió mal, incluso pensó que estaba a punto de desmayarse. El médico continuó—: Pero en este caso coincido con mi colega. De hecho diría que el doctor Leblanc ha sido conservador en el dictamen que ha hecho. Creo que usted está completamente libre de cáncer. No me parece que se trate de una remisión, ni una mejora temporal, creo que se ha curado, suponiendo que siga igual que hasta ahora, que es un dato crucial para nosotros. No sabemos cómo ha sido, pero sus células, la terapia que le han administrado y su ADN se han mezclado de forma perfecta y han logrado un resultado increíble. No me puedo imaginar uno mejor. Seguro que ha sido difícil, pero todos los momentos malos que haya pasado durante el tratamiento han merecido la pena. Enhorabuena —concluyó y le tendió la mano.

Alaistair se la estrechó con los ojos llenos de lágrimas. Estuvo un momento sin palabras, muy conmovido y emocionado.

—Mi futura esposa se va a poner contentísima al oír eso. El doctor Leblanc nos ha devuelto la vida. Yo era un hombre con una sentencia de muerte cuando la conocí. Se suponía que solo me quedaban dos meses de vida.

—A veces eso es lo que parece. Y puede pasar justo lo que predecimos, pero en ocasiones nos equivocamos o encontramos una respuesta hecha a medida para esa persona. Yo creo firmemente en la fuerza del espíritu humano. En ocasiones hay que curar el corazón, la mente y el espíritu para que el cuerpo siga su estela. Aunque eso no es algo que nos guste oír a los investigadores. —Le sonrió a Alaistair—. Quizá su futura esposa haya tenido algo que ver con esto, si la conoció en un momento muy malo y ella lo cambió todo. La verdad es que no sabemos qué funciona y qué no. Lo único que podemos hacer es aferrarnos a la vida con todas nuestras fuerzas, nadar lo más lejos que podamos y luchar con cuanto esté a nuestro alcance. Y, si además tenemos suerte, ganamos.

Tras estas palabras Alaistair se levantó y sintió que salía de la consulta flotando.

Estaba esperando a Gabrielle cuando ella llegó a casa, por la noche. La había llamado para decirle que todo había ido bien, pero que le daría los detalles en persona. Ella tenía miedo de que eso significara que había alguna mala noticia que prefería no decirle por teléfono.

—Ha dicho que Leblanc ha hecho un trabajo impresionante y que está de acuerdo con todo. Solo discrepa en una cosa. Dice que hay un error, aunque solo sea de elección de términos. No cree que esto sea una remisión, como dice Leblanc; él afirma que estoy curado. No le parece que el cáncer vaya a volver. El tiempo dirá, pero cree que hemos espantado al bicho para siempre.

—Oh, Dios mío, Alaistair...

Él vio que le fallaban las rodillas y la sujetó antes de que se cayera. La dejó con cuidado en el suelo y se sentó a su lado.

—Eso significa que somos libres del todo —susurró Gabrielle muy bajito, como si estuvieran en la iglesia.

—Se acabó —confirmó él—. No ha sido divertido, pero ha funcionado.

—Has sido muy valiente durante todo el proceso.

—Y tú también. Me ha dicho algo sobre ti también. Básicamente ha confesado que no saben qué es lo que hace falta para lograr una cura, pero que tienen comprobado que es necesario tener en consonancia el corazón, la mente y el cuerpo. Y que el amor de una buena mujer puede marcar una gran diferencia. Así que, en esencia, me has salvado la vida, Gabbie. Me quedaban dos meses cuando te conocí. Lo has cambiado todo. Si no te hubiera encontrado, me habría suicidado hace tiempo. Creía que no tenía ninguna oportunidad.

—Pues sí la tenías. Y has ganado —afirmó ella y él la besó.

17

Los servicios sociales necesitaron tres semanas para encontrarle una plaza en una institución pública a Patrick Martin. Fue en una residencia pequeña y bien gestionada en la que tendría una habitación individual y podía estar solo. A su edad era posible que tuviera que permanecer allí mucho tiempo. Una residencia privada habría sido mejor, por supuesto, pero él no tenía dinero para pagarla y sus familiares tampoco. Ese lugar estaba a una distancia razonable de París y podían ir a visitarlo los parientes o amigos si querían. Hasta el momento no había ido nadie. Marina iría cuando volviera de la universidad. Él ya no reconocía a nadie, una circunstancia que siempre provocaba que al final los parientes dejaran de ir. Solo querían asegurarse de que estaba bien atendido y así se sentían libres de cualquier responsabilidad o culpa.

El juez que se ocupó de su caso de divorcio le concedió a Alice Chalon, anteriormente Martin, la propiedad del apartamento como compensación. Ella lo vendió, porque pretendía comprarse algo más pequeño, con una habitación para su hija y otra para ella, cuando se estableciera en otra ciudad. Había solicitado puestos de profesora en Reims, Burdeos y Grenoble, pero todavía no había recibido respuesta. Invertiría el dinero que le quedara para tener un colchón para el futuro. Marina se había trasladado a Madrid, donde terminaría sus estudios. Quería estar en un sitio en el que nadie supiera quién era Patrick Martin ni le importara. Había sido una buena decisión.

El hijo de Richard y Judythe nació en junio y lo llamaron Alaistair Sam, el segundo nombre por el SAMU que había salvado la vida de Richard.

—Lo podíais haber llamado Louis XVI —bromeó Alaistair en el bautizo. Se sentía muy halagado de que le hubieran puesto su nombre al niño.

Alaistair y Gabrielle se casaron en una ceremonia íntima en Nueva York en agosto, en la que estuvieron presentes Veronica y Georgie. Las chicas fueron las testigos de su madre y Richard Sheffield fue el padrino de Alaistair. Pospusieron la luna de miel hasta el mes siguiente.

En septiembre, Alaistair y Gabrielle viajaron a París para celebrar el aniversario del día que se conocieron. Se alojaron en el Louis XVI, en su suite habitual, que era la favorita de Gabbie.

Fueron a todos los lugares donde habían estado antes y a algunos nuevos que descubrieron durante las muchas ocasiones en que habían visitado París para sus diferentes tratamientos. Visitaron al profesor Leblanc para agradecerle en persona que le hubiera salvado la vida a Alaistair. Él le volvió a decir a Gabrielle que ella había supuesto una parte importante de la ecuación y que seguramente había sido el ingrediente secreto que podía haber marcado la diferencia. No sabrían nunca qué fue lo que inclinó la balanza en la dirección correcta, pero los resultados eran espectaculares. El profesor había escrito varios artículos con su caso y el doctor Thatcher y él habían establecido una comunicación fluida sobre el tema.

Cuando volvieron al hotel, vieron a Olivier Bateau y a Yvonne Philippe en sus puestos, al lado del mostrador de recepción. Olivier sonreía de oreja a oreja y saludó a Gabrielle y a Alaistair con un gesto de la cabeza cuando se acercaron al mostrador.

—Louis Lavalle nunca se habría quedado ahí plantado, saludando como un muñeco —susurró ella con desaprobación—. Habría cruzado el vestíbulo, te habría estrechado la mano a ti, me habría besado a mí y me habría preguntado cómo están mis hijas.

—Y seguro que también habría conseguido una enorme propina, según me han dicho —contestó Alaistair, también en voz baja.

—Sí, pero lo hacía con tanto estilo y tanta elegancia que a nadie le importaba. Bateau apenas nos ha saludado. Parece que le da igual.

—Mi dictamen clínico es que ese hombre sufre de los nervios, que todo esto le queda grande, y lo sabe. Es la primera vez que lo veo sonreír en el año que hace que lo conozco.

Ya habían llegado al mostrador. Bateau no se movió, pero Yvonne los saludó con afecto.

—¿Qué puedo hacer por ustedes? —preguntó Yvonne.

—Nos hemos olvidado la tarjeta llave en la habitación —respondió Gabrielle, que saludó con la cabeza a Olivier Bateau. La actitud de ese hombre la irritaba; parecía un perro que intentara esconderse tapándose la cara con las patas.

Pero esta vez él respondió a su saludo con una sonrisa.

—¿Ya conocen a la nueva directora? —preguntó.

Ellos miraron a su alrededor, buscando a quién se refería. Entonces señaló a Yvonne, que había sido su subdirectora durante el año que había pasado desde la reapertura. Ella era quien dirigía el hotel en realidad y a la que se veía por todas partes, mientras Olivier se quedaba en su despacho.

—La señorita Yvonne Philippe va a ocupar mi puesto a partir de mañana —anunció.

—¿Usted se va? —Gabrielle estaba sorprendida, aunque a ella le parecía pomposo, demasiado complaciente e incompetente.

—He pedido un traslado —confesó, orgulloso—. No soy hombre de ciudad. Vengo de un pueblecito de las montañas, en Jura. Me voy en busca de pastos más verdes. Y más tranquilos. Voy a ser director general de nuestro resort de esquí, en Megève, durante el invierno, y de un hotel pequeñito que estamos construyendo en Saint-Jean-Cap-Ferrat en verano. Tengo muchas ganas. La señorita Philippe se va a hacer cargo de la nave nodriza aquí, en París. Ella ha sido una colaboradora inestimable para mí durante todo este año.

Gabrielle recordó que fue Yvonne quien estuvo al pie del cañón la noche de la amenaza de bomba, incluso repartiendo mantas y botellas de agua, mientras daba la impresión de que Bateau se iba a desmayar en cualquier momento. Además fue el primero en salir del establecimiento, antes incluso que los clientes. Quien quiera que hubiera decidido llevárselo lejos, había elegido bien esos hoteles. Estaban en lugares de vacaciones más pequeños y exclusivos, mucho menos estresantes. Bateau parecía un hombre feliz mientras los veía felicitar a Yvonne por el ascenso y estrecharle la mano. Una mejora así no era cualquier cosa.

Cuando entraron en el ascensor unos minutos después, Alaistair y Gabrielle no pudieron evitar recordar lo que pasó allí mismo un año antes. Todo empezó con el ataque al corazón de Richard y la muerte accidental del chantajista ruso, que sacó a la luz que un importante político francés llevaba una doble vida muy poco recomendable y acabó con él acusado de asesinato, condenado por homicidio y sentenciado a pena de cárcel. Además, los dos se conocieron el fin de semana en que Alaistair estaba pensando en suicidarse. Él estaría muerto a esas alturas si Gabrielle no hubiera estado allí para recuperar su vida tras la traición de su marido, que la dejó por una mujer que sus hijas llamaban «la putrastra».

El viaje de Gabrielle a París para ir a la Bienal había acabado salvando la vida de Alaistair y este la de Richard. No había duda de que la vida era dura, pero en las complicaciones que traía consigo había preguntas y respuestas, y también soluciones ocultas e inesperadas bendiciones. Lo único que hacía falta era valor para buscarlas. Y fueran cuales fuesen las respuestas y las soluciones, e independientemente de lo difícil que fuera el camino, cada día era un regalo.

Cuando salieron del ascensor en el tercer piso, saltó la alarma de incendios y su aullido reverberó por todo el edificio. Gabrielle y Alaistair se miraron y se echaron a reír.

—¡Feliz aniversario! —le gritó él por encima del estruendo y la besó.

Después se dirigieron a las escaleras para salir a toda prisa del edificio, una vez más.

Cuando llegaron al vestíbulo, encontraron a Yvonne y a dos ayudantes pidiendo disculpas e informando de que era una falsa alarma a todos los huéspedes que salían de sus habitaciones y aparecían por las escaleras. A Olivier Bateau no se lo veía por ninguna parte.

—Alojarse aquí nunca es aburrido —exclamó Alaistair mientras esperaban de nuevo el ascensor.

Gabrielle se rio.

—Contigo nada es aburrido.

Su vida durante el último año había sido una aventura extraordinaria y cada momento único, incluso los más duros, había sido un verdadero regalo.